峨眉七矮

民国武侠小说典藏文库·还珠楼主卷

还珠楼主◎著

中国文史出版社

还珠楼主小传

　　还珠楼主，原名李善基，后更名李寿民；笔名还珠楼主，晚年又改笔名为李红。四川长寿县人。生于清光绪二十八年（1902年）二月二十八日。在同胞兄弟中排行老大，在叔伯兄弟中排行老七。李家世代为官。其父元甫，进士出身，光绪年间官至苏州知府，为人清廉正直，厌恶官场肮脏黑暗而弃官归里，设馆授徒。其母周家懿，四川成都人，也是大家闺秀，知书通文。由于父母教子严厉，李寿民又聪明过人，三岁开始读书习字，五岁便能吟诗作文，七岁能写丈许长对联。九岁时更写出了五千言的《"一"字论》长文，被誉为"神童"，并获得了长寿县衙颁发的"神童"大匾，此匾高高悬挂在李家祠堂。可知李寿民具有惊人的天赋且受到良好的家庭启蒙教育，这也是他后来成为著名作家的基础。不幸十二岁丧父，家道中落，家计难以维持。其母携带李寿民及两弟、一妹，顺江而下，至苏州投奔亲友，幸得其父之门生故旧慷慨周济，勉强度日。李寿民也得以就读于著名的草桥中学（今苏州第一中学），学习成绩一直高出侪辈，名列前茅。

　　在此期间，李寿民坠入了初恋的情网。恋人名叫文珠，比李寿民大三岁，为邻右之女。虽非绝代佳人，却也相貌清秀，性格温柔，尤善琵琶弹奏。李寿民爱听文珠弹琵琶，文珠则爱听李寿民摆四川"龙门阵"。一来二往，两小无猜，爱苗在不知不觉中茁壮成长。然而这段恋情却只见开花而未能结果。原因在于李寿民家境贫寒，又是长子，故从二十二岁起，便不得不停止学业，为养家糊口而开始浪迹江湖。起初尚与文珠有鸿雁传书，渐至鱼沉雁杳，后才得知文珠竟然沦落到烟花柳巷。这是李寿民的终生之痛，致使他在很长时间内不作燕婉之想。据说他的小说《女侠夜明珠》，就是为纪念文珠而写的。

李寿民的首个落脚点是天津，而天津也没有辜负他的期望，不仅使他找到了终身伴侣，而且成为他作家生涯的起点。李寿民初到天津，经人介绍，充任天津警备司令傅作义的中文秘书，因其才气横溢，中文功底深厚，深得傅作义赏识。傅作义的英文秘书为段茂澜，是留英学生，与李寿民一见如故，义结金兰。由于李寿民生性散漫，不惯军旅生活，且性格强傲，不肯唯命是从，有时甚至敢于顶撞上司，故不足一年，便拂袖而去，据说还留下一首打油诗，对傅作义冷嘲热讽。傅作义也有过人度量，一笑了之。此后李寿民的职业很不固定，做过宋哲元冀察政务委员会的秘书，天津《天风报》的编辑、记者，还为名伶尚小云写过剧本并结为金兰之契，又曾以"木鸡"（取意于典故"呆若木鸡"）和"寿七"（"寿"指长寿县，"七"指排行老七）的笔名发表短文，接着又进入天津邮政局，当了一名小职员。由于小职员的薪金微薄，不足以养家糊口，又经人介绍，兼做天津大中银行老板孙仲山公馆的家庭教师，为其子女教授国文和书法。不料这一来，却给李寿民带来了桃花运，成为他一生的一个转折点。

孙仲山是一个暴发户，他与李寿民为小同乡。当李寿民进入孙公馆时，正是孙仲山生意的鼎盛时期，其大中银行在全国十三个城市开有十三个分行，其带花园的洋房豪宅在天津英租界马场

2

道占地达二十余亩。孙家二小姐孙经洵，比李寿民小六岁，虽貌不惊人，但温文尔雅，气度非凡，性格坚强。起初，李寿民因初恋的隐恨未消，心如止水，对孙经洵并未在意；而孙经洵乃大家闺秀，对于李寿民这个憨厚的老师，也没有一见钟情。然而不知为什么，两人之间好像有一种无形的引力，既搅动了李寿民止水般的心境，也搅乱了孙经洵小姐矜持的芳心。他们在不知不觉之中，同时陷入了情网。

那时正值民国初年，社会风气虽然有所开放，但封建思想依然根深蒂固，因此他们的恋爱仍如张君瑞与崔莺莺那样，只能在暗中进行。然而天下没有不透风的墙，恋情终于被孙仲山发现。孙仲山首先以"门不当，户不对"以及"师生相恋，败坏家风"来训斥女儿，结果无效；然后又以"只要李先生与小女一刀两断，要多少钱不成问题"利诱李寿民，又遭到李寿民严词驳斥。于是孙仲山便下了个杀手锏，将李寿民炒了鱿鱼，以为如此便可斩断这对恋人的情丝。

然而爱情犹如燎原之火，是很难扑灭的。他们居然想出了一个传递情书的绝妙办法：双方将情书用橡皮膏贴在孙仲山上下班乘坐的汽车号牌后面，李寿民等孙仲山上班后到大中银行门口取信，孙经洵则在孙仲山下班回家后取信。孙仲山做梦也没有想到，他的专车倒成了女儿与李寿民的邮车，自己也被迫当了一回红娘。终于有一天，事情败露。孙仲山自然怒不可遏，一个耳光将女儿打倒在地。这一耳光不仅没有打消孙经洵婚姻自主的决心，反而打得她离家出走。

孙仲山在气走女儿后仍不善罢甘休，必欲置李寿民于死地。他仗着财大气粗，买通了英租界工部局，将李寿民投入监狱。幸亏段茂澜精通英文，李寿民又未犯法，经段茂澜从中斡旋，李寿民便获释放。孙仲山一计未成，又施一计：以"拐带良家妇女"

的罪名，将李寿民告到天津法院。1930年11月的一天，法院开庭审判。因为案件属于桃色事件，控告人又是大中银行老板，故记者云集，法庭座无虚席。但孙仲山不敢出庭，派其长子孙经涛作为代表。当审判到关键时刻，孙经洵突然出庭做证，大声说道："我今年二十四岁，早已长大成人，完全可以自主；我与李寿民也是情投意合，自愿结合，怎么能说'拐带'？"此话一出，全场哗然。本来就同情妹妹的孙经涛，更是无言以对。于是法官当即宣判李寿民无罪。此案在当时的天津曾经轰动一时，家喻户晓。李寿民后来即以此事为素材，写成了小说《轮蹄》（又名《征轮侠影》），这也是李寿民唯一的一部言情小说。此案虽了，但翁婿之间的怨恨却终生未解，互不往来。据说《蜀山剑侠传》中那个生相丑恶、专吸人血而神通广大的绿袍老祖，就是影射孙仲山的，足见李寿民对岳丈的怨恨之深。

李寿民为了与孙仲山赌气，也为了报答孙经洵坚贞不渝的爱情，发誓要办一场体面的婚礼，因此在官司打赢后并没有马上成婚，而是想方设法赚钱。直至1932年2月5日，李寿民与孙经洵才正式结婚。婚前孙经洵特至医院做了妇科检查，证明身为处女，并登报声明。新居选在天津日租界秋山街，尚小云赠送了全套家具。婚礼采用西洋式，相当隆重，主婚人为段茂澜，为新娘执婚纱者为袁世凯的孙女袁桂姐（后来认为义女）。婚后不论生活多么坎坷艰难，夫妻始终相濡以沫，同甘共苦，并养育了七个子女。李寿民为了感激至友段茂澜，七个子女的名字皆用段茂澜之字"观海"中的"观"字，即观承、观芳（女）、观贤（女）、观鼎、观淑（女）、观洪、观政（女）。

1932年是李寿民时来运转的一年，在这一年，红鸾星和文昌星同时在他头顶上高照。新婚不久，天津《天风报》老板鉴于他曾在该报做过编辑和记者，又不时发表短文，文笔优美动人，便请他写一部连载小说。李寿民虽未写过小说，却自信可以胜任，于是一口答应。写什么呢？他立即想到了武侠小说。首先，武侠小说在当时的北方大行其道，十分流行；李寿民也耳濡目染，十分熟悉。其次，李寿民从七岁起，三上峨眉，四登青城，总共在山上生活过一年半，对这两座名山的一丘一壑、一涧一水、一草一木、一观一寺，无不了如指掌，并做过详细笔记，画过游览草图；同时结识了不少和尚道士，听了不少新奇故事，还学会了练功练气。这一切都是武侠小说的极好素材。那么使用什么笔名呢？李寿民觉得"木鸡"只是自我调侃，"寿七"又有点粗浅，一时委决不下。这时孙经洵说话了："寿民，我知道你心中有座楼，那里面藏着一颗珠子，就用'还珠楼主'作笔名吧。""还珠"既是一个典故，又暗指李寿民的初恋对象文珠，可谓妙不可言。李寿民既佩服爱人的才思，又感激她对自己的理解。因此从当年的 7 月开始，便以还珠楼主的笔名，在《天风报》上连载《蜀山剑侠传》。不料作品一经发表，《天风报》的发行量便直线上升。不久，天津励力印书局（后改名励力出版社）又将该书结集出版，销售依然火爆。于是还珠楼主一鸣惊人，文名鹊起。从此一发不可复收，此书断断续续写了近二十年，总字数将近五百万，还没有写完。《蜀山剑侠传》一炮打响后，又陆续推出了《青城十九侠》《蛮荒侠隐》《边塞英雄谱》《云海争奇记》等，皆大受欢迎。

李寿民为了更大的发展，便带着天津给他的两大礼物——终身伴侣和作家名望，移居古都北平，并置了房产，成为职业作家，作品源源不断地问世。除了续写在天津的未完之作外，又陆续推出了《轮蹄》《皋兰异人传》《天山飞侠》等。至日寇侵占北平时，李寿民已经推出了八部小说，成为一位享誉平津的著名作家了。然而正是由于他的名声，为他带来了一场灾难。先是汉奸周大文请他出任日敌电台伪职，被他一口拒绝。接着，时任伪华北教育总署督办的周作人亲自出面劝驾，仍遭拒绝。事有凑巧，有徐姓出版商看准了出版李寿民的作品可获厚利，欲将其出版权从天津励力出版社挖过来，也遭到了李寿民的拒绝。姓徐的一怒之下，便托其为日寇当翻译的亲戚，在日寇面前诬陷李寿民为"重庆分子"，加上李寿民两次拒绝出任伪职，于是被日寇投进了牢狱。在狱中的七十多天里，李寿民受尽了各种酷刑，如鞭笞、灌凉水、用辣椒面揉眼睛等。李寿民的获释也颇有戏剧性，除了孙经洵四处求亲托友斡旋外，还与他精通卜卦有关。一个日军大佐请李寿民为其算卦，竟算得丝毫不差。加之日本人又找不出李寿民为"重庆分子"的任何证据，才被释放。李寿民本来颇通气功，身强体壮，经过七十多天的酷刑折磨，身体几乎垮掉。其视力损伤尤为严重，以致后来只能写大字，不能写小字，创作全凭口述，由秘书记录。

李寿民出狱后，略作休养，为了躲避日寇和汉奸的再次迫害，便只身逃到上海。上海人本来热衷于言情小说和社会小说，所以此前李寿民的小说只在北方流行，在上海少有读者。因此李寿民初到上海时，仅靠卖字糊口，无力养家。后被颇有眼光的上海正气书局老板陆宗植发现，为他安排了住处，请他继续写作，并约定由正气书局全权出版。于是李寿民迎来了第二次创作高潮，除了续写平津未完之作外，又推出了二十几部新作，如《武当异人传》《柳湖侠隐》《峨眉七矮》《蜀山剑侠新传》《冷魂峪》《北海屠龙记》《虎爪山王》《黑孩儿》《青门十四侠》《关中九侠》《万里孤侠》《蜀山剑侠后传》等。一向热衷于言情小说和社会小说的上海人，像突然发现了新大陆一般，一下子迷上了李寿民那充满了奇思妙想的新神魔小说和新武侠小说，以至出现了"还珠热"的盛况。李寿民在上海的知名度不仅超过了平津，而且盖过了所有上海作家。由于他的小说都是边写边分集出版，所以每当新作一出版，书店门口便会排起长龙。他的巨著《蜀山剑侠传》还被改编为京剧连台戏，在大舞台久演不衰。由于作品广受欢迎，供不应求，李寿民子女又多，家累甚重，不得不同时口授几部小说，每天都在一万字以上。而各部小说的众多人物和故事（如《蜀山剑侠传》有上千人物和上百故事）却井井有条，纹丝不乱，这不能不令人佩服其才情出众，思维敏捷，记忆力惊人。这种巨大的压力使他染上了烟霞癖，成为他后来生活的一大祸害。

直到抗战胜利后，社会初步安定，李寿民的稿酬也相当丰厚，才把家眷由北平接到上海，全家得以团聚。

然而正当李寿民踌躇满志的壮年时期，其创作事业也进入如火如荼的鼎盛时期，却因时局的巨变而使其创作之路走到了尽头。一向风行民间的武侠类小说，似乎突然变成了洪水猛兽，"谈武侠而色变"的气氛笼罩于九州大地，图书馆也通统将其束之高阁，禁止借阅，以至于武侠类小说完全销声匿迹。这就是李寿民的大部分小说皆被腰斩、成为断尾蜻蜓的唯一原因。这是李寿民无可弥补的遗憾，也是中国文学和中国读者无可弥补的遗憾！

李寿民的最后十来年，一度暂居苏州，旋又移居北京，都是在惶恐中度过的。他虽然没有被戴上什么政治"帽子"，并前后任上海天蟾京剧团、总政京剧团、北京京剧三团的编剧及北京市戏曲编导委员会委员，为剧团写过不少剧本，但似乎总有一种无形的巨大压力笼罩在他的头上，压得他喘不过气来；他的数十部小说似乎都变成了深重的罪孽，他所塑造的那些人物形象更像是变成了憧憧魔影，使他挥之不去。于是他把自己的作品全部付之一炬，一本不剩。这种恐惧感和负罪感，使他犹如惊弓之鸟，不得不"夹着尾巴做人"。这倒帮了他一个大忙，使他在那场"放长线钓大鱼"的政治阴谋中没有上钩，保持沉默，从而侥幸成为"漏网之鱼"，逃过了一劫。然而最终还是没有逃过那"批判的武器"的致命一击。1958年6月，一篇《不许还珠楼主继续放毒》的文章，便把他打成了脑溢血，虽经抢救脱险，终造成左半身偏瘫，生活无法自理，自此辗转病榻两年有余。当他口述完历史小说《杜甫》，秘书以工整的钢笔小楷记录下杜甫"穷愁潦倒，病死舟中"那一段的描写时，李寿民对妻子说："二小姐，我也要走了。你多保重！"第三天，即1961年2月21日，还珠楼主终于与世长辞，终年只有五十九岁，恰与一生坎坷的中国"诗圣"杜甫同寿。

"尔曹身与名俱灭，不废江河万古流。"（杜甫《戏为六绝句》其二）李寿民虽然一生坎坷，结局凄惨，但他无愧于中华民族，无愧于古老的文明祖国。他在短短二十多年的时间里，创作了总计达一千七百万字的四十部小说，还有几十个京剧剧本。他的《蜀山剑侠传》更荣登于香港和内地两个专家组评出的两个"二十世纪中文小说一百强排行榜"之上。他创造了一种无与伦比的新神魔小说，为中国小说增添了一枝璀璨的奇葩。他的小说曾为一代人所着迷，并将永世流传。

裴效维

2011年12月15日于北京蜗居

目　录

1

第一回

急难遄征　小阿童初催神木剑
飞行御寇　凌云凤巧试宙光盘

话说峨眉小一辈主要人物中的七矮，原以妙一真人之子齐金蝉为首，率同石生，南海双童甄艮、甄兑，南海玄龟殿散仙易周之孙、易晟之子易鼎、易震，因有一转劫师兄阮征未来，先只六人。金蝉想要凑足七矮之数，便就着妙一真人夫妇率领长幼群仙往铜椰岛，为大方真人神驼乙休与岛主天痴上人解围救灾，释嫌修好之际，暗中把白眉禅师的小徒弟小神僧阿童拉上，补了七矮的缺。

金蝉因峨眉开府领命下山时，教祖妙一真人对于一班同门以后所居仙府以及别的使命，多半均经妙一真人备有仙书、锦囊之类相赐，独对自己领导这一拨，只令相机行道济世，自觅仙府，日期、地点全未限定。看去好似比较别人少了许多限制，算计未来形势，必定险阻艰难。暗忖："事繁责重，自己和石生在同门中年纪最轻，经历也浅。虽然得天独厚，缘福较深，近得本门心法，尤为深造，到底初次单独行道，身为一行表率。加以父师伯叔俱在闭洞炼法之际，少却好些依仗。此后全仗个人修为，应付稍一不慎，自身受害，还贻父师之羞。"越想越觉大意不得，由此便把昔时童心全收拾起。尽管师弟兄们一起，言笑晏晏，依旧

1

天真，遇上事却谨慎起来。

下山不久，便参与了众同门与苗疆红发老祖的一场恶战。结果虽然大胜，秦寒萼、李文衍、向芳淑三位女同门却受了重伤。于是由易静、癞姑、李英琼以及金蝉等七矮共十人，前往陷空岛取回万年续断和灵玉膏，并带回了岳雯之徒灵奇。回到中土后，易静、癞姑、李英琼三人前往依还岭，准备攻打幻波池，铲除妖尸崔盈。金蝉等七矮则携带灵奇和灵药，径飞姑婆岭，为秦寒萼、李文衍、向芳淑三人医伤。

金蝉等七矮年纪相若，情分至厚，自一下山，便经议定：从此在外行道，祸福与共，同行同止；非有特别原因，决不无故单独离开。

七矮与易静、癞姑、李英琼三人作别之后，在飞向去姑婆岭的路上，众人为了谈话方便，将遁光联合在一起。

小阿童曾前往白犀潭为天痴上人暗中解围，铜椰岛分手时节，天痴上人为报前德，传了他一口神木剑。嗣在苗疆，巧遇前诸生的同道至交枯竹老人，指点传授，加添了许多威力。枯竹老人并说："照此练去，不久功力便可精纯，胜过原来传授。"小阿童原因金蝉等六人本就各有仙剑、法宝，新奉师命，又各传授了好几件神物奇珍，心想："自己只凭佛光和有限的两件法宝，师父还不许随便轻用，飞剑更是独缺。幸而巧救天痴上人，得了一口神木剑，又经枯竹老人秘传。然而终觉比起同行诸友所持有些减色。"因而稍微得暇，便即勤习。知道如以佛光遁法随众同飞，多快也能一起；如用剑遁，便跟不上。为想照枯竹老人所传神木剑的遁法，就着长路飞行练习，便和众人说道："我自天痴上人赠剑之后，日常习练，老觉比你们不上。后遇枯竹老友指教，刚觉出有点意思，便往陷空岛求取灵药。你们那三位师姊，不特法力高强，飞剑尤为神异，休说外人，便你们前辈师伯叔中也找不出几口来。她们又不比我至好，又都是女道友，我这口神木剑如何拿得出手？因此一直不肯现丑。盼到今日分手，恰巧还有一段长路，正好拿它练习。受伤诸位道友，有卢仙婆灵药医过，已和好人差不多，只遇敌运用法力、飞剑时稍差。此时人在洞中修养，并无痛苦，稍微耽延些时无妨。我想不用佛光飞遁，运用这口木剑，随了同飞。走起来虽然慢些，却可就此练习，省得老跟不上。大家以为如何？"

石生首先笑答道："小神僧怎和自家人世故起来？这也值得商量？秦师姊她们决想不到我们回来这么快。我们七人早经议定同行同止，休说你近日功力大进，慢也没有多少，就再慢些，谁还把你一人落下不成？灵奇如不曾得过他父师独门传授，飞行起来比你还要慢呢。"甄兑也笑说道："女同门中只秦家二师姊好强心多，偏她魔难也重。遭遇虽然可怜，毕竟祸福无门，惟人自招，她哪一次不是白眉针给引出来的乱子？开府以后，凡是女同门，各有圣姑所遗赐的法宝。她偏爱用那白眉针，此时身受，正好借以警惕。何况我们并慢不了许多呢。"

灵奇忽然眉头一皱，插口说道："秦师叔轻用白眉针，那还是用之于正，便有许多苦难。像郑元规那厮，叛师卖友，家父被他累得受了许多苦罚；便弟子难遂乌私，不得常亲家父色笑，也由他而起。弟子偏是法力浅弱，无力寻他。此时他投身五毒妖孽列霸多门下，益发无恶不作。将来正不知如何死法，才能叫人看了快意呢。"金蝉笑道："这有何难？似此妖邪恶人，授首之期必不在远。我们此去，就许再往苗疆走走，遇上除去也说不定。"甄艮道："师兄休要小觑这厮，他师徒来历、本领，我却深知，如与相遇，还须小心呢。"

3

金蝉微笑，还未答话，石生已接口道："你这一说，我才想起开府第二日，玉清大师对我和蝉哥哥所说的那一番话，许为这妖孽师徒而发吧？"阿童便问："说些什么？"金蝉笑道："这话说来太长。是否指这妖孽师徒，还拿不定。且等我们送完药后，路上闲暇时再详说吧。"阿童正一心运用剑遁，随口一问，就此放过。又恰经行在一片好山水的上空，各自凌空下视，就此岔过，未再提起。

众人一路谈笑观赏，时光易过，眼看相隔姑婆岭不过二三百里，只前面还隔着一片高峻山峦，飞行迅速，晃眼即可到达。易鼎道："秦二师姊新居，我们还未去过，不知可是当初昆仑派弃徒阴素棠师徒所居枣花崖故址么？"金蝉道："阴素棠枣花崖故居，淫邪窟宅，正经修道人如何能住？诸位师长因秦家二姊道心不纯，误为阴魔所算，她这山洞离峨眉仙府不远，师长、同门常由上空往来，不特要多好些照应，并且她母亲宝相夫人就在附近解脱庵故址修炼。保不有昔年强仇前往侵扰，虽然所居四外俱有仙法封锁，不愁侵入，遇上事时，她住在近侧，随时求援照护，到底好些。我先也不知她新居所在，也是那日乙师伯向她和司徒平师兄指示机宜才得知。她以前暗中曾受母命，与李英琼师妹结交，琼妹人本天真好义，既可怜她的遭遇，又受乃母重托，两下情分颇厚。此外，她和万珍、李文衍尤为莫逆。自经乙师伯指教，便寻她大姊和李、万三位师姊告知。我与石生师弟恰巧在座，得知那地方就在昔年百禽道长走火坐僵的黑谷左近。我前借李师妹神雕骑着飞行，曾经路过好几次，认得那地方，形势颇好，只惜四处均有险阻。常人足迹虽走不到，空中飞行却是一望而知，过于明显，容易引敌登门。如非师长仙机，必有安排，加上许多照应，以她为人法力，住居于此，似乎不甚相宜呢。"

石生开口道："前面这一片高山飞越过去，便可看见她洞门外的危崖和瀑布招牌了。"说时，众人已飞向高山之上，一眼望到前面乱山杂沓之中，有三四里方圆一片山地，浮着一片云雾，石生所说危崖瀑布似被遮住。乍看时，那云雾并不甚厚密，急切间也看不出有什么邪气。一行八人俱是慧目，除金蝉双目曾受过芝仙灵液沾润，益发清明外，下余七人多半都能透视云雾。况在晴日之下，休说似轻绡一般的淡雾薄云，任多厚密，也能看出内中物事。竟会看不见一点形影，又不似运用本门法力禁制，深觉奇怪。

石生、阿童、灵奇三人发现云雾影里有两团金光，夹着两道朱虹飞舞闪动。石生首先认出那是神尼芬陀赐予凌云凤新收两小弟子沙弥、米弥的佛门降魔防身之宝伽蓝珠与毗那神刀，知有仇敌来此侵犯。

石生未及开口，金蝉神目如电，上来便看出有异。再定睛往雾影里一看，不觉大怒。口喝："秦师姊等为妖人邪法所困，我们四面合攻而上，莫叫妖人跑了。"随说，扬手便将本门太乙神雷发出，一大片金光雷火直朝雾影中打去。众人也纷纷相继施为，各催遁光，飞上前去。众中南海双童甄氏弟兄得道多年，见闻较多，一经仔细观察，首先看出那云雾的来历。忙喝："诸位师兄弟稍慢，那云雾乃海外散仙所炼法宝，不是邪法。必是他门下徒弟受了妖邪蛊惑，背师盗宝，前来作怪。除同来妖人外，这厮必须生擒，放他不得。"

说时迟，那时快，这里众人太乙神雷刚刚连珠发出，人还不曾飞到地头，下面云雾突然暴长，升高迎了过来。两下里势子全都电也似疾，自然一凑即合。众中只金蝉、石生同门义重，因愤妖邪乘人于危，安心不使来敌一人漏网，前后相继发出太乙神雷，随纵遁光破空直上，欲往高空严防堵截而外，下余六人全被那片云影罩住。

南海双童甄氏弟兄虽知此宝妙用，究是平日耳闻，初次见识；加以近受本门心法，兼有正异两派之长，不欲落后示弱，意欲一试深浅，再作计较。口中说话，身仍随众急飞同上，却不料来势如此神速。二人飞剑本质本来较差，一经接触，觉着那片云雾不特似个有质之物，并还强韧异常，具有绝大粘吸之力。如与硬拼，飞剑难保不被裹去。势更急骤，虽有法宝，不及施为。又一眼瞥见仇敌有好几个，正与凌云凤、沙佘、米佘三人苦斗，邪法均颇厉害。寒萼等三女同门一个未在，不知为何，未将洞府封闭，致被仇敌袭上门来。甄氏弟兄知道措手不及，口喝："鼎，震二弟留意！"声随人落，各收飞剑，挣脱云网，施展独门地遁，往地下钻去，晃眼无踪。

易氏弟兄迎头遇见云网盖来，也是觉着不妙。仗着各人均带有祖父母所传至宝奇珍，一个慌不迭将太皓钩化为一弯银光，将盖上身来的云网强行撑住；一个忙取火龙钗往上一掷，立有一道龙形火光烈焰，朝云网上飞去。易震原想："此宝专破这类形如网罗的法宝，出手便可火化。"哪知火焰才一脱手，耳听对面一个身材矮小的双髻道童哈哈大笑。云网着火一引，倏地由白而红，晃眼化为一片火云，往四外分布开去，并往下压来。

易氏弟兄当时便觉身陷火海之中，奇热如焚。弟兄二人双双喊声："不好！"刚把九天十地辟魔神梭取出，待要往下掷去，先将身子护住再行迎敌时，猛瞥见一道青蒙蒙的光华射将过来，火云立被荡起老高。青光罩向身上，立转清凉。但四外上空的火云烈焰仍未消散。同时耳听喝骂连声，又有四五道妖光、飞剑夹攻而至。易氏弟兄见势紧急，神梭已然准备停当，刚往梭光中钻进，将身护住，一面由旋光小门内指着众妖人喝骂，一面正各取法宝、飞剑施为时，猛又瞥见沙余、米佘两小在金光朱虹环身之下，冲焰冒火飞来，匆匆急喊道："恩师现在洞口守护，不能分身。适才抽空用神禹令冲开烈火，几受妖人暗算。来敌人多，虽有破他法宝，无暇使用。请小神僧、师伯叔们速往洞口，合力诛敌吧。"说罢飞去。

易氏弟兄见云凤适才神禹令所发青光只将火云冲开了些，使自己略微缓手，便即收回。知她必是防守洞口，百忙中运用法宝，冒险来挡。沙、米两小来时青光已去，火云依旧下压，吃神梭外面漩光激起千重火霞，声势异常猛恶，不在红发老祖所用血焰妖光以下。还不知神梭能否冲焰冒火，游行自在。猛听小阿童一声断喝，紧跟着一片佛光飞起，将四外烈火逼住，向空托起，往上升去。同时又听甄氏弟兄喝道："此火厉害，小神僧不可将它逼远，以免伤害生物。只停在当地，用佛法将此宝破去便了。"这原是瞬息间事，火云一被托高，立现大片地面。南海双童二次现身，阿童也指定空中佛光，同了灵奇降落，联合易氏弟兄，随手各施飞剑、法宝，向对面众妖人夹攻；一面同飞洞口，去与凌云凤师徒会合。强敌在侧，尚未伏诛退逃，空中还有火云未破，见面无暇多说，一齐面向敌人各自施为不迭。

两下里会合以后，甄、易诸人才得看清，来敌共有七人。只三影神君沈通、风娘子赵金珍、白鬼脸何小山，是日前苗疆大战红发老祖，在妙相峦、碧云塘两地相遇，后被漏网的华山派门下余孽。那双髻矮道童和另两个道装少年，从未见过。尤其那道童，看去法力颇强，所用法宝、飞剑与众不同，身上也不带有丝毫邪气。看情景，似是三眼神君沈通为首。那道童却单人立在一处，遇上妖人吃亏受挫时，也不出手接应。只顾单独对敌，一面乱施法宝，一面手掐灵诀向空连指，似要发挥法宝威力，又似想将法宝收回神气。无奈火云为阿童佛光所制，道童所想心思全办不到。加以众人这一会合，威力大增。云凤得了空隙，喘息方定，身藏异宝还未及施为；金、石二人尚在空中布置，也还没有露面。可是众妖人这一面，也感觉到形势骤变，凶多吉少。

内中沈通、赵金珍邪法较高，但因前在碧云塘吃过苦头，许多重要法宝都已失去，惊弓之鸟，未免胆寒。近又得知峨眉开府以后，尽管诸长老闭关修道，门人大都持有异宝奇珍，足可防身避害。另还各有传音告急之宝，一遇险难，接到警报的人，立即四面八方相继赶来。端的机警神速，厉害非常。连红发老祖那么法力高强的人尚遭惨败，如非有人解劝救免，几乎断送在峨眉派手里，形神皆灭。沈、赵二人先见雷火金光自天打下，便疑敌人得信，不久必要全赶了来，心已内怯。及见道童法宝灵奇，化出火云，敌人法宝、飞剑无功，已有两人入土遁去，方始心喜，生出一点希冀。不料佛光飞现，火云受制，对面敌人重又出现，互相会合，剑、宝齐施，光霞万道，变化无穷。二人明知凶多吉少，敌人有胜无败。尤其沈通在碧云塘将所有毒火、妖钉吃对头破去，只剩一两件防身逃命之宝和两口飞剑，再如失去，以后更难自存。由不得把以前横行多年的骄妄心情，去了个干净。越想心越发慌，自己偏又法力较高，成名多年，在一伙妖人中行辈较高。风娘子赵金珍却素来狂谬乖张，不知利害轻重，仗着炼有不少邪法异宝，苗疆之役到得最后，又随了史南溪先逃，虽曾目睹同党妖邪惨败，本身却未吃着苦头。不特不知利害轻重，反因有两件心爱法宝先前为凌云凤所破，怒火烧心，还在妄想乘隙报复，丝毫没有退志。下余诸妖党多是赵金珍的情人，谁也不愿当着情敌示怯。就有一两个看出不妙的，也只暗打主意，随之进退，不肯先退，启妖妇和诸情敌的轻视。又多妄想道童来头甚大，法宝神奇，也许还有厉害杀手。因而互相观望，依旧施为。

事情本是沈通倡议，想乘隙报仇夺取弥尘幡而起。初遇道童时，又不合妄以前辈自居，说了句大话，于是势成骑虎，休说领头先逃，连软话都没法出口，只好随众上前。一心盼望不要似前次碧云塘那样，强仇大敌联翩而至，只眼前诸人，不再增多，虽难获胜，至多伤却一二同党，等赵金珍怯敌一逃，便可同遁，不致全数伤亡。又想："自己更擅幺功飞遁，不遇敌党诸长老出手，决可免难。反正丢人是占多一半，何不暂时应敌，见机而作？"沈通也是平日惯用毒火、妖钉伤人，恶贯满盈，该当遭劫，致遇上七矮这一伙疾恶如仇的照命凶星。仗着飞遁神速，原可逃死。这一停顿，虽不像在苗疆初遇敌时轻视峨眉这些后辈，无如性情强傲，凶横已惯，觉着自己多年威望，见敌先退，当着同党，面子难堪。以致只管迟疑观望，上下强敌已一齐发动。

原来凌云凤自从峨眉开府通行右元洞火宅严关，因为当初参悟白阳真人遗留图解，将初步扎根基的功夫忽略过去，道基不固，为火宅乾焰所陷。虽仗杨瑾相助，妙一夫人恩怜，幸免于难，元神已受重伤。妙一真人随赐灵丹，另加传授，命在洞中面壁勤修，静养若干日，复原之后再行领命下山。云凤见师恩深厚，益发感奋愧励，用功甚勤。又加当时得了杨瑾柬帖指点，进境神速，不消多日，便已康复，功力反更精进。这日云凤做完功课，方想："不知何时才得奉命下山，会合众同门行道济世？"忽听妙一夫人传声相召，命至太元殿外平台待命。心中惊喜，拜命赶去。参见之后，妙一夫人赐了两件法宝和道书、柬帖，便命即日下山。又说："各位师长俱在殿中参修大法，毋庸参谒，连左、右二元也无须经过。"并告以前收沙佘、米佘两小徒，现在仙籁顶古楠巢，与邓八姑门人袁化在彼参修，等候云凤休养复原，随同下山行道。

云凤自经火宅之厄，益发谨慎。因知众同门下山多有同伴，自己虽然一样赐有法宝、仙柬，却是孤身一人，只带着两个刚成气候的小人徒弟。师长闭关，外面群邪纵横，又未明指去处，好似任凭自己率意而行，觉着前路难料。无如对于师长素来敬畏，当时不敢多渎，拜恩之后，又向殿恭拜通诚。起身后，望见妙一夫人朝己微笑，意似嘉许。云凤方想试探着请示机宜，妙一夫人已先开口道："你以前仙缘遇合太巧，往往把事看易，致多闪失。火宅之厄，实是玉汝于成。我因芬陀大师对你期爱，杨道友前生又是你的曾祖姑，再三为你关说，你也颇知自爱，特将专破乙木精气之宝赐你。有此防身，再照所传加功精习，任何五遁禁制均难伤你。还有你门下沙、米两徒孙，出身虽是僬侥细民，却向道坚诚，已邀天眷。自经芬陀大师佛法改造，道基已固。又得佛家传授，并有佛门至宝伽蓝珠与毗那神刀，稍差一点的妖邪决非其敌。随你同行，正是两个得力助手。众同门各有因缘，遇合非一，虽因使命不同，仍是各凭缘福修积。只要遇事小心，不似昔日轻率，也无须胆小畏难，尽可随缘修积。下山去吧。"说罢，自往殿中走去。

云凤心始稍安。一想："新得法宝尚须练习数日，师父只命便宜行事，随缘修积，并未有甚限制。身受曾祖姑、芬陀师祖与叔曾祖母深恩，何不带了两小前去拜望一回，就便领教？"于是先往滇边倚天崖龙象庵飞去。到后一看，芬陀神尼已经外出，只杨瑾在庵中。云凤拜见之后，谈起来意。并说："秦寒萼遭遇境地，实是可怜。等拜谒叔曾祖回来，意欲往姑婆岭看望一回，再定行止，不知可否？"杨瑾笑道："青螺峪你此时不必前往。倒是秦寒萼、李文衍、向方淑三人，现受红发老祖化血神刀之伤，正在洞中静养，须候易静等取来陷空岛万年续断与灵玉膏，始能复原。现时灵药已然到手，由金蝉等七矮带回，日内即可交到。除她三人外，司徒平惟恐妖邪乘机暗算，也在那里。此次峨眉众弟子下山时各有恩赐，只司徒平独得一本道书，并无法宝。他虽仗有大方真人所赐乌龙剪，毕竟只可防身，遇见厉害敌人，未免难以抵御。你去看望他们，也许能帮点忙。不过此后遇事，总要问明来历，不可随意伤人和对方的法宝。我尚有事，已为你迟了两日。你就去吧。"

云凤只得率领二小，拜别起身，往姑婆岭飞去。快要到达，忽然想起杨瑾行前所说，好似前途还有事故。暗忖："前听玉清大师说，异派群邪尽管劫数将尽，因自峨眉开府以后，知道正教昌明，威力日盛，心存畏怯，互相勾结，欲乘诸长老闭关之际，专寻一干后辈同门为仇，凶焰狼狈，较前尤盛。此次下山行道，务须随时警备，不可疏忽。姑婆岭相隔仙府正近，如有妖邪往犯，定非弱者。自己入门不久，道力尚浅，以前虽经过数次大阵仗，均有高人在侧相助，因人成事。这头一次出手，莫要丢人。何不先在左近落下，隐了身形，掩将过去，无事自好，如若有事，敌明我暗，可以相机下手，怎么也比冒失行动强些。"

云凤心念一动，立和沙、米二小降落，略一商议，隐了身形。正待施展师门心法，轻悄悄沿着山麓低飞绕越过去，猛瞥见前侧面一条极幽僻的暗谷之中，似有青黄光华微一闪动，知有异派中人在彼。此处相离寒萼所居洞府只七八十里远近，只因地势幽僻，中隔乱山危崖，不比金、石七矮来路容易发现。云凤先前只听同门说起，初次上门，估计将到，准备沿途查看过去，不知途径却在空中。遥望前面，只是山岭回环，峰崖险峻，并无异状。等发现异派中人遁光，心疑妖人正在附近聚集，尚未下手。一心想观察一个虚实底细，未再升空查看，径率二小往谷中掩去。

到后一看，危崖后面坐着一个道装少年和一个衣冠诡异的道人，俱都面有忧色。少年道："卜师兄虽然任性，我想他那法宝神奇，不见得便会失陷在敌人手里吧？"道人道："你是没参与凝碧开府盛会，哪里知道。休看对方师长闭关，这些门人无一好惹。何况又同了一伙妖邪前往，万一这些年轻后辈不知我们来历，一体看待，卜道兄素极自恃，到时再不见机，丢人不算，还将这土木精英炼成之宝失去，回山如何交代？我们师长不出头不好，如若出头，未来之事吉凶难料，却怎好呢？"少年苦笑道："我也不是不知厉害，无奈卜师兄为朋友心热，说他不听。因和妖人打赌，反将我所带法宝强借了去。行时并说，只逼对方说出那两个对头女子的住家，引了前去便罢。不特不愿乘人于危，并还不许众妖人浑水捞鱼，乘隙暗算人家。便下手时，也另是一起，不与妖人合流，对方哪有看不出来的道理？我先以为对方诸人决非卜师兄之敌，直到遇见乙老前辈警告，才知不是好惹。并且少时对方便有援兵到来。卜师兄去了这么大一会，照理应该早占上风，用本门传声相告，以防妖人乘隙下手，他一人顾不过来。如今音信毫无，定与强敌苦斗，无法下台。听你这一说，我也担起心来。如非乙老前辈再三警告，不令我二人前去，并说去了不特于事无补，反而有害，非引起两家仇怨不可，最好由卜师兄一人闹去，叫我二人守在这里，也许还有转机的话，我早去了。"正说之间，那少年忽然略一停顿，侧顾惊疑道："卜师兄居然占了上风，乘对方援兵未来之际，我们快催他息了前念，急速回来吧。"

云凤见二人面无邪气，细详语意，分明是受了妖人蛊惑，来此侵犯，却又不肯同流合污，单独行事。既与神驼乙休相识，双方必有一些渊源。听到末两句上，知道寒萼等已为来敌所败，这两人既未存有敌意，也就听之。当时未暇现身询问，匆匆带了两小升空飞起。

　　刚越过前面高峰，便见右侧崖前有各色光华飞舞变幻，洞门外站定司徒平，正指乌龙剪连同飞剑，与敌苦斗。洞门已被向芳淑的纳芥环奇光封住。秦、向、李三人同立洞内，却在弥尘幡光幢拥围之下，似想再如危急，便驾弥尘幡逃去情景，神色仓遽，颇为狼狈。洞外斜坡上立着几个男女妖人，正指洞中三女喝骂，得意洋洋。另一道童打扮的敌人，独立洞左危石之上，手指十余团青、黄二色的精光，戟指司徒平喝骂道："峨眉小辈，速听良言降服，引我去寻那贱婢，我不伤你们。否则，我将神雷全力施为，你们非死不可，悔之晚矣！"云凤闻言，不由大怒，手指处，玄都剑首化一道精光，飞上前去。对面三影神君沈通和风娘子赵金珍、白鬼脸何小山，更是华山派中能手。司徒平独斗群邪，本来势孤，一则近来功力精进，二则乌龙剪神妙无穷，才勉强扯个平手。

　　侧面那个道童名叫卜天童，乃土木岛主商梧门人，本来不想随众妖人出手。只因众妖人见司徒平等法宝、飞剑厉害，洞门又被纳芥环宝光封住，急切间攻不进去，恐怕夜长梦多，时候挨久，将敌党中厉害人物引来，不特转胜为败，弄巧脱不了身。沈通来时说过大话，心虽愧怍，还不好意思，就向卜天童求助。另两道装少年，一名文又方，一名乔纪，看出沈通心意，首先输口。卜天童旁观多时，看出众妖人难占上风，因甚恨来前沈通语气狂傲，欲俟少挫，再行出手。等久不耐，再听文、乔二人一输

13

口，已然跃跃欲试。

偏巧秦、李、向三人不似司徒平持重，虽见对方有一道童只作旁观，不曾出手，身上又未带有邪气，总想既与妖人同来，决非善良之辈，更看出对方功力颇深。三人略一商量，彼此负伤未愈，除弥尘幡、纳芥环外，下余飞剑、法宝俱不能由心运用。师长所赐传音法牌虽可用来告急，无如只用一次。向芳淑头一个舍不得用。秦、李二人俱是本门中魔难最多的人，也觉得事情如真危急，上次齐灵云碧云塘传命时必有先机预示。此时情势尚还未到十分危急，便到真个不支时节，也只用弥尘幡护身，突围遁走，传音法牌可留备异日危急逃生之用。认定未出手这一个必非庸流，最好将他先行除去。寒萼随将白眉针由纳芥环中发将出去。

主意并想得不差。无如卜天童乃土木岛主商梧最得意的门人，从小随师隐修辽海，中土虽未来过，对于正邪各派的法力虚实早有耳闻。尤其是初次出门，所寻对头都是当时负盛名的门下，惟恐闪失，除自有飞剑、法宝外，并把几个同门至好的法宝强借了来。一面又把他本门独有的土、木二行真气暗中放出，将身护住。耳目更是特别灵敏，强敌当前，心期必胜，闲立未动，却在暗中行法查听，三人洞中计议，竟吃听去。寒萼以为白眉针威力神妙，至不济也可去掉两个妖党。无如新伤之余，即此一针已是勉强施为，无力多发。又打着擒贼擒王的主意，满拟敌人必伤。哪知敌人护身有宝，机密再吃听去，人未伤成，反把对方激怒，口中喝骂，手扬处，立有十道青、黄光华飞来。

这时司徒平刚在百忙中运用玄功，加强乌龙剪的威力，将众妖人飞剑、法宝破去一些。不料又添劲敌，乌龙剪虽不似寻常法宝，易为土、木真气所制，却也占不得半点便宜。众妖人见卜天

14

童出手，心计得售，益发猖狂，纷纷施为，上前夹攻。司徒平正觉着再斗下去，有败无胜，忽见云凤飞来。斗了这一会，已知对方厉害，恐云凤飞剑受制，忙喝："这厮妖光能缠飞剑，师妹留意！"云凤飞剑已经电射而下，闻言心方一惊，剑光已被两道青黄光华裹住，虽还未被裹去，已不能随意施为。慌不迭往回一收，竟似吃甚大力吸住，虽能回飞，甚是吃力。不禁又急又怒，一面仍运玄功奋力回收；一面把神禹令取出，向外一扬，立有一股青蒙蒙的光气发将出去。

卜天童因为本门二行真气专能吸收敌人飞剑、法宝，上来便打着如意算盘。哪知才出手，刚把敌人飞剑绞住，觉着力量甚大，便被司徒平察觉，指挥乌龙剪飞来，将飞剑解救回去，专敌妖人。一面加强乌龙剪的威力，化为两条神龙般的墨色精光，满空飞舞，急切间竟无奈他何。卜天童心想："是何法宝，如此神奇？"正打算把另一件师门镇山之宝取出一试，猛听一声清叱，一道虹光自空直下，跟着飞来一个道装少女。忙将手一指，分出两道光华迎上前去，刚将来人剑光裹住，便吃回收，觉着力大异常。心中惊异，暗忖："峨眉门下所用飞剑，怎都如此神妙？难得到中土来一次，好歹也收它一口回去。"心随念动，立纵遁光飞起，一面加急施为，一面把未发完的二行真气发将出去。满拟来人这口飞剑必落己手无疑，做梦也没想到遇见克星。他这里匆匆施为，云凤比他还要情急，神禹令恰好同时发动，两下里迎个正着。青色光气到处，二行真气所化青黄光华立被冲破，化为缕缕残烟，四下飘散。卜天童这才知道厉害，不禁又惊又怒，当着一干妖人，不禁愧愤交加。

随着云凤同来的沙、米两小全都贪功疾恶，一见师父出手，早不等招呼，各将芬陀大师所传毗那神刀飞将出去，恰是同时施

15

为。卜天童急遽中瞥见朱虹飞来，误以为是寻常飞剑之类。因正忙于另取法宝，报仇雪恨，自恃护身有宝，敌人飞刀、飞剑不被吸收，已是便宜，决难伤害自己，便没有躲。哪知佛家降魔利器别有妙用，又是一个克星，本来非受重伤不可。总算他应变机警，加以始终想收对方刀剑，一见朱虹双双飞来，百忙中运用玄功，两臂一振，贴身潜伏的二行真气立即往外暴长出去。本意就便吸收敌人刀剑，忽听叭叭两声，朱虹到处，真气竟吃破去，朱虹随即环身绕来。这一惊真个不同小可。总算他见机得快，土、木二遁神速非常，先前又吃真气挡了一挡，略缓来势；如似先前贴身绕护，那就不死也必重伤了。当时惊魂都颤，哪还再顾得取宝施为，身形一晃，便自隐遁开去。

云凤不知就里，见敌人只有一人逃遁，还有六个敌人正与司徒平苦斗，师徒三人剑宝齐施，赶紧杀上前去。隔不多时，金蝉等七矮便和灵奇赶到，混战起来。

同来妖党中，有一个名叫华岳仙童雷起龙的，在华山派门下行辈最低。但他生具异禀，工于内媚，相貌也极英俊美秀，在华山派门下有美男子之称。入门不久，又得到了一部左道中的采补秘籍。一班异派左道中的淫娃荡女，只要遇到他，便不肯放过。雷起龙自知修炼年浅，法力平常，除却"采战"一门专长外，别无所能，每有遇合，总是战战兢兢应付。明知女的对他已然迷恋失心，连毁去道行都所心甘，这等修道多年的真阴吸取了来大有补益，他却一味怜香温存，从不专顾自己。每当女的欲死欲仙的紧要关头，他必发话警诫，晓以利害，并还教以锁闭真阴之诀；一面仍照旧温存，并不离体。对方如果出于自己心爱，两相慕悦，非由女方强迫而来，到了乐极情浓之时，除照前告诫外，并和女的说明，加以指点，彼此交换真元，互为吸收，使双方天地交泰，同有补益。不似别的妖邪，专一损人利己，一任女的事后毁身败道，毫无顾惜。本身胎子就是荡女心目中的极品人物，经此一来，对方不特爱之如命，而且感念终身。

他又狡猾非常，算计群雌如把自己视为禁脔，必起争杀。故每有遇合，从一上手，便与明言直告，说："我虽怜香惜玉，识趣知情，但是一向兼爱，所欢全期永好，不能专顾一人；并且人数甚多，谁也割舍不下。照例由我寻人，不许人来寻我。所约晤期，如期而至，决不失信，使其空盼。凡是心爱女子，不论新旧，都是一视同仁，无所轩轾。如存妒念，不特使我为难，本身还要树下许多强敌，损人而不利己。转不如现在就一刀两断，各自东西，大家都死了这条心，以免误人误己，许多不便。"女的早已为他所迷，知道所说乃系实情，也就点头认可。即或女的生性淫妒，心中不愿，无奈对此美食不肯放过，打算先快活一回，事后再施媚术笼络挟制，一样可以独占，便表面依从，不与争论。哪知雷起龙不特学有专长，交合之间饶有情趣。并以阅人经事都多，女的心意，一见便即识透。上来所说，便是先打一个招呼，为自己将来站个脚步，原不怕对方反口。温存体贴更是高人一等，不似别的妖邪粗鄙强暴，专以"采战"为上。女的只一与交合，平日任多淫妒泼悍，也由不得要倾心听命，百依百顺，以求得他的欢心。明明不愿的事，偏把他奉如神明，爱逾性命，分毫不敢拂逆。在许多有本领的情人热爱感激、互相争宠之下，已然得了无数便宜，不劳而获的法宝竟有好几十件，而且均非凡品。

三年前，他偶往海外寻一情人践约叙旧，归途经过小南极。因所访情人别时说起，金钟岛主叶缤两次声言，要将小南极四十七岛妖人余孽一齐除去，就要下手。暗忖："自己是华山派烈火祖师门下末代爱徒，叶缤又是峨眉、青城诸长老的至交，路道不对，无异仇敌。"恐怕无心撞上，平白吃亏，打算绕路飞回。这条云路因是初经，下面岛屿甚多，一算里程，相隔金钟岛不远，左右无事，便把遁光放缓，一路观赏过去。又飞了一阵，发现一座小岛，上面花木繁茂，涧谷幽奇，风景灵秀，极为少见。如非有人匠心布置，决不会有如此整洁，料是散仙清修之所。他本心是想暗中窥探，稍微游玩，便即回飞，并无别意，便隐了身形往下降落。哪知岛上住的是一位隐修多年，向不轻与同道往来的女仙，法力甚高。尽管情人所赠隐身法宝神妙，并无用处，落地走没多远，便吃对方困住。雷起龙一则胆小害怕，急于脱身；一则又爱那女仙太甚，虽用法宝迎敌，却不还攻。口中不住哀告乞怜，说自己学道年浅，海外各岛并没到过几处，偶然无心路过，发现此岛景物灵秀，仙景无殊，下来观赏，实非有心冒渎，望乞鉴谅微衷，念其修为不易，宽免初次。同时乘着和对方问答之际，冷不防暗施邪法。

那女仙见他相貌英俊，词意诚切服低，本就心软。只因看出他的路道不正，方想盘问明了来历，只要不是故意来犯，便任走去，不与计较。因见对方神情惶急，胆小害怕，一时粗心大意，竟为所算。一经好合，男女双方俱各贪恋异常。女仙法力原高，不久明白过来，知道上当。多年女贞败于一旦，心中虽极悔恨，偏是情浓，不舍翻脸。先料这类妖人决无好心，况因对敌而起，断定真阴必为所盗。无如心中爱悦，不忍杀他，想是夙生冤孽，才致有此。略微寻思，竟把心一横，任凭摆布，一言不发。哪知雷起龙见她玉骨冰肌，资禀秾粹；又是一个全贞修女，另有微妙，比寻常所交淫娃荡妇迥不相同，也是越看越爱。嗣见女仙明眸欲掩，泪光莹莹，秀眉颦蹙，隐寒幽怨，知她已清醒，心生悔恨。一面刻意求工，一面告知利害，传以玄牝吐纳交泰之术。并说自己实是害怕伤亡，情急无计，加以醉心仙姿，好心求爱，决无加害之意。女仙还在半信半疑，本心事完，一同毙命。后来真阴将吐，实忍不住，对方更一再停手警诫，姑照所传一试，竟是乐极，真元也未丧失。这一来，居然由仇敌变成恩爱。

事完坐起，重叙情话。女仙问出他是华山派门下后进，心想："刘樊合籍，葛鲍双修，本是神仙佳话。难得此人虽是左道，竟有天良，所说也系实情。自来无不可化之人，况其入门年浅，恶行未彰，正好早日挽回。事已至此，只率嫁他，劝其弃邪归正，同修仙业，也不枉失身相爱一场。"便以正言厉色再三告诫说："我向不与外人来往，本来外间的事不甚知悉。前次峨眉开府，被一女友强行邀往凝碧崖观光，本来主人并未具柬相邀，那女友又只和主人的两位至交相识，与他本派并无交往，因系从古未有的盛举，主人又不问敌我生熟，来者是客，一体延纳，因友及友，才被强拉了去，心还不愿。到后一看，不特增长见闻，并还交了两个好友。才知邪正之分，五台、华山诸异派决非其敌，早晚同归灭亡。我既甘心嫁你，自然愿天长地久，合籍双修；你如遭劫，我不独生。回头是岸，人贵改过。你如真心相爱，从此弃邪归正，速与妖师断绝，与我同修。此岛偏僻，孤悬辽海，我又喜静，极少同道；平日休说人迹，连云路上空也极难得有人飞过。诸妖邪如因你叛他们为仇，寻上门来，自有我来对付。今日实是前孽，见你胆小害怕，不合欺敌心骄，毫无防备，以致上当。我如稍微留心，你早形神皆灭了。不信你看。"

说完举手一挥。便见上下四外有无量数的火焰金刀，电旋星飞，潮涌而来，雷起龙立被裹住，只未下落。女仙笑道："你看如何？决不伤你。你姑且挣扎逃遁，试上一试。"雷起龙见那火焰金刀宛如一个金色火球，将上下四外一齐包没，焰光千重，射眼难睁，脚底已成了一片光海。虽为女仙所止，相隔丈许，不曾上身，通体已似被绝大压力束紧，丝毫动弹不得，自然不敢冒险妄试。急喊："仙姊停手！我对你如有二心，异日死于金刀之下便了，试却不敢。"女仙收了遁法，叹了口气道："冤孽！我自为你邪法所迷，醒来悲愤已极。我若稍差一点，你再昧良无情，我只等真元一丧，便将此遁发动，同归于尽。我有准备，尚可转劫重修，你却形神俱灭了。如非凤孽，也不至于此。伤心的事不提也罢，此后你却须听我良言，好好改正修为呢。"

雷起龙这一对坐接谈，越觉她浅笑轻颦，仪态万方，玉肌仙骨，光艳照人，令人望之，自起一种高洁娴静之思，不敢逼视。再听语音轻柔，隐寒幽怨，不禁想起对方累生修积，绝代仙姿，隐居辽海多年苦练，好容易将证仙业，女贞无端为己所毁。当时也曾想到，这类茹元葆真，正派散仙中的炼女，百世难遇，几次想要破例采补，均以爱怜太过，于心不忍。又想图个永久，不特未采她的真阴，反把从不全数告人的秘诀尽情相授，即使日后再怀二心，也必无法下手。经此一来，真元虽为她保住，自己也转祸为福，终究比不失身要差得多。又因女仙外相温和，容止娴雅，无论轻嗔薄怒，浅笑微颦，以至徘徊却坐，清谈娓娓，举手移足之间，无不另有风华，自然绝艳。偏又丰姿奇秀，神韵独超，尽管醉心倾倒，分毫狎侮不得。而内禀又是那么秾粹醇美，着体欲融。把以前所遇邪教异派中的淫娃荡妇，十九比成粪土。他不禁又怜又爱，又敬又愧又感激。女的再以正言相规，以前对付别人的兼爱邪说竟未敢出口。如非那些旧情人多半难惹，一断来往，立与成仇的话，直恨不得除女仙以外，把所有情丝全都斩断了。

女仙暗中查看他对己实是至诚，专一奉命惟谨，只是有时面上微有愁容。只料他师门恩重，积重难返，尚有为难之处，不肯忘本，原是好处，倒也原谅，并不逼他立与师门断绝。只说："从此改行向善，不许为恶，更忌同流合污，致为所累。如有为难，速来告知，我必为你设法防备。即或难胜，我平日虽喜静修，无多交游，但也交有三两至友，俱是正教中人，有极深交谊，本身法力也高，有事必来应援。大都飞行迅速，急若雷电，无论相隔多远，片时即全。多大乱子也不必害怕，只是为人要好；否则，便我多深情爱，也没法帮你。最好不必恋此暂时聚首，先去摆脱了这类妖邪再来。"

　　雷起龙倒也知道警惕，认作转祸为福之机，不特当时极口应诺，而且聚了几日，吃女仙强迫催走，恋恋辞别。一开头先向以前所交淫女一一诀别，力说自己近来受一前辈仙真指点，痛悟前非，现已决心永谢绮缘，专事重修。为念旧日情好，更恐时久相思，以为自己薄幸，有所偏爱，或生疑忌，特来话别；承赐宝物，也敬以奉还。这些淫邪妇女虽极爱他，不喜此举，纷纷劝说，但多水性杨花，淫荡已极。雷起龙平日又处得极好，从未说过假话，双方感情甚好，一见任怎劝说不听，一味婉言求告，说再不回头，立有大劫。倒也不好意思翻脸。又多以为他好色如命，不能持久。有的还讥嘲几句；有的竟相待更好，只逼他不再叙阔，好合上几日才去，否则不能放走。

　　这类妖邪多是邪法高强，雷起龙无力抵抗，心虽厌恶，也不得不勉力敷衍，刻意求欢。地方又多，在海内外接连飞驰了半年多，才得把一些教外情妇勉强完事。总算全把话说明，无甚纠葛，又未生出仇怨嫌隙。中间也曾抽空去往女仙所居岛上叙阔，起初还不敢明言经过，后吃女仙看出破绽，再四盘诘，不敢再隐，只得跪地谢罪，吐出真情。

女仙始而不甚相信，当时无话。等他聚了些日辞别，暗中尾随，窥探虚实。不特看出悔过出于真诚，并把自己爱逾性命，时常背地默祝天神见怜，许其改过自新。但求免去这些纠缠，得与女仙同隐，长相厮守，誓当暗中力行善事，脱却前愆。女仙大为感动，第二次相见，便与言明："人谁无过，贵于能改。你只管照着那日誓愿行事，我既不限你日期，也不问你以前行为如何，放心好了。"

雷起龙经此柔情温语慰勉，益发感奋，力思去邪归正。无如前孽牵缠，这一年中，所有以前情人俱经摆脱，不再来往。只赵金珍一人生性淫悍，刚愎异常，又是本门师叔，极难说话。始而屡往寻访，均值他出。等妖妇回山得知，反来寻他，雷起龙偏又去往女仙那里。彼此屡次相左，久未谋面。雷起龙只剩这么一处葛藤，固望早了为是。赵金珍偏又错会了意思，当他思恋自己，想要重拾旧欢，急欲与他叙阔。只奇怪屡去相寻，均见不到人。起初只当他情人甚多，必往别处寻欢未回。那些同类淫邪本多相识，试寻了去一打听，竟是久断来往。并还说起他前者来会，自称忽遇真仙指点，将要改邪归正，永断情欲。聚了两日走去，永不再来。妖妇虽不把他视为禁脔，却也贪恋不舍。一听他要和众人一起断绝，寻找自己，必也为了此事，又有叛教之心，不禁又气又怒，当即到处寻找。

事有凑巧。雷起龙所交情人多由互相爱好结合，就有几个由于对方发动，也还有点情爱。惟独对于赵金珍，因是长一辈的师执，平日极负艳名，本门两辈尊长多与她有过交往，别派中也有不少情人，全是左道中有名人物，无一好惹，惟恐招忌树敌。人又淫凶悍泼，行事专横。自从乃师金沈子为峨眉派后辈所杀，每

22

次相遇，必加挑逗。那么淫艳的妖妇，不知怎的，竟不投缘。起初简直不敢染指，见即设法躲避。妖妇先当他胆小害怕，面首本多，也未在意。后在同道妖妇口中，问出雷起龙具有专长，淫心始炽，必欲得之为快，终以暴力强迫成事。

雷起龙迫于无奈，虽然曲从，心终不喜，但却畏之如虎。这次受了女仙指教，寻她断绝，本是硬着头皮前往，几次未遇，懒得再去。女仙岛上风景清奇，洞府宏丽，更有灵药仙酿，奇花异果，任凭享受。女仙又具有绝代容光，不必定要真个销魂，便可令人爱而忘死，如何还舍离开。以为师父已死，师祖烈火祖师对第三代的门人素来放任。自己只初入门时，由师父带往参谒过一次，便未再见。师祖近年为报峨眉之仇，闭洞祭炼法宝，一班师伯叔和先进同门尚且轻易见他不到，似自己这等末学后进决不在意。现时只赵金珍一人还未断绝，本来打算再去寻访，明与了断。

这日女仙独自出游归来，谈起目前正教昌明，各异派妖邪劫运将到，再有数十年便即消亡殆尽。雷起龙心想："此岛孤悬辽海，地绝僻远，隐伏在此，旧日一班同道妖邪决不知道。数十年光阴，一晃就到，好在本身师父已死，等这些人伏诛数尽，自己法力也必大进，那时再夫妻二人同往中土积修外功，以求正果，岂不省心？何苦再去招惹他们？一个不巧，认作背叛师门，还有杀身之忧。"于是改了主意，更和女仙说，打算从此在岛上一同隐修，不再寻找妖妇。女仙见他自从与己结合以后，那敬爱之诚全出衷心，不特承颜希旨，百事将顺，从未分毫忤逆，而且改过迁善之心也极真切。最难得的是他出身异派妖邪，素来好色贪淫，对于自己爱恋如命的人，竟能克制情欲，尽管终日厮守，温存抚爱，从不敢妄求交合。不由得大为感动，一心一意想使他去旧从新，勉成仙业，永为神仙眷属。听他这等说法，益发怜爱。不过女仙法力、功行颇高，深知因果相循。孽缘恶因既已种下，先行解脱，尚且难期必免，再如置之不理，早晚总要遇上，必有事故发生。就能等到对方遭劫，他生仍要遇上。自来微风起于萍末，星火可以燎原，一时疏忽，往往铸成大错。起初仍劝他去，嗣因雷起龙在岛上清福、艳福一并享受，日子越多，越不舍得离去，每值催询，定必软语央告，百计延宕。

女仙原是前辈女仙申无垢的记名弟子。因申无垢收她时事出无心，曾说她情孽纠缠已历多世，今生任怎修持，也难以肉身证果。自己生平只收两个徒弟，也因情孽造下许多恶因，受累不小。并且不久就要成道飞升，也不能多有传授。后经再三哭求，始允收为记名弟子，并带往南海，寻了一座极偏僻的小岛，传了一部道书，令其照书勤习，不久他去。女仙独居清修了许多年，从不离岛一步，近年方始偶然出岛闲游。寂寞惯了，还不觉得。及与雷起龙同居了些日，不由情根日长，一人独居，便觉孤寂无欢，也有一点不舍离开，何况雷起龙一再磨缠。女仙心想："乃师已死，华山派徒党虽众，因末两代人数太多，取材既宽且杂。教祖烈火祖师急于报仇，常年闭关炼法，头两代弟子恶迹昭著，时被正教中人诛戮，日渐凋零，于是成了一盘散沙，除有事相需外，几乎无甚联系。似雷起龙这等末学后进，一旦隐退，决无甚人在意。只剩妖妇赵金珍一人尚未断绝，稍缓前往，也还无碍。"因此耽延下去。

一个固是乐不思蜀，一个又不再催迫，光阴易过，不觉二年。这日女仙忽想起好友青门岛主朱苹，两年不见，此人不特是自己惟一至交，并还得她助益不少。上次分手时，说要闭关炼法。并说前紫云宫中主者初凤，也快应完劫数，不久便要往她岛上寄居同修（事详《青城十九侠》）。因她近数年中不能离开，嘱令两年后前往相访，约期早过。

久闻紫云三女法力高强，美艳无伦。所居海底，珠宫贝阙、气象万千，景物奇丽。心中向往已非朝夕，何不趁此时机前往看望，就便一探初凤来未？便对雷起龙道："我往南海访友，朱姊姊是我至交。本想连你带去，无如路程辽远，又要走过磨球岛离朱宫。岛主少阳神君为人正道，疾恶如仇，近和峨眉、青城两派十分交好，把华山、五台诸异派视若仇敌。岛上设有一面神鉴，千百里内人物往来，形影毕现，你我隐身法决瞒不过。我一人前往，不隐形踪，也必无碍。带你同行，必放不过，我自不能坐视。宫中门人、侍者自恃师父法力，多半气盛骄横。休说众寡悬殊，他们又拥有三阳真火威力，得天独厚，难与为敌；即便当时小胜，脱身回来，以后这条路便不能走，并且从此永无宁日，何苦惹他？你还有一妖妇也未了断，屡次催你，老是支吾。我今此去，至少要和朱姊姊聚上三五月，我不在家，有何可恋？你正好乘此时机去往中土，把这一段孽缘勾销。此后便可和我长相厮守，永不分离，不是好么？"

雷起龙闻言，心虽老大不愿，无如女仙前曾提过，朱苹性情温和，道力高深，同道之交又多，俱是散仙中的有名人物，这次约会，于将来成败有关，不能不往。自己该办的事，早就无法推托，女仙再走，更无话说。没奈何只得允诺，请女仙将他存的飞剑、法宝发还，并把以前所赠的一道脱身保命的灵符也带了去。女仙见他神色恍惚，心志不宁，当是不舍数月分离，便慰勉了几句。笑问道："以前那么多妖邪，俱被你善言解说，去了纠缠。现时只剩妖妇一人，又不和她动武，至多对方无耻，强迫留你聚上几天，虽是苟合，于你无害，要带这么多法宝、灵符做甚？"

雷起龙见女仙笑语如珠，意态温柔，越看越爱，不知怎的心中一酸，强笑答道："那妖妇貌似花娇，心同蛇毒，妖术邪法又极高强，翻脸便不认人。我一向便怕见她，此行一个不巧，就许翻脸成仇。论我法力，实非其敌。这十多件法宝虽是别人所赠，我已深明用法，俱有极大威力，加上仙姊保身灵符，不特可以防备万一，遇上昔日同道纠缠，也可借以脱身。带在身旁，胆壮得多。"

女仙知他性情温和，胆子又小，不会与人相争，况是昔年情人旧好。以前所断情妇中颇有几个厉害妖邪，去断绝时，也多是这等说法，终于无事，双方绝交均无恶声。以为他厌恶太甚，因而多虑。其实这类妖妇水性杨花，情爱不专，至多被她缠上几日，略拾坠欢，不致成仇树敌。多带法宝用以防身，并非向人寻事，也就听之。

雷起龙兀自恋恋不舍，又强留女仙在岛上盘桓了几天，终于惹得女仙佯怒发话，方始分手。因已两年未与同道妖邪相见，未免情虚。又想女仙一时不致回岛，打算先寻同辈中两个交好的探询一下，问明一些师执尊长对己有无疑念，那被自己断绝了的情妇可有来寻之人，然后再寻妖妇绝交。哪知连寻了两三处，所寻的人俱都未见。又不敢径去华山、秦岭一带本门长幼几辈妖邪盘踞之处探询。这一耽延，不觉过了二十来天。

这日雷起龙正想硬着头皮去寻妖妇，巧遇一个同辈中人。一问近况，才知好些师伯叔因和苗疆红发老祖门人勾结，怂恿乃师与诸正派作对，在妙相岩、碧云塘两处集众恶斗，连被峨眉派一班后辈杀得大败。红发老祖几乎形神皆灭，手下门人也伤亡殆尽。到场诸异派，华山、五台两方伤亡最多，只逃走有限几个。赵金珍因有一心爱男宠，在妙相岩前死于秦寒萼白眉针下，恨深

26

仇重，立誓报复。秦寒萼、李文衍、向芳淑三人俱为化血神刀所伤，在姑婆岭洞府以内闭洞调养，非等金蝉、易静等将陷空岛灵药取来，不能复原。而一班法力较高的敌党，均各受有教祖专命，分散在外，下手报仇恰是时机。现正约人报仇，定于明日，在他新辟的四川阆中嘉陵江南锦屏山绝顶金鸡崖玉帝洞内会集。同往报仇之后，便去海外寻人炼宝，以应三次峨眉斗剑之用。此行至少三年。

雷起龙一听，正教门下如此神通，自是心惊。明知此去妖妇不免纠缠，但把女仙奉如神明，不忍设词欺她，势在必行。而妖妇此次不论胜负，均往海外，恰是昔年许多旧欢往来游息之所，如再寻去，好些不便。并且这次回岛，已不想再来中土。他想了又想，决计一劳永逸，仍拿以前那一套去对付妖妇。满以为以前那么多情妇无一好惹，俱被自己软语说服，妖妇也必可以理喻。除被缠上几日是意中之事而外，如被强邀同往姑婆岭寻仇时，也不是没法推托。真要强迫，便向她破脸断绝，仗着所带法宝、灵符之助，一走了事，也不伤她。实逼处此，心上人固不会见怪。绝岛潜居，埋头不出，妖妇纵然恨极，也无法寻踪。心中打着如意算盘，以为进退皆可由心。

哪知妖妇自从闻说他与一群淫邪断交情形，心已生疑，再加三年匿踪，遍寻不见，又想又恨。况当用人之际，知他本身道力虽浅，却得有不少异宝奇珍。情人虽已断绝交往，因都爱他过甚，所赠法宝全未要还，如何还肯放他脱身？初见面时，当他不耐清修，时久相思。一班情妇已然断绝，如能回心，正可据为禁脔，好生高兴。

雷起龙乘机愚弄，也还可以商量。因多时未晤，见妖妇晤面十分亲热和善，与连日所闻不符，又忙着了断回去，便把妖妇引开，仍照前言一说。照着以往和别人断绝经验，为博妖妇欢心，并还格外巴结，刻意求工。哪知妖妇淫凶刁狡，素来一意孤行，软硬不吃，反而勾起贪欲。以前又听同党妖妇说过，看出他道行、法力无甚增进，却一味苦口求退，千方百计将许多旧情人一齐断绝。哪知他近年所学俱是玄门基本功夫，又是去旧从新，打头学起，短短年月，如何能有成就？一心断定他另有心上专爱之人，不知隐藏何地，因为迷恋过度，受了新人挟制，来与旧人断绝。当时妖妇妒火中烧，欲心更炽，不特未想断绝，反想永为己有，供她长久淫乐。因所爱的女人不肯出面，法力当必平常。决计姑婆岭事完，或用柔媚之术引诱，加上法力禁制，迫令说出平日藏处，带了同去，将所欢杀死，只和自己一人快活；或是欲擒先纵，故意答应断绝，却在暗中尾随，看明虚实，下手暗算，再相机出现，软硬齐施，迫使归己，这样还可免他伤心移恨，比前策更妙。

妖妇主意打定，且不说破。又因听出雷起龙恐本门师执怪他叛教，乘机假说：“人都向上，欲求正果，我不阻你远志。但你我恩爱多年，一旦分手，永无见期，天长地久，此恨绵绵，意欲留你十日之聚。无如我正约人报仇，当着你许多师执面前，恐其妒愤，于你不利。难得终日欢爱，如蒙见怜，便请助我复仇之后再去。以后休说我树敌太多，不知何时便遭仇人毒手；即使无心相值，哪怕你就有如花美眷在侧，我也把你当作陌路萧郎，决不相扰。至于本门师长，日前全都疑你背叛，再寻不见，便要行法拘魂，用神火照影，遍查海内外山川岛屿，搜寻出了下落，立命能手前往，连窝藏你的人一齐诛戮，以儆效尤。本来最难应付，幸我素得众心，你所深知，只要依我十日之聚，我必为你化解。谁要寻你为难，便是我的仇敌。你虽为我迟归十余日，不问你情形真假，有无新人，从此均保无事。何必使我恩爱一场，已然断绝，连这十日之欢你都不允，想起伤心，于你还有好些不利之处呢？"

雷起龙前与一班淫邪断绝时，上来多半不舍，媚诱胁迫，无所不至，结局虽然如愿，费力不少。似此一说即允的实是少见。起初只当她最难说话，不料如此容易。尤难得的是，自己知道教祖和诸师执忌刻凶残，最恨叛徒，昔年法令极严，近数十年虽以滥收门人，照顾不到，强敌太多，无暇及此，看似比别的异派松懈得多，如真惹恼忌恨，却是寻仇不已。久闻神火照影，不论藏伏何处，均能看出。女仙又喜清静，不愿外人上门，况是左道仇敌，如果因为自己引鬼入室，当时扰闹，或再众寡不敌，如何对得起她？平日想起，便自心忧，想不到妖妇有此好心。又知她天性妖淫，本派中人十九对她倾倒，从无一人敢忤逆她，说话极有力量，多大的事也能化解；何况自己只是隐退，并无叛迹。因妖妇所说正对心思，不由转了好感。只姑婆岭之行，推托力薄胆小，不敢随往，愿在山中守候，必践十日之约。

妖妇察言观色，越看出所交新欢不是旁门左道中人。心中算计，表面分毫不露，一面仍施狐媚亲热，一面力说："自古无不忠孝的神仙，背师最犯大忌。我此次聚众报仇，虽然势力非弱，敌人又值重创未愈之际，但是峨眉门下法宝神奇，我们法宝越多越好。狐女秦寒萼，非只是我一人之仇，你恩师因随同史南溪道友火攻峨眉，死在她的白眉针下，此仇岂可不报？你以前也曾对我说过，你本山野牧童，日受恶人虐待，巧遇你师父将仇人杀死，收为弟子，传授道法，才有今日。你也曾立志誓报师恩，代为复仇，只因峨眉派势盛，自顾力弱，不敢妄动，延到如今。难得遇到仇人一干师长闭关不出，本身又受神刀重伤，不能运用法力、飞剑之际，千载良机，如若放过，等他把陷空岛灵药取来，人一复原，报仇二字今生休想。我也知你法力不够，但你所得那些法宝件件神奇，威力至大，正好同往。不特助我一臂，你也报了师仇，了却昔日心愿。经此一来，所有师执、同门均证实你不曾叛教，去与外人勾结。以后任你和新情人避地双栖，不问出头与否，也无人寻你晦气。比我全凭情面，勉强代你解说要强得多，不是一举两得么？"

雷起龙平日本极感念师恩，立志要报师仇。自遇女仙，明白邪正之分，又告诫他："目前正教昌明，身是旁门，邪气犹未去尽。人家师门法严，对异派中人向持宽大，除非被他看出恶行，决不无故欺人。只怕同党怂恿，自往生事，一成仇敌，万无幸理。此后外出相遇，万一对方是个新出行道的后辈，看出来历，一时疾恶喜事，发话盘诘，千万不可硬来。休看对方年幼，师长已然闭关，但奉命下山的人无一弱者，声气又广，同门好手更多，休说是你，便你本门师长也难讨得便宜。可把出身来历和近年心志明言实说。他们大都天真侠肠，尤喜改邪归正的人，话再谦和一点，不特不再歧视，甚或由此结交为友，有事相求，一说即允，岂不是好？"雷起龙自是信服，知道此仇难报。虽然淡了前念，有时想起师恩，终觉愧负。女仙知他法力有限，法宝虽出妖邪所赠，威力却大。可是法宝来路一望而知，内有两件最阴毒的尤犯正教之恶，平日代收，不令带出，实由于此。

雷起龙这次如不带宝出来，也可无事。偏因妖妇刚愎淫凶，性又奇妒，不可理喻，欲为预防脱身之计，一齐带在身旁。本来就难推却，妖妇这一席话又说得妙，立被说动，勾起前仇。只恐女仙见怪，多伤正教中人，回去无法分说，便和妖妇约定："去是同去，但我此后避地潜修，决不无故树敌。只杀秦寒萼一人，别人不是师仇，不问胜败强弱，均不出手。"妖妇暗骂："你这没良心的小狗！只要你肯随去，便不愁你不入我的套中。贱婢如真为你所杀，下余除非被我们杀光，否则人家也决不能容你，你不寻人，人家也必寻你。老想稍微敷衍我一下，便即抽身回去，与心上人长相厮守，真是做梦，今生休想！"妖妇心中咒骂，表面仍是喜笑颜开，一口应诺。雷起龙哪知妖妇阴谋毒计，商定便去前洞。

这时妖党已来了好几个，等在前面，多一半和妖妇有过交好；那没到手的，也都垂涎这块肥肉，意欲乘机进身。见妖妇带了雷起龙去往密室，这么多时候才来，心中俱都不快，有了酸意。无如妖妇秭姿绝艳，令人爱不忍舍。偏又淫凶奇妒，比起同派著名淫妇香城娘子史春娥还要骄横，但不似史春娥一味滥交，并且行辈较高。一样也不许情人管她闲事，稍现辞色，从此断爱绝交，再也捞摸不着，甚至翻脸成仇都不一定。所欢又多能手，全都听她指挥，一与反目，无异同时树下许多强敌。端的爱也爱极，怕也怕极。

妖党表面不说，却把怨毒全种在雷起龙一人身上。妖妇益发当众做作，并把雷起龙为乃师玉杆真人金沈子报仇之事，连同所带各种异宝，以及事完归隐，独往海外，十九有个心上人在彼相待等事全说出来。此举自非雷起龙所愿，无奈不能阻止。人又老实，先受妖妇百计盘诘有无新欢，已觉穷于应付，知她机警异常，为恐言多有失，只得赌气不理，由她说去。众人除听说雷起龙身有异宝，觉出不大好惹，又妒羡他的遭遇外，巴不得移爱新欢，隐退越早越远才好，并未在意。妖妇暗中查看，见雷起龙对于所说不曾否认，面色大是不快，更加愤恨。不提。

当下除三影神君沈通不愿与小辈后进吃醋丢脸，故作大方，带了两同党，当雷起龙随妖妇入内时，便已托词约人先走外，下余还有数人。赵金珍力主分成两起前去，第三日早上在姑婆岭会齐。众妖人明白她想和雷起龙再叙两日旧情，心中愤恨，不便说出，各自无趣走去。也是秦寒萼等三人命不该绝，因此一来，不特晚了两日，凌云凤和金蝉等七矮带了灵奇，先后两起救星恰巧赶到。妖人中三个邪法厉害的妒心最盛，见妖妇如此淫悍薄情；又想起峨眉派威望，这些男女弟子虽是后进，各有异宝奇珍，厉害非常，势力雄厚，往往牵一发而动全身，各异派从无一人占过上风，即便一时侥幸，也有无穷后患，何况未必。众妖人先为妖妇美色媚惑，未怎深计，现已警觉："多年苦练，能有今日，并非容易。她死了一个旧情人，却令大家为她犯险拼命。"越想越不值，就此一去不来，无形中去了好多威力。假使妖妇就在雷起龙到日率众前往，即便寒萼等各有传音告急法牌与护身法宝，不致受害，重伤多半难免了。

雷起龙看出众人行时多半怀愤，也觉妖妇一意孤行，过于薄情，但又没法劝说，只得听之。经此一来，妖妇所约男女妖党，连雷起龙才得七人。到日雷起龙一味隐身在侧，妖妇几次催他，均推说："我以全力报复师仇，专对付寒萼一人，已约定在先，别的恕不奉命。"妖妇虽然不悦，双方恶战正急，无暇分心相强，只得听之。雷起龙惟恐自己相貌被敌人认去，树下许多强敌，日后不得如愿安居。最好始终不露身形，暗中下手将寒萼杀死报仇之后，连仇人身上所带弥尘幡和所有法宝也一件不要，情愿被别的妖人乘火打劫得去。心想："能就此移祸于人更好，即或不能，峨眉派玄门正统，素称宽大，与人为善，不咎既往，自己已然弃邪归正，避地清修，为师报仇，理所当然，日后如被寻来，也有话说。到时再一服低求告，如以为非，任凭诛戮，决不还手。这班正教中人，多通情理，只要话说得通圆有理，即可无事。女仙当然更能原谅。"心中打着如意算盘，便不肯出手。

不久，敌方救兵接踵而来。雷起龙先见凌云凤和沙、米二小，已觉出峨眉威力果然不凡，来人还不是那些著名人物，已有如此神通。尤其那两个幼童喊凌云凤做师父，分明是末代弟子，竟会使出那等佛门异宝，所向无敌。师徒三人一到，便将洞口把住，要攻进去，简直休想，自己这面还折了好几件法宝。方在惊忧赞羡，妖妇赵金珍见势不佳，又来催迫助战，　见不肯，愤愤而去。眼看要糟，幸而文又方、乔纪二人输口，卜天童将土木二气施展出来。刚把颓势挽回，略占上风，七矮同了灵奇突然飞来。内中一个小沙弥，扬手一片佛光飞起，将火云逼向上空。听对方口气，还是恐伤生灵，未下杀手将它震散，否则早已破去。

雷起龙看出凶多吉少，大是胆寒，有心想逃。一则满空已被佛光布满；一则又想："前听女仙谈过，峨眉门下除男女四大弟子，以三英、二云和金蝉、石生等七矮为最厉害。来人除一个身长玉立的少年外，不是矮子，便是幼童。那威镇苗疆，长得如天上金童一般，头上戴有灵峤三仙所赠异宝的金蝉、石生，尚未露面。若在空中堵截，一个撞上，必当妖人一流，决不放过。"越想越怕，想逃又不敢。女仙所传隐身之法本甚神妙，又无邪气，不易被人看出。雷起龙终以对方诸人神目如电，不甚放心，特意藏在一块丈许高的山石后面，心中愁虑，不时探头外望。情知必无幸理，几次想劝赵金珍与自己藏向一起，一同伺隙遁走，践了十日之约，即可回岛永享仙福。一则恐露行迹，恐被敌人看破，玉石俱焚；一则妖妇刚愎自恃，如若不允，反而不好。老是欲言又止，举棋不定。

事有凑巧。妖妇眼看情势愈紧，无奈此次虽因沈通发动，主

33

体还是自己，众人未退，如何能走？又见罗网周密，逃也很难。正惶急间，猛想起："现放着一个蠢牛，身旁带有不少法宝，不问御敌、逃生，均具极大威力。几次劝他出手不允，负气离开，人又隐身，看他不见，分明近来法力大进，所说也许不是虚语。这么大一会没有说话，如被隐形遁走，岂非白用心计？"心念一动，立即指挥法宝、飞剑防身应敌，寻将过去。本心是逼雷起龙出手，如能转败为胜，固是大幸；不然，便令施展全力，与己联合，一同遁走。其实逃走最对雷起龙的心思，况且法宝既多，又有女仙飞遁神符，这时也还有隙可乘，并非无望，只因劫运当头，难于避免。如在原处隐形不动也好，这一惊疑情虚，换了地方，妖妇往原藏处低唤了两声，未听答应。雷起龙瞥见场上妖人已遭惨败，越发胆怯；又见妖妇惶急悲惨之状，想起旧情，老大不忍。一时心慌，不敢走出，口里却出了声，连唤妖妇过去。妖妇先疑他私自逃走，心中恨极，正要开口咒骂，闻声改怒为喜，立即追去。

正值凌云凤见已转败为胜，让司徒平防守洞口，自己飞身助战，赶将过来。妖妇寻人时神色张皇，本就易起人疑；雷起龙从来在香粉丛中受人供养，未经大敌，惊慌忙乱之中，不暇思虑，只顾急于放进妖妇，灵符神光离合虽是淡淡一片霞影，怎瞒得过凌云凤一双慧眼，目光到处，见霞影微现，妖妇身形立隐。心想："原来山石后面还有妖党潜伏。"又疑妖人隐形进去，手扬处，神禹令上宝光先将当地罩定；同时玄都剑、火云针也夹攻而上。

雷起龙也是淫孽过多，该有此劫，致为妖妇所累。本仗女仙神符，急切间未为敌人飞剑所伤，防护地面又有两亩方圆，就被飞剑攻进，也能闪避一时。无如四外上方全被禹令神光罩住，不

34

能移动分毫。有心另施飞遁神符，独自冒险逃走，又觉多不好也有露水之情，此时急难来投，怎好意思舍她而去？那不知死活的妖妇风娘子赵金珍，还在旁厉声催迫出手，又不听分说，自施邪法、飞剑想要抵御，哪知连自己的圈子都冲不出去。

雷起龙吃她缠得心更慌乱，口中急喊："敌人厉害，连我上清隐形防身的禁制俱被她制住，不能行动，如何还能还手？今日之事，已是凶多吉少，只有设法逃生要紧。仙姊请先莫急，待我向这位道友求告，也许能看我好友的份上，放我二人逃走；真要不行，再拼不晚。"妖妇闻言大怒，厉声怒喝："你也是男子，怎的如此脓包？你如害怕，急速撤了你那鬼画符，放我出去和这些小狗男女拼命便了；如若不然，休怪我无情，连你一齐开刀。我带你这脓包来，无非因你喜新弃旧，薄幸忘恩，一口气不出……"妖妇性暴，怒火头上，出言无忌，及至说到这里，觉着存亡尚未可知，此人终是可爱，如何自吐奸谋，使其寒心？于是愤愤而止，没有往下再说。

雷起龙见她一双媚目突射凶光，满脸狞厉之容，咬牙切齿，戟指喝骂，大有一触即发，翻脸成仇之势，又听那等说法，越发心寒。又知妖妇手狠心黑，再不放她出去，就许骤出不意，突然发难，受她暗算。当时一急，忙答："依你，依你！"口说着话，手指处，早把禁制微撤，意欲放她出去。不料妖妇说完后悔，心料情人必已变心，外面强敌又极厉害，不由进退失矩，微一迟疑之际，凌云凤已乘虚而入。同时沙、米两小新胜之后，遥见师父手持神禹令，发出青蒙蒙一股光华，罩定一处，剑、宝齐施，敌人未见一个，光圈之大竟达两亩以上，甚是罕见。料定必有强敌隐遁在彼，攻不进去，立即赶来。一到便赶上雷起龙移动禁遁，放人出外，烟光明灭，现出破绽，禹令神光已然侵入。二小机智

35

神速，贪功心盛，更不怠慢，手指处，伽蓝珠与毗那神刀立化一团金光，两弯朱虹电射而入，人也随同冲进光圈去。雷起龙首先了账。

妖妇知道自己不小心，误己误人，这才尝了神禹令和这两件佛门至宝的厉害。又见圈外剑光、宝光纵横如织，霞芒万道，耀眼欲花，同党妖人已是伤亡殆尽，上面更有佛光布满，无异天罗。只卜天童还在苦苦挣扎抵御，势已不支。暗忖："想不到这些峨眉后进竟有如此神通。看神气，便逼得雷起龙将所有法宝使出来，也未必济事，何况他还在胆怯首鼠。仇未报成，平白伤人折宝。再不见机速逃，等到敌人除了卜天童，再几面一合围，更无幸理。"妖妇心里虽然害怕，仍自恃有防身遁逃的邪法，以为此时还可乘隙逃走。哪知淫凶太甚，恶贯已盈，当头遇见凌云凤的玄都剑。刚用飞剑敌住，同时沙、米两小也已冲进，师徒一面合力将禁遁制住，现出敌形，一面分头下手。米佘的一口毗那神刀首先飞到，妖妇见势不佳，哪敢迎敌，忙舍一口飞剑，纵起妖遁逃去。

按说就这师徒三人下手，妖妇也难逃走，只因雷起龙该当遭劫。沙、米两小法宝虽强，无甚经历，老是随定乃师动手，神禹令已将一敌人罩住，又指伽蓝珠上前来攻。妖妇最擅飞遁之术，竟吃逃走，正加急往斜刺里飞去。心想："飞遁神速，且等飞远一些，然后乘隙上升，免受佛光照体之厄。"不料才一出圈，首遇灵奇飞来，扬手一片寒霞，挡住去路。妖妇认出那是陷空岛灵威叟采用北极磁光炼成的寒霞障，怎会到了敌人手内？略一发慌，紧跟着又遇易鼎、易震驾了九天十地辟魔神梭飞来。一个发出太乙神雷；一个隐身旋光小门之内，将那无数飞铍似雹雨一般打到。空中火龙钗、太皓钩也相继飞舞剪到。妖妇一任精通玄功

36

变化，护身有宝，几面夹攻，也难禁受。刚纵妖遁避开寒霞、神雷，一钗一钩已左右斜飞，急如电掣，拦腰卷至。微一疏神，肩膀上连受了两飞钹。虽有法宝护身，受伤仍是不轻，痛彻心骨，不禁"哎呀"一声。易氏弟兄的太乙神雷二次连珠打到，又连中了两雷，护身妖光立被震散大半。同时灵奇的寒霞已从后追卷过来，寒光照处，妖妇猛觉奇寒透体，法宝无功。知道生望已绝，便逃出去，身中寒毒，也难于救治，何况不能，再不见机，连残魂剩魄都难保全。当时悔恨无及，咬牙切齿，把心一横。因知敌人俱是斩草除根的心理，不容遁脱元神，于是一面在剑、宝、雷火夹攻之下，强忍苦痛，加急飞遁；一面毒口咒骂，把所有邪法、异宝全使出来，作出情急反噬，待要回身拼命之势。倏地回身朝灵奇所用剑光迎去，猛把身外妖光一撒，剑光立即绕身而过，斩为两段。火龙钗、太皓钩跟着一绞，太乙神雷再一爆炸，妖妇立化劫灰，尸骨无存。

南海双童毕竟见多识广，由远处赶来，瞥见妖妇急转妖遁，返身迎敌，已吃太乙神雷打得在空中七翻八落，仍以全力回攻，便料妖妇想借势兵解，遁逃元神。忙即高呼："莫放妖妇元神遁走！"一面急追过去，相隔较远。易氏兄弟出世不久，觉着自从开府下山，每次遇敌，都不似今日这等痛快，忽起童心，把太乙神雷连发不已，霹雳之声，震撼山岳，并未听清招呼。灵奇虽防到这一着，想用寒霞障将妖妇用冷火寒焰炼化，因见两位小师叔抢前施为，兴高采烈，法宝、神雷也委实威力神妙，自己本是后辈，不便与争，略微松懈。以为神雷厉害，剑、宝合围，何况上有佛光布满，如何能逃？哪知妖妇精于玄功变化，如非上来想保全身，罗网周密，措手不及，迎头先遇寒霞障宝光一照，几连身形都被隐去。等三人合力夹攻时，元神早借飞剑兵解遁去。休说三人，便南海双童尽管追来提醒，也未看出一点踪影，不过妖魂是否为三人法宝所灭，拿他不定罢了。因未看破，少时没想到向金蝉、石生、阿童三人提说，妖妇元神终于逃脱。不提。

这时众妖人业已纷纷惨败，伤亡殆尽。先是华山派白鬼脸何小山自恃炼就九九八十一片金蛛剑，又有几粒子母戮魂珠，正在耀武扬威，忽见七矮飞来，敌势大盛。虽然心惊，仍误以为这班后起人物只凭法宝、飞剑，功力不够。自己长于玄功变化，可进可退。心念才动，阿童佛光骤现，将卜天童土木精气所化火云制住，又吃沙、米两小用佛门至宝两下里夹攻，护身真气立破，几受重伤。一些同党更是手忙脚乱，相形见绌。这一惊真非小可。何小山性虽骄狂，人极刁狡，见沈、赵诸邪尚在观望僵持，知道形势不妙，生死关头，不能再顾颜面，头一个便打了逃走主意。并恐牵动别人先逃，为敌警觉，有了防备，累得自己也难遁脱。尤其空中佛光是大克星，任精玄功变化，吃它照定一压，仍难幸免。故意厉声喝骂，把所有法宝、飞剑全使出来，表面做出拼命神气，比谁都凶。同时却暗中窥伺，准备好了逃路，骤出不意，乘隙飞遁。哪知险诈太甚，反更遭殃。

易氏兄弟因在七矮当中功力较差，全仗家传法宝。又连受姑姑女神婴易静告诫说："七矮一行，任重道远，所遇皆是强敌。以后上场，稍觉敌人势盛，不可明敌。九天十地辟魔神梭万邪不侵，既有此防身利器，乐得隐藏在内，专用法宝、飞剑应战，以期有胜无败。"这次刚一上场，就看出卜天童厉害，愈发不敢大意，始终隐身梭中，在阵中往来驰逐，抽空便给敌人一下重的。易氏兄弟见众妖人法宝、飞剑为神梭所阻，邪法无功，枉自生气，穷于应付，正在高兴。忽见内中一个脸白如尸的瘦妖人，正与南海双童恶斗，口中乱骂，满身妖光环绕，法宝乱飞，最是猖狂。不知何小山用的是欲退先进之计，越看越觉有气，互相一打手势，故意停梭不进，只使各人新得的飞剑上前。暗中却运用全力，朝那正与五台派妖人乔纪、文又方苦斗的火龙钗、太皓钩分头一指。二宝立似惊鸿怒掣，拨头向何小山飞去。同时一催神梭，照准何小山便冲。梭头上奇光，连同那无数飞钹，直似雨雹、飞虹一般激射出去。

何小山也是恶贯满盈，见二易梭光停在面前不远，并非不知此宝威力厉害。因见对方神情本是专注乔、文二人，对于自己仍不放过，抽空又放出两口飞剑。似此一心二用，分明赶尽杀绝，欺人太甚，越想越恨。暗忖："反正这班人已成仇敌，胜者为强，管甚来历？"于是分剑迎敌。暗忖："如何诱这两小狗出面？或死或伤他一个，稍出恶气再走。"这一盘算，时机延误。方觉梭光掩护严密，敌人狡猾，无隙可乘，转念想逃，已是无及。何小山所用九九八十一片金蚨剑，本似一座光幢把全身围了一个风雨不透。无如南海双童甄艮、甄兑本来法宝就多，开府下山时又得了两口好飞剑和三根霹雳凿，俱是长眉真人遗赐，专破妖人防身邪法的仙府奇珍；又识得妖人来历与紫金蚨的底细。初斗法时，故意只用飞剑相持，意欲乘隙下手。何小山也知敌人飞剑神妙，为想全身而遁，只用别的剑、宝迎敌，紫金蚨专作防身之用，并不出斗。

甄氏兄弟初试霹雳凿，不知威力大小；紫金蚨虽是旁门法术炼成，本质极佳，想要人、宝两得，不舍毁损。方觉无隙可乘，易氏兄弟忽来夹攻，竟将妖人激怒，分了十来片妖光离身出斗。满拟此宝一分，势必较弱，并且还有子母相生之妙，只要夺得一两片，少时妖人伏诛，便不致被他化去。不料妖人本领实是高强，依然用紫艳艳无数圆形奇光将身护住。不将此宝破去，休想近身。妖人又在破口怒骂，邪法、异宝随同施为，层出不穷，但都随发随收，浅尝辄止。二人暗忖："此时众妖人惨败之势已成，休说求胜，脱身都是难极，这个妖人如何反更骄狂起来？"这一留心，妖人的色厉内荏，竟被识破。此是华山派著名淫凶刁狡的能手，恐被万一逃脱，当着灵奇后辈不是意思；对方咒骂又恶，不由激发怒火。便把夺宝之念息掉，骤出不意，猛施全力。甄兑先扬手一凿飞去，甄艮也运用师门心法将手一指，飞剑威力立时暴发，恰与易氏弟兄同时发动，一道赤红如火，长只尺许的钉形奇光，带着数十点豆大银光，一窝蜂似飞将出去。

何小山见敌人法宝不大，精芒若电，奇光强烈，虽觉不是易与，自恃有多年苦炼成的金蚨剑护身，并未十分在意。说时迟，那时快，就在这动念瞬息之间，凿光已经临身。两下里才一接触，那豆大银光立即化为震天价的霹雳，纷纷爆炸开来。身外光幢立被震散，轰隆之声，山摇地撼。那夹有霹雳的一根火钻也被冲进，当时金蚨剑光便减去好些，何小山不禁吓了一个亡魂皆冒。何小山也真舍得，见势危及，更不寻思，百忙中竟豁出舍了这多年心血炼成之宝，准备运用全力稍挡来势，立即变化遁走。哪知劫数临身，连气都不容缓，这里还未及挡驾，易氏弟兄已连人带宝一齐冲到。何小山知无幸免，把心一横，待要就势兵解时，甄艮首先防到，手指处，凿光顿得一顿，突然暴长，化成一幢数丈方圆的烈火光幢。刚把何小山全身罩定压将下去，九天十地辟魔神梭也早冲到飞光电旋中，加上四人的太乙神雷往上一合围，何小山连元神也未飞起，立化灰烟而灭。

乔纪、文又方正与二易苦斗，本就不支，忽见敌人法宝撤去，心方一松，想要设法隐遁。哪知二易一则看不起这两妖人，又恨何小山猖狂，立意除他，志不在此；二则瞥见三眼神君沈通忽然遁走,云凤师徒分头寻敌,沙、米两小双双朝二妖人飞来,想把这两个法力较弱的妖人留与两小建功。二妖人休说不是敌手,就两小不杀他们,上有佛光与金、石二人严防,也休想遁逃得出。他们这里正在张皇觅路之间,两小已指定一团祥辉、两弯朱虹斜飞过来。二妖人早知这两小厉害,未及抵御,猛听霹雳大震,地动山摇,满空雷火横飞,宝光电射,声势猛恶,从来未见;同时又瞥见最厉害的同党何小山已然形神皆灭:不禁心寒胆裂。微一疏神,两小来势神速,毗那神刀已绕身而过,一声惨叫,尸横就地。

三眼神君沈通见识过七矮弟兄的威力,心想:"那小和尚,红发老祖尚且望影而逃,何况自己?"心胆早寒。只因迷恋妖妇,欲与同逃;又以为卜天童土木精气或能抵御一时,当着外人后辈,不肯先逃示弱。强挨了一会,首见卜天童大现败象,跟着又见同党被困,越发惊慌,忙纵妖遁飞起时,金、石二人已将罗网布就。金蝉独在空中主持全局;石生奉命送药下去,欲将秦、李、向三女同门的伤医好,使其出洞夹攻,不令妖人有一漏网,正用两界牌护身下飞。沈通刚舍了司徒平飞起,因乌龙剪神妙迅速,进迫甚紧,连身形还未及隐,恰巧撞上。石生前在碧云塘见过沈通,又听女神婴易静说他妖钉毒火厉害,更精身外化身之法,为华山派有名人物,却不知妖钉毒火已被齐霞儿禹鼎收去。于是小题大做,一下来便发挥灵峤三仙所赐的异宝威力。沈通身刚飞起,猛瞥见一片三角的金光幻出无边霞影直压下来,不禁大惊。如在平日,沈通拼舍两件法宝不要,先挡住了来势,然后抽空化形隐遁,还来得及。想是恶贯满盈,那么骄狂凶暴的人,这时偏怯敌过甚。先已看出敌势太强,心惊欲逃,再见金光飞坠,认出是件仙府奇珍,越发胆寒。以为自有法宝均非其敌,只保元神还可有望，百忙中乱了章法。当时把牙一错，忙施玄功，待将元神变化隐遁时，不料对方正有一件至宝专一克制沈通以邪法练就的三个身外化身，因而尚未飞起，便吃金光罩住。石生更不怠慢，飞剑、法宝一齐施为，一蓬银雨在金光霞影中飞舞交驰，连闪两闪，沈通形神俱灭。

石生随持灵药往洞中飞去，等将秦、李、向三女医好出来，妖人已全数就戮，只剩卜天童一人犹与阿童苦撑。阿童独指佛光，将敌人土木精气所化光云制住，好似无法收去，不住笑令敌人降服免死。卜天童虽然倔强不服，脸上已带惶急悲愤之容。又见金蝉已自空中飞降，和甄、易、灵奇诸人聚在一起说笑，空中禁网也已撤去。石生先在空中布置，未与下面诸人相见，不知底细。知那光云厉害，恐敌乘隙遁去，方想上前相助，忽听金蝉笑呼："石弟快来！这厮如不听话，凌师姊自会制他。你不要管他，到这里来吧。"

石生应声赶去一问，才知金蝉先见群妖相次伏诛，也想合力将所余妖党除去。及至细一查看，敌人法力甚高，身上并不带一丝邪气，心方一软，意欲逐走了事。南海双童忽然飞上，说："下面放光云的小孩，乃土木岛主商家二老最得意的门徒，并非妖邪一流，想是受人之愚而来，阿童将他法宝破去，嫌怨已成，不可轻放，更不可伤他，必须德威兼用，迫使就范，化敌为友。"并说："云凤已有制他之宝，用本门传声告知阿童，请师兄下山主持。"说完，立即撤禁同降。正值易鼎、易震、灵奇以及凌云凤师徒等六人会合，也因受了南海双童之诫，聚在洞侧山坡之上，正在观战。云凤已然抽空将那专破五遁精气的师传至宝两极宙光盘上的子午方位对好，静俟金蝉到来，主持施为。众人见云凤道气仙风，迥异往昔，人又谦和，俱都赞佩不已。石生听完前事，便不再动手，随同旁观。

这时卜天童已几次想收法宝逃走，均吃阿童阻住，急得厉声怪叫道："我这土木精气与众不同，你们破它不了，留在此地贻害无穷。我暂时已自认下风，有本事的，让我收了回去，日后再见高下。免得你们既不能用，又不能收，势必仗着神雷、佛光、法宝、飞剑将它震散，害人造孽。我已懒得和你们再打。休看你们人多势众，法宝、佛光厉害，我如赌气一走，你们没法收拾，造了大孽，受你们师长重责，却休来怨我。"凌云凤已和众人商定，知道阿童佛光环照之下，卜天童决难逃脱。想起甄、灵三人之言，恐对方性情激烈，不舍师门之宝，苦苦相持；如因阿童不善应付，被他看出逃生绝望，难保不横心自杀。商栗本与师长有嫌，岂不仇怨更深？对方又是海外成名已历数百年的前辈散仙，师徒多人向无恶迹，岂不逼出事来？见他口风虽软，一双怪眼凶芒怒射，满脸均是悲愤之容。料他必定以最后一着杀手拼死图逃，甚或自将土木真气震破，以免落于人手，都在意中。闻言更不怠慢，忙将神禹令一指，先发出一股青蒙蒙的奇光照向前去，口中喝道："小神僧请回，小师兄请你有话说呢。"同时阿童也听金蝉传声暗唤，嘱令速回。便笑对卜天童道："你这人不听良言，且由你去，我失陪了。"说罢退去。

卜天童知道云凤虽不好斗，总比阿童软些，此时逃走虽较容易，总不舍那土木精气。一面迎战，一面暗运玄功，准备奋力回收时，忽听云凤发话道："以前我们师门还有交往，虽然多年不见，总是同道之交，如何受人愚弄，无故乘我伤病同门于危？此事无论如何说法，你均理亏。其实我们擒你易如反掌，只因顾念昔日师门旧交，不肯过使你难堪。只稍引咎，立可无事，你偏不肯。你休看我学道年浅，法力不如小神僧远甚，不能擒你，要收你那二行真气，却是手到擒来。我师传法宝乃上清故物，名为两极宙光盘，能发两极子午神光线，专破正反五行精气所炼之宝。你想必也知来历。你环身均有二行真气环绕，此宝正是你的克星。再不见机，不特上空光云被我收去，你也不死必伤，甚或伤及元神。我初次试用，此宝威力至大，灵妙不可思议。万一我道浅力弱，不能全数控制，收发由意，你却难于禁受。为此预为警告，必须小心戒备呢。"卜天童早听师长说过此宝来历，乃本门惟一克星。闻言心虽惊惧，因想："这类天府奇珍，对方师长怎会传与一个末学后进女弟子之手？"正在将信将疑，云凤已侧顾阿童，喊道："小神僧，请将佛光收去。我看他这二行真气所炼之宝，是否如他所言，外人无法收取？"

卜天童最苦的是那佛光将满空光云托住，用尽心力，无法收转。暗忖："宙光盘，只听恩师说起，并未见过。就算此宝威力神妙，必不如自己的二行真气由心收发，其应如响，神速无比。"闻言故作未闻，暗中准备，只等佛光一撤，立即收宝飞遁，日后再打报仇之策。

卜天童原以为宙光盘用时无论多快，也得一点时间施为，何况敌人还未出现，便令先收佛光。以为只要稍有空隙，立可收宝脱逃。哪知对方早已准备多时，手扬处，立有长圆形一盘奇亮无比的五色精光，中心有一银色针形之物，针头上发出极细极密的一蓬光雨，比电还亮，耀眼欲花，恰与佛光一收一发，同时发动。隐闻风雷之声，宛如百万天鼓一时齐鸣，电也似飞起丈许高下，便即浮空停住。针头上银色光线立即暴伸，向空射去。那荫蔽全山的千百丈光云立被吸住，不特一毫不能收回，那二行真气原与心身相合，当时便已有了警兆。

卜天童觉着身上一紧，似被一种极强的潜力吸住，似要往那针头上拖去。再看那弥空火云光焰，竟似狂涛倒倾，天河决口一般，被那一蓬银雨裹住，晃眼便少了一半。身子又觉越吸越紧。才知此宝威力果如乃师所云。如今自己通身均是真气环绕，连同那些受克制的法宝，再不速逃，必被连人吸去，吃那针尖银雨一裹，连元神也未必能够保全。吓得惊魂皆颤，仗着云凤暗中留情，并未相迫，行动又甚神速，忙运玄功挣脱束缚，一声怒吼，破空遁去。云凤也不追赶。真气无主，容易收取，滋的一声，一时都尽。

第二回

无计脱淫娃　辽海魂归悲玉折
潜踪求异宝　三生友好喜珠还

众人聚拢一看，云凤已将法宝宙光盘取在手内，只是还未复原缩小。盘长约有二尺，盘中满是日月星辰躔度，密如蛛网。中心浮卧着一根四五寸长的银针，针尖上发出一丛细如游丝的芒雨，精光奇亮。精光所指之处，有两小堆青、黄二色的晶砂，乍看甚是细小，定睛注视，粒粒晶莹，奇光辉幻，晃眼难睁。俱觉商氏二老数百年盛名之下，土木精气凝炼之宝，果是神妙，如非云凤持有师传破五行之宝，便阿童所用佛光也只能禁制一时，不能收取。再如击散，无法消灭。或是对方情急，甘冒天戮，自行震破，这些小晶砂每一微粒，均有无上威力，无穷变化。休说互相激撞，连串爆炸，无法收拾；便那一震之威，即使众人无妨，方圆千里内外生物，休想存在，而烈火烧天，毒焰匝地，贻患更是无穷。敌人宁甘败逃，不敢逞凶一震，想也因为师命严厉，此举虽伤仇敌，徒自造孽太多之故。

易震童心未退，不信土木晶砂如此灵异，伸手想往盘中拾取观看。甄艮在旁瞥见，连忙一把拉住道："师弟，你怎如此冒失？此砂外人拿它，每一微粒重如山岳。它虽失势，一离此盘，你仍随便拿它不动。并且收时已化生出丙火妙用，此时虽然受制，仍

46

比烈焰还热，更具奇毒，莫说摸它，常人只一接近，骨髓都要焦枯。盘针光线，更近不得。岂可冒失下手？你如不信，先不要下手去抓，只把手掌遥对针光所指之处。如照针盘大小来比，五尺以外，道术之士尚不致伤，也就烤得难受。你适才幸是由旁边伸手，不在正面，故未觉出，否则必吃小亏无疑了。"灵奇也说："甄师叔所说实是不差，弟子也听家父说过。"众人因甄、灵二人俱得诸传闻，以前并未经见，多半将信将疑。尤其石生、易震不服，姑照所言，身略飞高，伸手对针头一试，相隔还在五尺以外，便觉火炙难耐。再运玄功试稍挨近，虽能禁受，终是勉强，方始信服。

石生笑道："这东西果然厉害。我没见凌师妹取时情景。此宝已细如沙，宙光盘再把它缩小复原，岂不更小？还有这等厉害法宝，宝主人与它心身相合，带在身旁也实可虑呢。"甄艮笑道："宙光盘正是它的克星，此宝现为子午神光吸住，便商家二老亲来，也难收回，放在身旁无妨。倒是此宝主人最为珍秘，轻易不用。适才那道童功力甚高，年纪也不小，必是二老得意门人。他失却此宝，比失性命还重，恐不能再回山去呢。"说时，朝甄艮、灵奇诸人连使眼色。

灵奇外表沉静，人极机智，当时领会，便笑答道："师叔说得不差。弟子闻说，双方师长起初颇有渊源，不知昔年二老何事生嫌，连开府也未前来。诸位师叔看出他是受人之愚，并非妖党以后，本来不想伤他，是他自己不知进退，才致失宝败逃。二老法严，此举决非所喜，恐真无法回去呢。"甄艮看了云凤一眼，接口道："其实我们只奉命除恶行善，积修外功，教规力戒贪妄。此人并非妖邪一流，凌师妹虽由艰险中得到此宝，也非不可商量。无如此人气盛心傲，其去必远。他不知我们好心，其势又不

47

能反寻他去。多年修为，好容易到他那等功力，如为此事脱离师门，将来仍不免于诛戮，真太冤枉了。"

云凤闻言，猛想起下山时师父之诫，与来路所闻道童同门师兄弟之言，方笑答道："谁还要他法宝？不过恨他枉自修道多年，无故听信妖邪愚弄，乘人于危；又不知道双方师长曾经相识。故收此宝，略微示徵。如要伤他，休说小神僧佛光擒他易如反掌，早就下手；便我也把他烧成灰烟，形神俱灭了。先前我们对众妖人是甚形势？如何剩他一个，全都停手观战？齐师兄还恐佛光圈住他没法逃，故意把小神僧请回，命我上前，特为放他逃路。他一点不知领情，走时还那么咬牙切齿，真可笑呢。"说时，众人早都会意。秦、李、向三女也已复原走出，因听出诸人问答神情，似有深意，没有开口。云凤说完，收了法宝，放入囊内，才行分别礼见。

金蝉故意说道："因为外人气不过本派日益昌明，一班妖邪不必说了，甚而有些不知底细的人，见我们杀戮颇多，常有所获，多半妄发议论，以为忌刻褊狭，时以残杀报复为事。其实是他自己认识不清。休说凡遭惨戮的无一个不是极恶穷凶，我们除恶务尽，勿使滋生，理所当然。而且只愁道浅魔高，芟夷难胜，决无其他顾忌。至于左道中人，休说向无恶迹的海外散仙，旁门修士，我们一体爱护，尊如师友；便有一善足矜，一行可法，或是自审前非，改行敛迹，哪怕素有嫌怨，也必化敌为友，助其归善，只有慰勉，决不再加歧视。师长如此，我们更是受有严命，何尝忌刻贪狠，专以残杀为事呢！"

石生插口笑道："蝉哥哥，这等无知之徒，任他讥嘲忌妒，不屑计较。我们偶然谈到，都觉自家量小，提他做甚？倒是那道童生相奇怪，身子又矮，假使和我们做朋友，显我七弟兄生得

48

矮，连朋友也是矮的，不更好玩么？"众人见石生有时说话仍是那么天真稚气，都被引得笑了起来。

阿童笑道："幸亏我生得矮小，才蒙你们抬爱。转劫归来的那位师兄弟一定也是个矮子了，叫甚名字？现在能说么？"金蝉道："都是自家人，有甚不能说的？'七矮'的话，本是朱文师姊和一些女同门，在开府后一日听玉清大师预示先机，见我们现时六人修道年限虽有长短，看去至多的也不过十六七岁，身材又都不高。转劫归来的一位，便是你前在鱼乐潭香波水榭小饮时，灵云家姊托你遇上照应的阮征师兄。他虽历劫多生，但最爱他那容貌，法力又高，不特每生相貌不变，连姓名也和前世一样，永远是个十六七岁的美少年，身量也不高。我们先前并不知是他，便家姊也不知底细。朱师姊不知怎会知道，因此给我们取了'七矮'之称。我心里还在想：'这位未来同门，如是一位又高又大，或是中年以上神气，一同行道出入，岂非不称？'直到碧云塘大战，我被隔断在枯竹老人禁制的山洞里面，外有多人为红发老祖的血焰所困，禁制神妙，看得逼真，冲却冲不出去，心中发急，暗取家父所赐仙书观看，内有一页空白忽现字迹，才知是他。这位师兄为人，性情再好不过，不想竟会和我们一起，并且不久便要重返师门，当时喜欢极了。灵云家姊曾受他救命之恩，平日最是感念。我当她听了必定喜欢，因正忙乱之中，便以本门传声特意告知。不料她竟早由朱师姊口中得知底细，只听了一句，便禁我不要宣扬。我本不喜家姊过于谨慎，赌气没往下说。接着众同门分手，随往陷空岛取药，每日有事，无暇提及，只对石弟一人说过。其实家姊多虑，阮师兄根力深厚，冠冕群伦，更有几件与众不同的法宝。纵因一向光明胆大，从不隐蔽行藏，夙仇甚众，料也不是他的对手。何况此时本派日益昌明，同门更多，比起昔年家父门下只他和大师兄申屠宏二人，处境艰危，迥乎不同呢。便真被他仇敌听去，有甚妨害？秦师姊仙府，我们还未观光，进洞再谈如何？"

寒萼笑道："我那荒居狭隘，有甚好看？想不到小师弟平日天真，一旦做了娃娃头，法力高强不必说了，连以往小孩脾气全都去掉，谈吐也文雅客套起来。真个士隔三日，便须刮目相看了。"众中只阿童不知金蝉昔日小孩脾气，灵奇是后辈外，想起前事，多觉好笑。金蝉装听不见。

司徒平觉着金蝉虽然年幼，班行较次，但他夙根极深，开府以后功力大进。尤其此次下山所负责任重大，身为七矮之长，将来成就定必惊人。自己和寒萼一对苦夫妻，就说师恩深厚，大方真人神驼乙休格外恩怜，终始提携维护，毕竟本质已亏，将来侥幸得免兵解，已是万幸。无论功力、法宝以及成就，哪一样也不如人。并且新近才仗这班小师弟们解围，以后多灾多难，需人助力正多，寒萼如何刚得脱困，出语便自轻薄？固然金、石诸人天真爽直，同门说笑已惯，不会见怪，但他是一行表率，这等戏言轻慢，终非所宜。不由看了寒萼一眼，心中不以为然。

旁边向芳淑人既美好，又生具灵心慧舌。知道金蝉除对朱文亲近外，向不喜与女同门相聚，又不甚善辞令，时为女同门所窘。见他未答，又带着两分不好意思神气，本想加说两句取笑。及见司徒平不以为然，福至心灵，忽然警觉。暗忖："自己道浅力微，在外行道，全仗同门随时相助。无如入门日浅，虽然一体同门，交情终有厚薄。尤其这班男同门，难得在一处聚首，相机结纳还来不及。何、崔二师姊背后常说寒萼出语尖酸，心性褊狭，非修道之士所宜。如何还去学她？"念头一转，便未开口。

众人进洞落座之后，向芳淑恭恭敬敬走向当中，朝着上面说道："妹子年幼道浅，入门不多日，便奉师命下山行道，虽幸得有李师姊先进提携指点，终是识浅力薄，不知轻重。这次苗疆之行受伤奇重，妖人又来趁火打劫，如非诸位师兄、师姊相助，今日这一关，秦、李二位师姊或尚无妨，妹子却极少幸理。适见七位小师兄与凌师姊，共才别了不多日月，竟有如此广大神通。妹子仅仗纳芥环、青蠡瓶和下山时所赐两件法宝防身御敌，偏是开读恩师仙示，内中说青蠡瓶乃古仙人所留奇珍，虽经芬陀大师佛法炼过，但以妹子功力尚差，而此宝土人末代弟子尚在，虽然投身妖邪，法力甚高，更有一件克制之宝，见必不容。芬陀大师封蔽瓶口宝光，也为此故。双凤山两小觊觎此宝，已是多年，曾往妹子得宝之处穷搜了好几次。非等把克制之宝得到，三邪伏诛，不许使用。细详仙示，此事不久便要应验。想起前路艰危，实是胆小害怕。望小神僧和诸位师兄、师姊，念在小妹年幼无知，随时教训扶助，不令陨越，贻羞师门，感激不尽。"说罢，拜了下去。

众人觉她年纪最轻，功力较浅，人却好强向上，外柔内刚，言动温婉天真，心性却极灵慧，行事坚毅，又生得那么娇小美秀，本来谁都喜欢她。金、石诸人年幼，班次最小，一班同门多拿他们当幼童小弟看待。尤其女同门，每喜拿金、石、二易四人取笑。从未受过恭维。闻言既觉她小小年纪当此重任，楚楚可怜，话又中听，好生同情。纷纷还礼之后，石生首先说道："你说那双凤山两小，在我们陷空岛归来的前两日，已被大方真人乙老师伯和韩仙子，由中土追往北极海外杀死了。这两个最厉害的对头已死，剩下一个，还怕做甚？"

金蝉接口道："向师妹来峨眉不久，那些日正忙，无暇与你聚谈，仅知你用功向上而已。可是朱、李、易、邓诸位师姊，都夸你好，当然不差。师长不是真个器重，怎会命你当此大任？至于我们，所受艰危谁也免不了。同门无殊骨肉，彼此一体爱护。谁也有心性、年岁比较相合的，但是并非对于别的同门便加恝置，有甚厚薄新旧之分。将来有事，只要用得着我们七人，定必抢先赶到，简直不在话下。你那一个对头叫甚名字？现在何处？何不说出来听一听？我们除洞府未寻到外，这里事完，正闲得没有事做，小癫尼她们幻波池又不要我们去。只要师长未有时限，便可助你成功，早点了却，岂不是好？"

向芳淑闻言大喜，随即归座，答道："我先并不知此人叫甚名字。适见妖人势盛，逃走那小道童更厉害，李师姊知道青蜃瓶专收这类妖烟邪气，催我使用。因恐违背师命，试再默祝通诚，取出仙示观看，那空白之处忽现字迹。恩师竟早算定，特意注明：'今日遇敌，不许妄用。'并将妖人名姓、住址现出，乃赤身寨主列霸多门下，名叫郑元规。应该何时前往，如何下手，却未提起。"

石生、易震同声喜道："恩师所赐仙示，只要不注明时限、地点，即许便宜行事。也许有点凶险，结局决无大害，我们日内就可前往呢。"阿童首先鼓掌称好，而各人也纷纷附和。

南海双童班行虽居金、石二人之次，在七矮中年纪最长。以前为报亲仇，用功既勤，更事甚多。平日又喜向同道请教，不特功候颇高，见闻也博。这次奉命下山，得了本门心法，益发兼有各家之长，行事也极谨慎稳练。见众人除金蝉外大都兴高采烈，甄兑忙请众人住口，笑道："这厮来历，我弟兄和灵奇颇知底细。我和艮哥哥蒙师恩宽宥，转祸为福，得有今日，还是这班妖人之赐呢。秦、金、石三位师姊、师兄，也都和他交过手来。这厮原是陷空岛老祖得意门人，出身虽非玄门正宗，也不失为清修炼

52

士，在海外散仙中，与灵师侄令尊齐名。却无端叛师负友，投身妖邪门下。闻说自从上次受五台、华山之愚，随史南溪等火攻峨眉后山，斗法多日，结果妖党伤亡殆尽。他败逃回去，专心苦炼赤身教中邪法，比起以前功力大为精进。又擅长玄功变化，所炼一条金精神臂，专能抓摄敌人法宝，出名神奇厉害，已然不可轻视。何况列霸多把他视为传人。近来赤身教凶焰已盛，牵一发必动全身。他师徒横行多年，各位长老如宁一子、一真大师近在咫尺，坐视猖狂，尚未行诛，留到现在，就凭我们几个末学后进，要想一网打尽，恐怕难哩。"

向芳淑本在欣喜，闻言插口答道："照甄师兄如此说法，莫非罢了不成？"甄兑笑道："我们奉命行道，焉能顾虑艰危？此事如不应在我们身上，恩师仙示也不会有了。我是说事太艰危，必须谋定后动罢了。"阿童道："我想他多凶，也不能远胜红发老祖。修道人所经苦难越多，成就越好。见机行事，大家功力都差不多，有甚计谋，早去些时，免多害人也好。"甄艮接口道："小神僧佛门中人，怎也如此性急？留神多动嗔念杀机，白眉师祖怪罪呢。"阿童笑道："恩师说我过去诸生为人老实，常受欺骗危害。今生既有好些因果必须了却，又当修积外功之际，曾许随意行事。否则，我最怕朱师兄，照他铜椰岛分手时那等说法，我早不敢随你们一起凑这七矮之数了。也许有无心罪过，但我每晚必向恩师通诚默祝，禀告每日所为，虽未奉有心声传谕，至今还未得有警兆呢。你这样说顶好，实则我是童心未退，近来忽然喜事好动，说完便已后悔，多重的话我也不会有气。望诸位道友见我言行稍有不合，立和甄道友一样加以警戒提醒，免我犯过造孽，便感谢了。"金、石六人自从铜椰岛搭上阿童以后，见他为人既天真和善，功力又甚高，向道尤为坚诚，个个夸赞，和他交好，情分日益深厚。又听对于师父如此诚敬，虚怀若谷，喜纳忠善，纷纷赞佩不置。阿童倒不好意思起来。

金蝉看出灵奇欲言又止，想起来路所言，等众人谈笑过去，笑道："赤身教诸妖邪近况，我也略知一二，但无灵师侄知道得详细。他为这妖孽闹得父子不能常相聚首，空自孺慕，也算是受害人。此来途中他还谈起，必是见我们这些小师叔吵得凶，心存谦敬，不肯插嘴。且听他说了底细，再决行止如何？"说罢，正要招呼灵奇上前答话。沙佘、米佘两小人本奉师命在洞外眺望，以防妖人还有余党和逃去的卜天童去而复转，忽然奔入报道："邓师伯来了。"

女殃神邓八姑，为峨眉派四大女弟子之一。不特法力高强，道妙通玄，见闻广博，兼有各家之长，并有前古异宝雪魂珠为第二化身，威力神妙，不可思议。为人更是热诚谦和，对于一班后进同门最是爱护，知无不言，言无不尽，众人对她亲热非常。知她机智深沉，事多前知，恰在此时飞到，不是奉命指点，也必与此行有关，自是高兴，忙即起身迎出。只见一个形容枯瘦，二目神光炯炯的黑衣长身道姑，已含笑缓步走了进来。

众人分别礼见之后，石生首先抢问道："邓师姊此时驾到，可是为助我们，要去扫灭赤身教，除那郑元规么？"八姑微笑道："我连日正忙于参悟丹篆法诀，并往海外采药，以供诸位同门师兄弟姊妹日后成道之用，任重道远，哪有余闲襄此盛举？"随向凌云凤道："师妹，你无心铸错，死的人虽属咎有应得，你却树下一个强敌，师长闭关，无人能以化解，你可知道么？"

云凤闻言大惊，只当是适才收去卜天童土木精气所炼晶沙，因而结怨树敌。刚开口说了句："我收此宝……"八姑便接口拦道："我说的不是指那土木岛的卜天童。那卜天童乃商梧大先生

54

再生高弟，法力甚高，只是生具异禀，性情古怪。他前生有灵婴雅号，颇具威名，也因气盛才致兵解。此次所谓咎有应得，不收他的法宝，如何善后？何况你们手下还格外留情。此事于他有德无怨，就他师长得知，只能怪他，加以重责，于你无关。我说的乃是你今日所杀姓雷的白衣少年。我因海外归途走过附近，遇见昔年故交，听她说起，才知此事说大不大，说小不小。你那对头又是一个正经修道的女散仙，乃昔年在仙桃嶂隐居，后成正果飞升的前辈女仙中无垢记名弟子。师门多有渊源，算起来，还比你长一辈。如若执意寻仇，岂不难处？你且把当时情形说出，看看是否可以化解。果如那道友所言，对头不向你拼命，也必有难题你做，却够你麻烦的呢。"

原来众人见时，云凤已将雷起龙杀死。因雷起龙隐形神妙，元神逃遁时机会既巧，女仙神符更妙用神速，大家都在扫荡余孽，仅知云凤也在诛敌，没有在意。既与妖邪一起，自非善类。一听八姑这等说法，俱觉奇怪。易氏兄弟和秦寒萼、向芳淑刚想开口，八姑拦道："你们不要多问，听凌师妹说这经过。本门女弟子中，只她和英琼师妹事多。以后各位师弟、师妹在外遇敌，不问邪正，有话均须容人说完，或是问明来历，真个十恶不赦，再下辣手，就不会有这类事了。"

说着，云凤已把和雷起龙交手时情形想起，便答道："妹子来时，看出妖党中除后交手的小孩卜天童外，只有二男一女最凶。又听秦、李二师姊在洞门内传声相告，说二妖人一名沈通，一名何小山，均是苗疆漏网的华山派中余孽，邪法厉害。沈通惯用毒火妖针，平日伤人不少，上次碧云塘才被霞儿师姊破去，少却许多鬼蜮伎俩。李师姊昔年初出行道，还几乎吃过他的大亏。何小山用幼童心血炼就八十一片紫金蚨，造孽更重。此二妖人已

55

是死有余辜。那妖妇名叫风娘子赵金珍，更是华山派负盛名的无耻淫凶，所害少年男子不可数计。阴毒凶狡，邪法又强，所结识的妖党又众，全都听她指挥愚弄。命我留意，最好乘隙诛戮，免贻后患。妹子闻说，本就心有成见。不料敌势正盛，小师兄等八人忽然飞来，不久转败为胜。

　　"妹子想起李师姊所说，恰又看出妖妇狼狈之状，似往山石后面寻人神气，心疑另有妖党潜伏作怪。跟踪赶往，果然有一白衣少年隐在石后，把妖妇放进。妹子乘着烟光分合隐现之间，用神禹令宝光破了他的隐形法。妖妇好似进退失矩，呆了一呆，方始负伤逃走，一出来便受众同门围困，上有佛光，小师兄又在空中监防，料她逃走不脱，没有穷追。以此人既和妖妇一起，称谓那等亲密，必是一个淫邪之徒，立意除他。哪知此人法力不济，法宝却多，胆子更小。自隐身法一破，便放出许多法宝护身，一味抵御，并不还攻，反向妹子求告说：他出身虽是华山门下，但已改邪归正，本在海外隐居潜修。他妻杜芳蘅乃南海翠螺洲女散仙，与峨眉有交往。此次实因以前不合与妖妇勾结，欲来摆脱情孽，再返翠螺洲，夫妻同修正果。不料一到中土，便受妖妇逼迫，来此相犯，并非本心。请看在他妻杜芳蘅面上，饶他一命。因他情急心慌，语无伦次，既觉有好些话不近情理，又看不惯那等脓包相。所说杜芳蘅，从未听师长、同门提起。开府时不请而至的仙宾为数本多，就算妹子不曾延款，偶有遗漏，诸位女同门也曾谈论，'翠螺洲'三字从未听过。并且那么道高貌美的散仙，怎会下嫁这等旁门后进，妖邪之徒？果有此事，此女为人可知。

　　"妹子急于杀了此人，好用宙光盘收那土木真气。匆迫之间，竟未想到此人所用法宝，无不神妙厉害，怎会毫无敌意？认定妖妇情人必非善类，便用禹令神光将他罩住，又把玄都剑、火云针连同开府后新得到的法宝齐使出来，上前夹攻。其实他初见面时，如仗所有法宝硬敌，乘隙逃走，并非不能脱生。这一苦口哀求，说话耽延，被我占了机先，想逃已是艰难。我要除他，也非易事。他偏胆小害怕，一面奋力防卫，一面口中急喊：'道友，我实已回头数年，罪不至此。自知孽报，不能逃免。你们法宝厉害，上空更有佛光密布，我虽持有仙妻隐遁神符，惟恐未必能够冲出。先前求你莫下毒手杀害，自愿束手受擒。我将信香一焚，不消三日，我妻自会寻来，或将我押往海外，问明所说真假，再行发落，你均未理。如今只好拼舍一命，只将元神遁走。万一我逃时被佛光禁网所困，请你转告他们，不要消灭我的元神。这不比人看管押带费事，随处都可收禁，念我修炼至今也非容易，暂留数日残魂，以待证明。我固得转劫重修，归投正果，你也免杀向善的人。你们峨眉派号称宽大，与人为善，莫非定要赶尽杀绝么？'

"他先前原说过自甘受擒，静等他妻来寻的话。因值他那法宝层出不穷，又多带有邪气，疑是缓兵之计，为防万一，下手正急，没有听清。及听这等说法，刚觉出他情词诚切悲苦；又想起平日力主宽大，许人改过迁善的师训。照他所说，将人擒住，等那女散仙来，自然分清善恶真假，这等行事，并非不可。心方一动，待要允他降服，我固粗心气盛，也是此人该当遭劫。他竟没等我回复。说到末句，面容惨变，口唤得一声：'仙姊，我好悔也！'便已将护身法宝略撤。当时玄都剑攻得正急，立即绕身而过，我收势不及。见状，越料他所说必有几分可靠，心生悔意。惟恐禹令神光伤他元神，忙即回收；一面还准备通知小神僧不要阻难。哪知他那灵符甚是神奇，百忙中只见一蓬金花倏地爆散，现出一幢祥霞，裹住一条人影，上下四面金花乱爆，竟将禹令神光荡开了些，冲出围去，在佛光幕下略微停滞，电一般闪了两闪，无影无踪。不特元神，竟连所有法宝一齐带了同逃。妹子看出所用神符威力灵妙，与玉清大师和武当门下石、张、林三位道友开府时无意中谈到的前辈女仙申无垢的路道相似。否则，休说佛光，便神禹令他也冲不出去。因而想到，妹子在凝碧开府时，曾见三个极美的海外女仙宾。后听齐、朱二位师姊说，那领头的是青门岛主朱苹，内一白衣女仙正是此姓。因那少年已死，稍微心动了一下，并未想到别的。前后不过两个时辰，师姊便即驾到。莫非这一会工夫，这位远隔辽海的女散仙便得了信要赶来么？"

八姑朝金、石诸人看了一眼，笑答道："你们今日事情多呢。这位道友此时远在青门岛，自然还未得知。可是雷起龙元神在她灵符神光飞遁之下瞬息千里，定必赶回她自居岛上相待，至迟三五日内，必要寻你责问为难无疑。此人性情坚毅，用情必专。她以一根骨浅薄的妙龄弱女，一旦仙缘小有遇合，竟能苦志向道，不避危难孤寂，独个儿照申无垢仙师短时日内所传，在辽海孤岛之上苦修数百年，终于被她虔心毅力战胜。能有今日成就，为人行事定必透彻，不如愿决不罢休。照我途中所遇道友的话，她当初一时疏忽，为妖法所迷，失身于人。一会明白过来，愤不欲生，本准备发动禁制埋伏，同归于尽。不料雷起龙竟对她发生真的情爱，非但不肯摄取真元，反为她弃邪归正，平时先意承旨更不必说，于是意回心转。后又暗中查知雷起龙对她实是忠诚专一，尤其是平日惯在脂粉道中鬼混的异派旁门，竟能遵奉她的意旨，一味敬爱温存，不以情欲为念，悔过归正之心又甚坚诚，由不得大为感动。双方恩爱已极，死前和你所说那些话一句不假。你始而胸有成见，嗣又下手忒急；对方再胆小情急，畏惧过甚：

以致铸此大错。这位道友虽然同道无多，声气不广，但她得有女仙申无垢真传，除没有红云散花针外，功力不在天缺、地残二女怪物之下。（作者自注：天缺、地残为孪生姊妹，申无垢弟子，《青城十九侠》曾有提及。天残、地缺乃孪生兄弟，系另两个旁门能手。）人更机智，飞遁神速。最厉害的是她为夫报仇，有话可说。本门师规，遇见这等人和这类事，只许你设法化解，不能伤她。你所行虽然可原，终系无心之失。所以必须先对你说，作一打算。如被寻到，只可相机应付，设法化解，万万再伤此人不得。否则恩师法严，一个疏忽，罚必不轻。到时无论何人，都救你不了。"

云凤惶急求救。八姑道："依我之见，如若寻上门来，恐她恨极心横，不容分说，师长又在闭关。最好先往一有法力的同道好友那里暂住相待。等她赶来此洞寻人时，可由秦师妹先以礼延款，就便解劝她几句，消却一点怒火，然后告以你的去处，她必寻去。你也照样礼待，告以妖妇出名淫凶，二人一起，辞色亲密。你自己入门年浅，所说女仙从无闻见，且所用均是旁门中具有威力的法宝。始而皂白难分，等到想擒人待质，对方已情虚兵解。后听我说，已是无及。一切均照实说。她如动手，只可防御，不可伤她。她见你们势不可侮，旁边再有一人好言解劝，也许乘机出甚难题让你做。你必须一口答应，重与订交。她只要肯再进洞去小坐，就不致再成仇了。"

云凤愁道："妹子道浅力微，知她出甚难题？如办不成，怎好？"八姑笑道："师妹，你怎不聪明了？同门中除有限几位曾受了不少艰危外，余者十九仙缘遇合，既巧且易，从古迄今，哪有如此便宜的事？师长闭关，一半便是使我们躬历险难，增长道力，只要具毅力恒心，没有不成的事。艰危自所不免，到时当有化解。果真有甚凶忧，别位同门固是传声即至；我已插手于先，决不能置身事外，定必当即赶到，多少总可为你出一点力。何况你下山前曾面壁修炼，功力大进，且师父至宝神妙无穷，大有深意，你又有两个得有佛门至宝的得力弟子，愁它何来？"云凤闻言，方才稍安，谢了指教。

石生灵慧非常，因八姑说时两次以目示意，仔细寻思对敌经过，忽然省悟。见阿童侧耳倾听，意颇警惕，一脸天真稚气。金蝉坐在一旁，微笑不语，手却缩向袖中，越知所料不差。便过去拉阿童道："小神僧，我们行道多难！不过杀了一个刚想回头，还未脱离妖党，又是随同前来暗算的敌人，便有这么大麻烦。他与妖妇一起同来作怪，脸上又没刻字，邪气在身，不比卜天童还可看出一点行径，谁分得出？假使我们来迟，他暗害了三位师姊，莫非也能容他拉倒？我懒得听了，我们到外面走走去。"阿童凤根深厚，用功既勤，又极谨慎，惟恐在外有甚错事。以为此事正是初出行道人的好榜样，应当引以为戒。洞外景物虽也不恶，比起连日所见自然相差太远，本不想去。无如石生别有心计，不由分说，拉了就走。七矮之中，阿童与金、石二人年貌相若，心性契合，最为情厚。尤其石生，生得和玉娃娃相似，相貌既极英秀，人更天真亲热，谁都爱他。阿童在峨眉府第一个结交到的便是金、石二人，认作平生至交。此时虽非心愿，不肯逆他，只得随了同行。

到了洞外，石生忽然转身说道："你那佛光虽然神妙，还有一点破绽。你把它放向空中，我指与你看。但我指到哪里，你便放在哪里，越快越好。"阿童虚心老实，信以为真，将手一扬，佛光便飞向空中。石生故意说："这样还看不出。"先指向高空，换了好几个方向。阿童连问："是甚破绽？我怎不知？"石生笑道："你只随我手指放去，自然还你明白，包管有趣就是。"阿童见他不似取笑，果然如言施为，随着石生手指，先在高空中飞舞了一会。石生忽喊："在这里了！"倏地一指洞门。阿童佛光早随手指飞过去，将洞门前一带罩住，问："在哪里？"石生拍手笑道："现在破绽已被补好，如有甚敌人，跑不脱了。你却不要把佛光撤去，一会自有应验。"阿童仍是不解，正要回问，忽听洞中略微喧哗，随听八姑、金蝉呼喝"停手"之声。隔着佛光往里一看，先前逃去的卜天童，不知如何突然在洞中出现，正与邓、金二人问答，看神气，不似存有敌意。方悟石生必在洞内看出破绽，惟恐又被逃走，借口观景，设此巧计。刚要开口，石生已先说道："小神僧快收佛光，我们试着玩的，莫叫这位卜道友笑话，以为防他又想溜走，说我们小气呢。"

阿童见卜天童未动手，必是为了索还法宝而来。暗忖："石生灵慧，先放佛光与他看点颜色，以示任你如何隐迹，难逃我等法眼。再拿话将他，使他不好意思遁走。然后再与他相见，释嫌修好。小小年纪，设计甚巧。"忙应诺时，果然卜天童已回脸向外，正指自己，待要发话，未及出口，佛光已收，才把满脸愤色敛去，负气说道："你两个如不猜疑，看得起我卜天童，也请进来同谈如何？"阿童未及答言，石生已抢先飞入，拉着卜天童的手，笑道："卜道兄，不必多疑见怪。我自适才一面，便想交你这个朋友，别位师兄自然和我一样。难得你和我们七兄弟长得差不多高矮，你这长相更好，双方师长昔年原有交往，彼此结个同道之友多好！你好好一个法力高强的正人君子，受妖人蛊惑做甚？我们坐下来谈吧。"

原来卜天童适才逃走以后，想起土木晶砂被人收去，不特回山无法交代，于将来成道上也有妨害。并且师长法严，向不许人违犯。虽与峨眉失和，但曾告诫门人，不许与诸正教中人为敌。这次原因好友虞重、勾显、崔树三人各随乃师峨眉赴会，回来为岷山白犀潭韩仙子门徒辣手仙娘毕真真杀伤。同时师兄商建初苦恋金钟岛主叶缤的女弟子朱鸾，为助此女与妖人对敌，并还断去一臂，回山受师父重责。好容易经人求情力说，允他去接朱鸾回岛成婚，断臂也已续好。偏是遍寻朱鸾不见，限期将到，尚无踪迹。卜天童气愤不过，才借中土采药为名，前往峨眉、青城诸山访问朱鸾下落，并寻毕真真，欲替虞、勾、崔三人报仇。本心实不想与峨眉作对。偏生卜天童自来心高性傲，商氏师徒威望久著，平日虽不无故犯人，遇事从未服过甚低，向占上风，未免自恃。又以相隔太远，轻不走动，中土地理和近年正邪各派人物情形多不知悉，只凭一点语焉不详的耳闻。满拟峨眉派虽当极盛，叩门询问点事有甚难处？事又与其无关。哪知一干长老正在闭关，前后洞均有禁制，连本派门人尚且不能进入一步，何况外人。始而他为七层云带所阻，不得其门而入。末了寻到后山迎仙亭，看出洞府所在，但已禁闭，连次高声寻人答话，均无人应。不合恃强逞能，意欲破禁叩关，激人出面，结果几被禁网所陷，吃了一点小亏，方始退去。心本不服对方盛名，这一来自然怀恨，不过也还没有为仇之意，只想转往青城一试。

偏巧秦寒萼等三人在姑婆岭养伤无聊，这日恰值向芳淑的生日期近，秦、李二女本都爱她温柔灵慧，天真口甜，反正伤还未痊，用不得功，寒萼提议为小师妹祝寿，令司徒平前往采办。司徒平因此举虽是小事，正经修道人决不能用法术摄人东西，所买又系各地名产，地方多半辽远，因而主张就用自造仙酿，就本山附近采点果实应景了事。寒萼不依，说："旧居紫玲谷中金银甚多，原想取来济贫，一直无暇往取；又以禁法封锁，非我姊妹亲往不可。平哥此去，正是一举两得，顺便将洞中金银运来，以便伤愈后济人之用。共只一二日的耽延，有甚不放心处？"司徒平对于寒萼感恩知己，素来不舍得违忤，只得依言行事。

三女送走司徒平，见天色甚好，同立洞前闲眺，没照司徒平行前叮嘱，回去将洞封禁。恰值卜天童飞过，看出三女不是庸流，当地相隔峨眉正近，疑有关联，下来询问。三女见他怪相，辞色颇傲，先不投机。秦、李二女又和毕真真交厚，知她被乃师禁闭天琴壑底，好些难处，问知卜天童来意，老大不悦。虽因对方身无邪气，未与难堪，但也无甚好嘴脸。答说："我们不知道。她师父韩仙子向住岷山白犀潭，你有本领，不会寻上门去向她要人，不省事么？到处打听做甚？"天童闻言怒答："中土初来，我连岷山也不知道在哪里。你说出来，我便寻去。"三女越憎他狂傲无知，便即应诺，详为指点。并恐不肯上当，故意力说："韩仙子乃前辈散仙中有名人物，不是好惹。我们虽不知你道力深浅，却料不是她的对手，说话无妨，行事却要慎重。"卜天童人原机智，两生修为，得道多年，岂有不知韩仙子来历和对方语意激将之理？只因天性刚暴，宁折不弯，明知是当，也要来上。即答："韩仙子也不能不说理，你们以为我怕她么？"三女答道："你怕不怕，与我们何干？我们有事，恕不奉陪了。"

卜天童还想说时，三女已进洞。明知师叔商栗与韩仙子昔年故交，怒火头上竟欲寻去。刚飞出不远，便遇见中土采药未归的两同门师弟，一同降落，正谈起前事生气。又值华山派妖人沈通同两同党走来，暗中听去，设计出面诱激，引与峨眉为仇。卜天童本看不起这些妖邪，只因怒火难遏，竟被说动。双方并还打赌，各行其是。两同门劝他不听。为示不肯与妖党同流，先作旁观，后才出手。居心仅想迫令三女服输便罢，不料反遭无趣。

卜天童事后想起失宝关系重大，此行又未奉有师命，不禁中馁心寒。自恃隐形神妙，飞遁迅速，佛光虽然厉害，只要不现形，或者无妨，便即赶回窥伺，打算明劫暗盗。初意对头得了此宝，必要取出观玩试用，只一离开宙光盘，不特立可收回，还可在收回时骤出不意，使神雷爆发，伤人报仇。到后一看，金、石诸人正在聚谈，晶砂仍在宙光盘内，并未取出。心里虽失望愁急，但听出敌人并无恶意，连那土木晶砂也未想要。无奈生平从未服低，想了又想，实在不好意思现身索取。实则金蝉早猜他必要回来偷伺，故意那等说法，见无回应，也就听之。卜天童急在心里，仍想暗中待机，尾随至洞门外。守了一会，见众未觉，渐渐胆大。刚跟了进去，隐藏室角，八姑忽然飞来，一到便知就里，连拿话和眼色暗点。金、石二人首先警觉，知道人已入室，只是看不见。金蝉不愿多伤他的颜面，正在盘算，如何使他自己出现。石生却和他一见投缘，又知双方师长昔年有交，立意化敌为友。惟恐又被逃脱，借词把阿童拉出，巧运佛光断了逃路。等其现身，再用话一点，把佛光撤去，入洞相见。其实卜天童已听出自己梦想多年渴欲一见的恩人阮征，竟是峨眉转劫弟子，七矮之一，早已喜出望外，嫌怨全消，不等问明，决不会走，只不好意思当时出现罢了。

后来还是邓八姑见洞外佛光飞舞，识得石生用意，不等封洞，先开口笑道："卜道友嘉宾惠临，如何还吝一谈呢？"卜天童先见众人齐对她恭敬，呼以师姊，又听所说口气，虽料是个峨眉女弟子中能手，还没想到这等厉害。已被说破，不便再隐，只得现身，红着一张怪相的脸，慨然说道："我此来实是想取回土木晶砂，见无法下手，本要走了。后因听出我多年采访不知音信的一位恩兄，竟是你们同门，我便不想再和你们为敌。只请把阮恩兄的下落近况告知如何?"正说之间,众人还未及答,卜天童回顾佛光封洞,意似不悦,转身方要发话,石生和阿童收了佛光走进。金蝉先要开口,吃八姑暗使眼色止住。

卜天童见众人并不回答他的问话,恰巧石生来拉。自古惺惺相惜,何况石生又是那么天真美秀,敌意一消,自更投缘,当时随去一旁坐下。石生先开口笑道:"我知你叫卜天童,是你自己说的。我名石生。你中土初来,还不认得我们呢,这场架打得多冤枉!你们木土真气所炼晶砂甚是高明,我们拿了去也不会用,一个不留神,还要受你暗算。何况双方师长以前均有交情,哪有取而不还之理?不过方才你法力太高,又受了妖人蛊惑,不这样,没法和你交朋友罢了。休看我是小孩,师兄、师姊们全都对我好,我说的话必能办到,少时晶砂一定奉还。我先给你引见各位师兄、师姊,再谈阮师兄的下落近况吧。"

卜天童闻言,自是心喜,先前骄矜负气之念为之一扫而光。石生随向众同门一一引见。卜天童见众人对他礼貌甚好,越发高兴,重又落座,询问阮征近况。金蝉笑道:"道友先不要忙,我们此后一家,且先把法宝奉还再说如何?"随唤:"凌师妹,还卜道友法宝。"云凤早已得了八姑传声相告,特意走向一旁,相隔约有三四丈。闻言立答:"道友一来,便准备好了。"随将宙光盘一举。八姑在旁笑道:"久闻土木晶砂神妙无穷,宙光盘子午神光线威力也不在小。卜道友固是法力高强,运用由心,但此宝已被太阴元磁真气吸紧,卜道友须运玄功强行收取,始能摆脱。凌师妹又是新受师传,不精运用。到时盘上神光一个禁制不住,不问出于何故,均易毁损此洞景物,岂非无趣?为防万一,莫如卜道友和小师弟仍自叙谈,待我试照原质收取了来奉上如何?"

卜天童天生特性,一向不喜女子,闻言暗忖:"我那土木真

65

气，因受宙光盘本命克制，所以复了原质。只一脱禁，就我不暗中运用，也必化成二行真气。再说原质晶砂和盘中子午光线差不多，都比真火还要热上千万倍，金铁沾上皆化，外人的手如何取法？"素性真诚，本想说："此宝我自己实能由心运用，但宙光盘尚是初见，不知底细。如防不测，恐伤洞府，可去外面交还，仍由我自己收取。"继而一想："久闻峨眉派的威名，今日虽已尝到厉害，但对方所仗全是法宝、飞剑便宜，别的尚未看出。此举出诸对方自愿，与我何干？既出大言，当有实学，乐得就此试她功力深浅。我又未暗中行法算计，她就受了伤，也难见怪。"于是话到口边，又复止住。

八姑道："我忝列峨眉门下，为时不久，自惭浅薄，不能尽得师门真传，我只照顾宙光盘为重。此宝如已离盘，卜道友不妨照旧收取，免有差池。"卜天童闻言，暗忖："众人对八姑甚是尊崇，想必是峨眉门下有名人物。先前的话还可说是自恃法力，不知深浅，此时所说虽是谦词，话却近于外行。我不出手，你已制它不住，由我自收也好，偏又要卖弄。如是平时那样的气体，仗着法宝、飞剑防护，我又不存敌意，或者无妨。离盘时如仍是晶砂原质，你也居然能不畏奇热，持有像水母宫中那样玄癸至宝，勉强拿起。我这一收，岂不当时爆散？别的不说，就胀力也能把这座洞府炸成粉碎。纵令我有防备，不肯伤人，当化成气体时那点威力，洞中诸人如无防备，也禁受不住。"卜天童因觉对方诸人不骄不傲，除此女看去不甚投缘外，余人相待情意纯挚。又推恩人阮征之爱，初来做客，恐伤了人不是意思。以前又曾对敌，一个误会，还当故意。

卜天童念头微转，正要开口，一片祥霞微微一闪，八姑人已不见。只见冷荧荧一团栲栳般大的银光突然出现，先环洞绕飞了一匝，倏地缩小，急如流星，往宙光盘中那根子午神针指定的一小堆土木晶砂上罩去。这时宙光盘在云凤主持之下，已然长大到四尺左右，银光圆径也有尺许。因针光上太阴元磁子午神光线被云凤止住，虽然吸力仍是强大，晶砂仍在针头所指之处未动，但也随同长大了好些倍，每粒约有半个绿豆大小，粒粒晶莹，已然射出奇光，似欲流转。银光眼看落向针头之上，忽似有什么警兆，电也似离盘飞起。卜天童不知雪魂珠来历，仅看出银光乃八姑化身，觉着此女功力果然甚高。忽见银光两起两落，以为土木晶砂奇热难禁之故。卜天童方暗笑她不知进退，猛瞥见盘中晶砂忽似星群跳动，急飞电旋，精芒越强，似要离盘飞起。银光仍是原样，正往下落。知道不妙，忙喝："诸位道友留意戒备！"说时迟，那时快，只听极轻微轰的响了一下，银光已第三次离盘飞起，盘中晶砂全数失踪。卜天童百忙中侧顾众人，只金蝉笑答了句："无妨。"余人全都照常言笑，神色自如，自己空自大声示警，竟如未闻。紧跟着，银霞略一闪变，八姑现出身形，手上却多了一把晶砂，外有薄薄一层银霞包住。

卜天童不禁大吃一惊。忽又觉着张皇贻笑，犯了平日好胜习性。暗忖："此女法力怎如此高强？好在她先叫我收，不能怨我。何不试收一下，看她还能禁受与否？"便乘易氏兄弟与秦、向二女上前观玩，尚未送到身前交还之际，暗运玄功真气，往回一收。卜天童初意仍只想略挽颜面，惟恐毁洞伤人。仗着此宝独门秘传，神妙不可思议，又与其本身真气相合，如磁引针，收时更是捷逾闪电。但由本质复化气体时，好似一个极猛恶的大地雷，药引已燃至中心，吃外皮压紧，郁怒莫宣，得隙即出，忽然爆发，威力至大。纵能由心运用，这一收一发之际的威势，仍不能禁其发泄。如非他看出众人把稳，行所无事，八姑玄功奥妙，有极深造诣，并还练就元神化身，知道不致将人炸死，至多洞府受点残毁，也不便给对方来此暗算。就这样想，终以威力厉害，打着浅尝辄止，略微点到的主意，开头仅收百分之一二，只要对方稍微受伤，或是措手不及，惊慌逃避，立即停手。于是一面发话，一面忙运玄功，连身迎合上去，赶紧飞向洞外远处，只一与本身真气相合，立可无事。哪知连试了两次，似被一种极大潜力隔断，收不回来。

八姑竟如未觉，反用另一手捏起一粒，笑对向芳淑道："师妹，你还不知这土木真气精英凝炼之宝有多厉害。就这小小一粒，卜道友如以全力使其爆炸，方圆百里之内齐化劫灰。并且此宝越小，发时威力越大。因卜道友三生修积，凤根至厚，师长法规又严，所以他应敌时，不特没有将此宝凝聚成这等原质，并还未生此念。即此存心，再照他的根骨修为，外功一圆满，仙业立可成就了。"

卜天童见八姑明知自己在收，故作不觉，却说出这等话来，内愧之余，不由又起童心。暗忖："反正都是恩兄同门，便丢个大人在他们手里也不妨事。至多和昔年对阮哥哥一样，事后装个丑脸，也就拉倒。"于是表面装作和金、石二人说笑，暗中加增吸力，直到施展全力，毫无用处，方始心悦诚服。见八姑已含笑望着自己，待要开口神气，一想不好，忙红着一张怪脸，笑道："我生平从未服过输，今日真佩服你们了。"

众人只两三人明白。余人只听八姑暗中传声相告，说："适才听大方真人所差道友说，此人脾气刚傲，恩怨分明。事前虽已告知他们两个同门，令其解围，并先劝诫，但不过借此给他一点儆诫，使知妖人底细，不与同流。又可时间拖长，免在救援未到以前，先行发难毁洞伤人。就便使云凤路过听去，对敌时不要过分，免致成仇而已。最主要的是此人后有大用，如能就此乘机结交最好。自己曾听说起，他和申屠宏、阮征两人前生交谊，所以说话行事均有布置。少时不论何事，只要自己不开口，均勿在意，越从容越好。"所以先前卜天童大声示警，众如未闻，暗中收宝一层多未看出。

八姑听他服输，不等自行叫破，忙近前接口道："我们兄弟姊妹，真比同胞骨肉还更亲切。道友既与阮师兄两生至契，彼此便是一家。再说此言，更是见外，我们也不敢妄攀交游了。"卜天童原极机智，只是为人刚直，生具特性而已。闻言知八姑不令众知，便接口道："此宝在道友手中，我收不回来。诚如道友所云，收敛得越小，威力越大。又因与本身真气相合，便家师除了炼时，也难得使它成为实物。可是再化气体，收时颇有声势，除却家师能禁其猛烈爆发外，我尚无此功力呢。"八姑笑道："卜道友真个诚实光明。以我薄学浅识，本也无力收禁。只因得了一件法宝之力，侥幸不致献丑。此宝名为雪魂珠。尚能抵御五行真气。近年恰又将它炼成化身，与元神相合，故此未为土木二行凝炼的精芒所伤。此时已勉强将它禁住，不致毁洞伤人，道友但收无妨。"卜天童一听，前生在师门时所闻宙光盘而外，专制五行真气的前古至宝雪魂珠，不特也归到峨眉门下，此女并还将它炼成第二化身，道力之高可想。不禁大惊，衷心佩服，把平日骄矜之念完全去尽，不复再存暗斗之心。依言行法一收，八姑手上所托晶砂立化成青、黄二色的精光彩气，朝卜天童射去。

众人见那二行真气虽吃八姑雪魂珠制住，所化光气细小如指，但是精芒电射，甚是猛烈，离手便发出轰轰之声，震得洞壁都在摇撼。就这样，声势已有如此猛烈，如被骤然发难，事前一无戒备，岂不全洞皆成粉碎？可是一到卜天童身侧，便即无踪，收势甚速，晃眼收尽，卜天童依然坐在那里。除石生有心试探，挨坐最近，觉着有点烤热外，并无别的形迹。俱赞此宝神妙不置。事完，大家重又谈笑。

卜天童几生修炼，都是从小随师，极少出外。商氏二老取才甚严，同门师兄弟人数无多，并常奉命出外，相聚时少，无甚交游。这一释嫌修好，凭空得了许多法力高强，情意相投的同辈道友。并还问出申屠宏、阮征两位恩人不久转劫重逢；而二人的师父又正是前生引入师门的恩人青衫老人（事详《柳湖侠隐》）；金蝉便是老人之子李鼎转世；李洪也转劫成道，下山在即。数百年梦想，中隔两世渴欲一见的人，忽有重逢之望，自是喜极。天童只奇怪："对方得道成名多年，自己向在海外孤陋寡闻，师父、师叔不会不知，怎平日一句未提？并与峨眉有嫌，连开府也未往贺，又示意门人、子侄不令前往观光，是何缘故？"想了想，也就拉倒。

这时七矮与天童在一起，邓八姑则和凌云凤商谈前事。众人正谈得高兴头上，忽有三人前来求见。卜天童见是同门师弟琴和、姚海翁及新识不久、力劝自己勿来此寻事的麻冠道人司太虚的门人干神蛛。知道三人苦劝自己不听，定必守伺近处，把经过情形看去，面方一红，众人已各起立延款。卜天童忙为双方引见，众人揖客就座。

三人原因伏伺姑婆岭侧，本心想乘卜天童占上风时出场解围，劝其速退，见好就收，给众妖人看点颜色，并示不与同流合污。不料一会便见土木真气笼罩全山，天童使出最后辣手，知劝仍不听。虽想起神驼乙休预示只要三人不出相助为虐，仍有化解之言，心终悬念。果然不久七矮飞来，不特妖邪伏诛，天童转胜为败，师门至宝也吃人收去。知道自己稍微迟延，误了事机，天童性刚而傲，似此惨败，必不甘休，这时又无从为双方化解。正在愁急，一面暗中隐身洞外窥探，一面计议老着脸皮进洞居间求和，等主人各有了允意，再寻天童劝说，同往索还法宝。议还未定，天童已在洞中现身，三人恐其内愧，不曾走进。同时发现一事，乘空追了下去。等到回来，双方已成好友，三人自是欣慰。因知洞中均是峨眉后起之秀，又看出天童性情大变，不致羞恼，意欲乘机结纳，便同上前请见。

　　也是七矮当兴。先是石生与卜天童一见投机；易氏兄弟又均幼童心性，尤其易震见干神蛛也是一个道童打扮的矮子，只比天童胖些，便发生了兴趣。只见他上身着一件黑色道衣，前胸隐隐现出一个蜘蛛影子，乍看好似白粉所绘。细用慧目注视，衣服仍是全黑，那白色蜘蛛影子却自衣内透出。看去虽比拳头大不多少，但是张牙舞爪，生动如活，仿佛是个活蜘蛛藏在衣内，形象也与常见的不同：背上多出两条长钳爪，前额鼓起一个大包，嘴也格外宽大，几及全身之半，神态甚是狞恶。干神蛛的相貌也极丑怪，目作金色，双眼突出，一张扁脸，直和常见的蜘蛛差不多少。下半身穿着一条黄麻布短裤，赤足芒鞋，胖手胖脚。未语先笑，老咧着一张阔嘴。虽然长得丑怪，却是和气非常。对于众人，个个亲热口甜，言动神情无不滑稽，使人见了由不得要发笑。易氏兄弟因他初来是客，不知深浅，看这衣着、神情和衣上怪物，分明是旁门中人，偏不带一点邪气，不禁奇怪。干神蛛见众人都朝他胸前看，面上一红，口中喃喃低语了两句，衣上怪蜘蛛的影子忽然隐去。易震觉得好玩，最为注意。见蜘蛛隐退时八爪齐动，分明是活怪。人胖衣薄，紧贴身上，又无藏处，暗忖："此人莫非是蜘蛛精不成？"因对方只是面有愧容，并无忤意，忍不住问道："干道友，你胸前是蜘蛛么？长得很奇怪好玩，如何藏身?"

干神蛛闻言，脸又一红，答道："易道友休耻笑我，那是我的冤孽。平日相处还好，也曾常帮我忙。无奈它一年到头跟定了我。更不知趣，不见人时倒肯隐起，只一见人，非出来现身不可，越有生人越要出现。方才来时和它说了许多好话，仍是不行。再如强它，就许开个玩笑，使我当众丢人。我从小便蒙恩师收养，本名干云，因有这块随身招牌，才得了现在的名字。恰巧我又生了一张怪脸，闹得好些不知底细的新朋友，还当我是蜘蛛精变的呢。以前我常气得要哭。还算好，我师徒所学虽非玄门正宗，却也不是左道妖邪一流。自从恩师和白、朱二老释嫌修好以后，承二老相助，修为上得了好些益处；峨眉开府，又蒙妙一真人赠了灵丹、道书，并还指明将灵丹分赠一粒与我。我因它虽讨厌，前两生也有好些因果，今生更助我多次脱险，为此辜负妙一师伯厚意，灵丹我自己没舍得吃，强劝它吃了，才将所带邪气去掉。不然你见了，不当我是妖物才怪呢！可是它那怪脾气仍改不了。我平时遇见妖邪恶人，对起敌来虽喜拼命，不胜不休，但我最爱同道之交，只要他看得起我，当我是个朋友，遇他有事，卖命都干。因为自知长相丑怪，不得人心，遇到我爱交的人，只好在初相见时向他巴结一点。他见我和气，肯听他话，也就肯交我了。非等几次见过，他老不理我，才肯死心。除非他真欺人太甚，我也决不恨他。因此我奉命下山六七年间，已交了不少朋友，并且都是好的，没有一个坏人。

"可是我这随身冤孽比我脾气还坏，还要固执。我交朋友，它非先看不可，它不许我交时，说什么也不行。它也真有一点眼力心计。前年我遇见三个昆仑派门人，我想：'他们都是正教门下，行辈又一般高，我与他们订交多好。'不料它只许我交一个叫虞孝，一个叫狄鸣岐的。另一个叫余恭的，它就坚持不许，并还禁我和他交谈。当着外人，不便和它怄气丢人，三人也正看我不顺眼，只好过些时再见，没有那姓余的一路再说。谁知不久姓余的便为妖邪所诱，叛师入邪，投到赤身寨去，虞、狄二人几乎受了连累。这次我一说想乘机交你们几位道友，它没见人，先就愿意。我以为它不出来献丑呢，谁知还是要把这活招牌亮出来。我又制它不了，至多气急时揭它的底，出口恶气。但它比我更好面子，背人咒骂无妨，当众丢它的人，必定不干，还报起来，我必吃苦，简直没办法。所以详细情形，除了认得我师父的几个好友，谁都不知，我也不能出口。"

众人得八姑暗示，知道此人法力别有过人之处，而说话又那么天真滑稽，俱忍不住好笑。易鼎笑问道："峨眉开府，令师司老前辈还曾驾临相助，道友为何不去？否则，我们岂不早就成了好友？"干神蛛喜道："你居然和我一见如故，当我好友么？别位如何？"易氏兄弟和阿童、石生都同声接口道："我们师兄弟心性义气相同，一人之友即众之友。何况道友为人又好，一见投缘，得允订交，正是求之不得呢。"

干神蛛又喜又悔道："早知如此，便恩师不许，我也偷偷去了。都是为了这冤孽，到了那里定必终日现形，它又不肯服人，尤其异物同类。闻说仙府珍禽奇兽既多，内有一位收有两位僬侥弟子的，更养有一个金蛛，已是它见面必争的对头。而这位女道友又得有韩仙子所赐的神禹令，更是制它之宝。我又素不善与女道友接谈，既恐丢人，又怕惹事。又惑于与家师以前来往的一班同道之言，家师再一叮嘱，只好忍痛不去。谁知你们这么好呢！"易震笑道："这个无妨。开府热闹虽已过去，凝碧景物只有比前更好。等各位师长开山，我兄弟七人接你去游玩些日，不一样么？至于你说那些珍禽异兽，俱各通灵，法规又严，决无怠慢。你那招牌不论多凶，既是灵物，也无上门欺人之理。金蛛现在郑颠仙那里，神禹令和两小的主人就是先和你引见的凌师妹。看她为人多好说话，也断无慢客之理。"干神蛛大喜谢了。

说时那白蜘蛛已由隐而现，似不忿主人说它，爪牙乱动，颇有怒意。后听易震说到日后请客往游仙府，忽然隐去。干神蛛咧着一张嘴笑道："诸位看这冤孽，本是想和我过不去的，因听日后有往仙府观光之望，一高兴，不肯当着好朋友使我丢人，日后没脸到仙府拜望，才退了回去。你说有多可恨！"说时蜘蛛影子又略现了一点爪脚，只是一瞥即隐。众人均被引得笑了起来。

阿童虽然多生修为，道法高深，在众人当中年纪还没有石生大，童心未退，觉着蜘蛛好玩，便要干神蛛放将出来看看。干神蛛经众人引见，已知阿童来历，本领、行辈又较高些。既安心结纳这班人，怎好意思不肯，无如事有碍难。正想不出用甚话推托方为得体，那旁金蝉已得八姑传语暗示，知他为难，忙喊："小神僧，朱道友并非异物，将来与我们有好些渊源，不到凝碧仙府，无事不便请它出见。否则，你送它一粒毒龙丸也可。"阿童虽然天真，何等机警，闻言立时会意，笑答道："毒龙丸只幻波池三位女道友得有不少，我何尝有呢？"说完，随听蜘蛛唧唧低叫，声甚急遽。干神蛛喜拉阿童的手，急问道："小神僧，你说那幻波池，现在不是仍有妖人盘踞？我们由土木岛起身，途中还曾见昔年水母宫中侍者元凡和两个同道，受了妖人诱惑赶了前去。听说洞中妖人玉娘子崔盈虽是奇淫穷凶，但她天生尤物，艳绝仙凡。休说异教中的妖邪，连那隐修多年的海外散仙朱逍遥，俱为她色情颠倒，明知是个火坑，硬往里跳，甘弃数百年功力，前往送死，不久便要赶去。这三位女道友怎会在幻波池居住，又

74

有那么多的毒龙丸呢？"

阿童笑道："齐道友说的便是他们同门师姊妹易静、癞姑、李英琼三位道友，也就是将来幻波池的主人。现在尚未到除妖入居之时，可是她们早在开府以前往幻波池去过，曾得圣姑默许，将毒龙丸取了小半出来。此丸用三千六百四十七种灵药合炼而成，其中最主要的一种，道家名为灵苏，又名毒龙珠，乃太清仙府灵药。万年前，不知是何因缘，由灵空仙界随着乾天罡风飘坠了两粒种子。此草是天府奇珍，种子奇坚，生长极慢，乃西方太乙精英所萃。长过一尺，本身便能发出威力，仙凡所不能近。但它初落时小如灰沙，并具反五行的特效。分明是元金赋质，偏是见土不生，只有南北元磁真气始能培养，初期并还要生在两极磁光所照之区。似此一粒微尘飘扬大千世界，种子未发芽前，又有好些禁忌危害它的生育，按说千亿兆之一也难存活。谁知无数机缘凑巧，落到未名岛旁海底泉眼之中，下面正是元磁真气地脉所经，两下里各生感应妙用。始而不过浮在海眼里面，吃地脉中引出的元磁真气凌空托住，一粒微尘渺小得目所难见。但它四外均有元磁真气护托，一任海泉猛力冲击，连经多少次地震海啸，从未摇动。到了千三百年期满，忽然子裂发芽，立即成长。四外元磁真气吃它分裂，化为一个六角托盘形的星光，仍将下面托住，随同长大。此草便植根在这六角磁星之上。初发芽时虽只有尺许高下，但它本身奇光迸射，远及数丈，无论人物鱼介沾上立毙。年时一久，威力更大，任何金质法宝、飞剑只一近前，立被下面星盘吸去，连人卷走，一齐同化。此宝深居海眼之下，不为世知，所以寻常修道人多不知名，见更休想。我也是新近遇一前生老友谈起，托我向峨眉诸道友索取一丸，为备他年成道之用，才得知悉。

"又听齐真人说，当初圣姑为取此草合炼毒龙丸，单为它就费了十年心力，受了不少艰危，才得到手。原是两株，取走一株。因此草不论仙凡，得了均抵千年苦练之功，异类尤把它珍如性命，当地本有百多条毒龙守伺环绕。后因圣姑所设假草忽然失去灵效，被毒龙窥破，兴风作浪，怒啸发威。恰值屠龙师太正在岛上苦行清修，乃将毒龙斩尽。因奉师命，恐所余灵草再被有大法力的人取走，生根星盘随同爆裂，引发地火，闯出大祸，伤害无数生灵。又在水中发现圣姑神木留书，也是同样说法。才用师传佛家极高法力，将海眼同时封闭。听说按圣姑遗示，此丸全赠易、李三友。大小共有七种，每种最少也有十粒，上附仙凡异类各种用法。她们素来量大仁厚，最喜与人为善，我代人要的一粒，才一开口，立时答应。听说仙府中好些异类均要仗它转劫成道呢。"

干神蛛闻言大喜。众人见他丑脸一红，欲言又止，料是想为蜘蛛求说，但知此丹乃修道人的至宝奇珍，许多妖邪为此拼命求取，初次相见，对方尚不知他为人和蜘蛛的来历，不好意思开口。明知金蝉特提此丸，又唤蜘蛛为朱道友，必有深意，便不再往下说。

干神蛛想了又想，实难当时开口。由此益发立意结纳，想等到蜘蛛有以自现，再行求说，也许有望。那附身蜘蛛与他原有三生因果。今生不特连为一体，心灵相通，并还为了干神蛛而化身为异类妖虫。累世纠缠，越结越深，成了存亡与共。好容易得师友之助，将蜘蛛本赋邪气化尽，要想变人仍是艰难。平日想起，俱都忧急非常，往往背人争吵，互相嗔怪，只是谁也无法分开。经过情形最为奇特，暂留后叙。

那蜘蛛多少年的心病，忽然听有这等旷世灵丹，自然惊喜，情急万分，不住催迫。外人除八姑外，谁也不曾看出。干神蛛迫于无奈，见众不往下说，只得启口试探道："我知贵派发扬光大，人数日多，仙禽异兽也非少数。毒龙丸虽不算少，分配尚且不敷，如何还能转赠外人呢？"

易鼎接口道："各位师长因一班同门兄弟姊妹遭逢运数，仙缘遇合既多且巧，所以内外功行全主自身努力修积。我们虽然不才，感于师恩深厚，除却有限两位因有许多特殊原因非此不可外，大都不愿有所假借，不劳而获，捡此现成便宜。就是将来非用不可，近年师长闭关所炼灵丹，连同异日各位同门兄弟姊妹在海内外奉命采炼的各种灵药仙丹，功效并不在这毒龙丸之下。师长所炼更兼有脱胎换骨、洗髓伐毛之效，修道人服了不必说，便常人服了也可长生不老，修成仙业。凝碧仙府中，芝人、芝马、苓兔之外，还有不少灵气，从无一人想要服食。这毒龙丸休说数并不少，就少也不相干。这次奉命炼丹的，我们七人是一拨，还有先前说的凌云凤师徒三人也是一拨。这是师父仙示早已指明，命在寻到洞府以前便须随时留意，遇上时必须采取，凌师妹师徒又与我们将来有联手，才知道的。别位或是不到时候，仙示没有现出；或是已有使命，而我们还未得知的，想必也非少数呢。"

凌云凤闻言，走近问道："易师兄说我奉有炼丹使命，来前拜读恩师仙示，空白之处颇多，此事想在其中了。妹子入门不久，虽蒙师恩怜鉴愚诚，传以本门心法，但自知道浅力微，又只领了两个燋侥小徒在外行道，不似别位同门还结有伴侣，可以共赴事功。平时想起，便自警惕，惟恐陨越，辜负师长深恩。再要负此采炼灵丹之命，益觉任重道远。且喜诸位师兄异日竟与妹子联合一起，既然早知此事，必有成竹，可能指示一二么？"易鼎道："详情也不知悉，只小师兄仙示上提到此事。除预开药名、

77

产地外，并还预示'内有两种珍奇的灵药，人间稀有，须候师妹到时送来，方可配齐合炼'之言。师妹仙示尚未现出，必是我们所采灵药种数甚多，随时均有发现，必须事前留意；而你所采只得两种，此时尚还不到时机之故。师妹胆小做甚？"

南海双童之一的甄兑笑道："凌师妹大可不必多虑。固然同门结伴，彼此多点助力。其实我们人多，更有诸葛、岳、严、邓、齐、易、李诸位师兄、师姊，个个法力高强，闻警立可应援。像邓师姊和齐二师姊更能随时策应，不请自来，决无甚大不了的事。你休看轻了你那两位高足，虽然出生僬侥细人，但他二人俱受佛法度化，仙根善缘无不深厚，向道修为又极诚毅，将来就不青出于蓝，也决不在我辈以下。尤其芬陀大师所赐伽蓝珠与毗那神刀俱是佛门异宝，起初我只耳闻，今日临敌，才看出它们的威力妙用。师妹先有玄都剑、飞针和韩仙子所赐禹令、神戈两件前古奇珍，防身护法已然够用。这次下山，师父又赐你宙光盘和圣姑遗赐之宝。这些宝均经师父指点重炼，降魔威力较前更大。你师徒三人在一起行道，休说寻常妖邪犯者无幸，便遇上左道中著名人物，也决不会有甚闪失。你只管放心好了。"

云凤闻言，忽想起："沙、米两小先前奉命洞前守望，原为防范妖人有无余党，并防卜天童去而复转有甚动作。自从邓八姑来时，二小入洞通报之后，自己只顾和八姑、众人说话，未怎理会到他们。二小素来喜事好奇，更爱学乖讨教，多点经历。现在来了好几个外客，中间更经再试宙光盘，卜天童收回土木二行真气，又有干神蛛这等异人在座，以二小平日心性，必要进洞凑这热闹无疑，怎会这么大一会不见人影？如因奉有师命，不敢擅入，怎洞口也不见他们窥看？"心中一动，随口问道："小神僧可见我那两个小徒么？"阿童闻言刚答："你不提，我还想问呢，我们先在洞外就未见他们。"

干神蛛忽然接口道："那肩披鹅黄云肩、头梳抓髻的两个道童，原来就是凌道友在小人国所收的高足么？那真奇了！"云凤闻言，料知有事，忙问："道友何处得见？"干神蛛道："我们来时，见他们虽然道童打扮，一身仙风道骨，迥异恒流，身量又不如传闻之小，误当是同辈道友。当时他们刚引进邓道友出来，忽有一妖妇元神由洞侧飞起。想是适才伏诛以后受创太重，又见人多，未敢当时逃走，潜伏洞口附近，一面运用玄功借以养息，等诸位道友入洞，再在暗中窥探，想得点虚实再行逃走。不料邓道友来时玄功神妙，知有能手到来，本就该逃；又不合行前妄想冒险偷觑，不知怎的会被二小识破。因妖妇元神飞遁极快，二小动作也极神速，没顾得出声喊人。也许再贪一点功，一经发现，立即跟踪往东北方追去。我先还想交他两个朋友，由此进身与诸位相见，跟着追了一程。琴和、姚海翁二位道友本守洞侧，没有随去，忽然传声相唤，说卜道友已然回转，恐防暗中下手，双方破脸结仇更深，催我速回化解。眼看妖妇在前，二小急追在后，相继往那山谷之中飞落。因这里事关重要，又见二小法力甚高，法宝、飞刀威力绝大，纵遇妖党，不致闪失，没有再追，便即折回。进洞相见时原想提说，又见诸位全是法力高深，二小追敌不会不知，并无一人提说，可知事出预计，不关紧要；又承诸位道友不弃，倾盖论交，一见如故，与平日异教中所说狂言迥乎不同，只顾说笑，以致忘了提说。照此情形，令高足追戮妖妇元神，竟是贪功私往。以我观察，二小固不致便受暗算，可是妖妇到时，谷底便有黑烟妖火冒起相迎，看去似非弱者。有了这么大一会还未回转，我陪诸位同往一观如何？"

姚海翁又道："适遇一友，说商建初已然回岛，急欲与他相见，并不知峨眉寻仇之事。"天童与商建初两生至好，闻言立动归思，见众将行，便与七矮订约辞别，同了琴、姚二人回土木岛去了。

众人均照八姑之言，分别去留。只干神蛛独告奋勇，愿为向导。金蝉又得八姑指教："还要隔上些日，才能往苗疆赤身寨去除那长臂神魔郑元规。由此分手，只管任意所之，无往不利。在开建小仙府以前虽有一点波折，并无大害，反倒因祸得福，到处逢凶化吉，一遇事便有人助力。昔年美仙童阮征也快归来，凑足七矮之数。只到时阿童必要辞别，切不可以放走。"金蝉开府以后得了本门真传，加以夙根深厚，独得灵悟，进境十分神速，功力大增，远非昔比。闻言自是领会，记在心里。七矮全都喜事好奇，反正清闲，又恐二小如若吃亏，云凤也未必能够全胜。易氏兄弟和阿童更想："干神蛛既然倾心结交，自告奋勇，自己焉可袖手？也想看看他的法力深浅和那附身白蜘蛛的灵异。"因而决计一同随了前去。秦寒萼、向芳淑、李文衍三人俱都惜别，因八姑不令随往，齐请云凤归途来此小聚。云凤虽听八姑之言，关心二小仍是甚切，众人纷纷叙别，不免少延，又不便先自独行，急在心里。好容易盼得众人分别起身，无心多说，随口应诺。

金蝉临行，才听干神蛛说，妖妇元神落向巫峡神羊峰后天羚峡内，知他想乘机结纳，和大家做一路走，故此先不明言地址、途向。又见他生得那副丑怪相貌，心中好笑。又看出云凤心急，笑向阿童道："小神僧，用你佛家心光遁法带了我们十人赶去，不快些么？"阿童心实，笑答："我的功力远不如朱由穆师兄，你们剑遁不比我差，何必要我当着新朋友献丑？"云凤不知金蝉是因石生、二易俱想和干神蛛交朋友，干神蛛也结纳心切，双方一见如故，好固然好，但是奉命行道，最慎结交，彼此初见，干神蛛身上附有妖物，不知为人心性如何。知阿童曾得白眉真传，功力虽还未到火候，但在他佛光一照之下，对方为人善恶立可查知，故意如此说法。误以为阿童飞遁比较神速，急于往援二小。

云凤又因雷起龙这一段嫌怨急待化解，必须寻两个法力较高的人倚托。又在暗中答应了向芳淑，照着八姑和她所示先机，等金、石等七矮到了苗疆，便须助她同往赤身寨去除那长臂神魔郑元规。任重道远，不少艰危，心中愁虑，因而忙笑插口道，"小徒此时未归，料正紧急。小神僧无须太谦，干道友一见如故，已成知交，请施为吧。"阿童最不善与女子应对，不便坚拒，只得应诺。行前金、石和南海双童、灵奇等五人均极心细，先见干神蛛嘴皮微微动了几动，面上似有不悦之容，跟着身旁白影微闪。石生明白金蝉心意，觉着人家热心交友，不应如此考量，好生过意不去。正要提议，仍是各驾遁光飞走，云凤已先催行。阿童笑说："干道友，不要笑我卖弄，我实不会说话。"干神蛛方笑答："我正想见识小神僧佛家妙用。彼此一家，何必太谦？"佛光已然拥了一行十人破空飞起。石、甄诸人见干神蛛仍又转了满面喜容，看去反更高兴，已然飞起，便皆放了心。

那白蜘蛛的怪影，自从洞中谈起毒龙丸后，一直不曾出现。金蝉奉命下山做了七矮之首，行事便加谨慎，暗中观察干神蛛，佛光照体，并无异状。原以为虽然佛光由阿童主宰，既做一路，不会受伤，但所附蜘蛛终是妖物，定必惊扰难堪，不料竟未现出一点迹兆。再看阿童，也是喜形于色，料他此时当已省悟，必是察觉干神蛛端正善良，所以高兴。便自己也乐交这个朋友。经此一来，转觉自己小气，如被对方识破，未免不好意思。

金蝉正想事后如何措词解释，或是明言相告，遁光迅速，已然飞到巫山上空。众人见下面峡壁削立，江流如带，自空下视，宛如一条细长深沟，内里嵌着一条白线。一晃越过川峡，遁光降低，沿途奇峰怪石似电一般在脚底闪过，神羊峰已然在望。远看峰形，宛如一对大羊伏卧于乱山之中。天羚峡就在峰阴暗谷之内，形势甚是险峻阴晦。

金蝉猛想起："那年成都辟邪村正邪双方斗剑，大破慈云寺所杀妖人，名叫阴阳叟的，邪法阴毒，十分厉害，老巢便在此峰左近。那接应妖妇元神，与二小相持的妖邪，许是他的徒党，也未可知。"金蝉心念才动，阿童因将到达，已随着干神蛛所指，将佛光隐去，拥了一行十人，同往峡谷之中穿入。那峡深居谷底，地势虽颇宽大，但是两边危崖翼然交覆，越往下越往内凹，由谷口起三数十里，只是一条深衢，并无出路，石黑如漆。沿途尽是草莽灌木，纠结滋生，日光不照，景物阴森荒寒，死气沉沉。

二小追敌之处就在谷尽头危崖下面。干神蛛先前追到附近山头，遥望妖妇元神飞堕，崖底便有烟光迎出与之会合。刚见二小追下，便听姚海翁用土木传音催他回去，并未跟踪深入。这时众人遥望，静荡荡的，并无迹兆可寻，都料二小多半失陷。云凤自是情急，赶到落地一看，原来崖底乃是三丈多方圆的一个深穴。本来穴旁藤草杂生，将穴遮没、已然断成粉碎，散了一地，崖石也新断裂了一片。分明适才有人在此剧烈争斗，才有这等现象。照此情势，二小必在下面无疑。

云凤因穴底黑暗异常，敌人深浅莫测，取出神禹令，便要当先飞入。金蝉忙拦道："师妹且慢！二小必无凶折，这样下去，岂不把妖邪吓跑了么？"这时，干神蛛似向穴中倾听，忽然笑向云凤道："凌道友，无须忧疑。令高足现在穴底，只是诸位不来，不能起身罢了。现在敌人已被擒住，还死了一个。有无余党虽不可知，纵有也决无害，放心就是了。"石生忽然想起那白蜘蛛，笑道："你何不请朱道友放些蛛丝出来，将洞封住，断了妖人退路，以防有甚妖党逃出，不是好么？"干神蛛笑答："它已先下去了。"众人闻言，知道蜘蛛必先起身来此，一行耳目之下，并无所觉，竟能超出前面，好生惊奇。因这一说，都忙着同下，也未细问，随同飞落。

那穴之深，竟达百丈以上。相隔穴口两丈，本还有主人用作掩蔽的一层浮土，约有五尺来厚，土上满生杂草。不知底细的人，必当是一个干涸了的泥潭，决看不出下面还有极深洞穴。此时上层已吃剑光冲破，草泥零乱，近口一带甚是芜秽。可是离穴十丈以下，便渐整洁，四面皆石，略向内弯，石质平滑坚细，仿佛经过人工修治。到底一看，靠里一面现出一条极曲折的甬路。本来黑暗，吃众人宝光一照，已然景物逼真。

阿童谨慎，觉着异地初经，这等诡秘深长的洞穴，从未见过。又见凌云凤手持神禹令，抢在前面开路，神色急遽。想起以前曾听大师兄朱由穆说过，凡是潜居地穴深处的妖人，多是曾经灾劫的漏网余孽，邪法定必甚强，人也极恶穷凶。惟恐仇家寻上门来，或是正教中人坚欲除害，苦苦搜索，除却严密隐迹而外，所居地底大都利用形势设下厉害埋伏，或是预设阴谋毒计，暗伏地火风雷。到时一个不敌，立将地肺穿裂，引发地底水火风雷，将当地化为火海，借以反噬强敌，且作最后脱身之计。干神蛛虽有蜘蛛先已飞入，妖人死伤逃亡之言，他也初至，敌人深浅以及有无余党，终是莫测。惟恐云凤情急心粗，发生事故，中了暗算，又把佛光放出，请了众人同进。

南海双童在众人中最为谨慎，见穴底洞径深黑曲折，后半宛如螺旋，走了这么长一段不见微光，敌人巢穴尚无影迹，想请易氏兄弟将九天十地辟魔神梭取出，以防万一。见阿童佛光飞起，干神蛛又在微笑，似觉众人多虑。好在佛光护体，众人各有异宝奇珍，更有四人精于地行之术，即使山崩地裂也无妨害，便未出口。众人俱因入地太深，加了戒备。金蝉连劝云凤稍缓，以便沿途观察，既防入伏，又免妖人乘隙逃遁。飞行虽不似往常神速，晃眼仍是老远。

又前进了一程，估计路已走出十里以外，仍未到达，往复回环也越多曲折。方在奇怪，忽听身后随行的灵奇喝声："妖孽敢尔！"众人闻声回顾，灵奇手上一片寒光已电掣而出，人也跟踪往来路追去。

原来前半段洞只有两丈以内方圆，后半转入螺径，忽然加大，偏又有小只及丈之处。众觉洞形奇怪，不欲一开始便毁坏。除云凤禹令神光直指前面，只有数尺粗细而外，但把剑光、宝光聚在一起，合成丈许大小一团。内中灵奇因常年飘流在外，好容易有此旷世仙缘，但是师祖、师父均未得见，仅凭大方真人一言，记名弟子尚未定局，尽管这几位小师叔们天真宽和，仍以恭谨为是。这一入洞，觉出奇怪，格外加了小心。正行之间，偶然瞥见洞顶一角石色有异。本来全洞石色淡青，一路到底更无杂色，那里独有二尺多长一条色作漆黑。已然走过，忽想起那石上痕迹，好似画的一个缩小了的人影子，心中一动，连忙回顾。只见那黑影已然移动，附石而行，往前射去，手足皆全，分明是一个小人。知道略一停顿，遁光飞出已远，来路黑暗异常，洞口无人防守，必被逃走。一面出声呼喝，一面扬手一片寒霞，人随追去。

石上斑痕原不足奇，小人未逃以前，只是一条二尺多长的黑斑，所以众人虽是慧眼，也未看出。及至闻声回顾，见灵奇寒光映处，那小人仍是附石而行，并未现身，直似洞顶上用黑墨画成的一个活动人影，箭也似朝来路射去。正待随同追赶，忽听去路前面隐隐有两人急喊："师父、师伯、灵大哥，快来!"听出是沙、米二小口音。云凤首先惊喜，忙纵遁光向前便飞。干神蛛见云凤一走，身形一晃，一纵黄光跟踪追去。众人俱爱沙、米两小，又听连声疾呼，疑在危难之际，多不愿再追妖人，纷纷赶往。

只南海双童白陷空岛回来，便与灵奇格外投机。虽也闻得沙、米二小呼声，心中关切，因见小人不曾离石飞起，身在石中如鱼游水，只现出一点影迹，心中一动，甄艮首先想起一事。知道二小已有众人往援，纵有强敌，也可无害。自己如果预料得不错，这小人却不能放他逃走。并且灵奇一向谦退，也不知他法力深浅，孤身追敌，不知能否应付。便不随众同行，径随灵奇追去。不提。

这里众人不似云凤那么心切，闻得二小呼声，还未听清，立即追往；又当回身查看洞顶妖人之际，起身稍缓，全落在凌、干二人的后面。初意二小呼声已然入耳，当必不远。哪知这末了一段洞径，左旋右转，时上时下，并还有折回之处，相去尚有七八里路。

金蝉因洞中已然发现妖人，恐云凤冒失，受了暗算，正催众人快飞，前面洞径忽又往右上方转折。等循径飞上，眼前倏地一亮，地势忽然开朗，现出二三十亩方圆一片平地，其高约有三丈。虽是石地，却由人工栽种着好些奇花异草和松竹桃梅之类。树均粗大，高只丈许，挺生石隙之中，盘屈轮囷，夭矫飞舞，奇形异状，别具姿态。更有好几座高台散列花树丛中，金碧辉煌，甚是富丽。左侧尽头石壁上有一月圆形石洞，知道妖人窟宅必在门内，不顾细看外面景物，匆匆略微观察形势，便往洞前飞去。

金、石诸人虽是起身慢了一步，但是飞行均极神速，与云凤所差也只几句话的工夫。估量凌、干二人不过刚到，洞中如有妖党，此时必已交手。心方一动，猛瞥见一个披头散发的少女影子由洞门内飞出，只一闪便没了影子。两下里相隔虽不过二十来丈远近，以众人的法力，本来一弹指间便可将其围困。无如人地生疏，来去只有一条洞径，上下四方皆是极厚的山石，认为敌人除非洞中另有逃路，只一现身，便非落网不可。又见到处静悄悄的，目移奇景，稍微分神。没想到会迎面冲将出来，逃遁得那等神速。金、石二人目力最为灵敏，看出那少女神情惶遽，刚由内里飞窜出来，迎头遇见好些法力高强的敌人，似知厉害难当，立往洞顶石壁上窜去，其疾如电，比来路所遇小妖人飞遁更快。

就这眨眼之间，忙指剑光上前拦截，人已无踪。此外，阿童还稍看出一点影子，易氏弟兄竟未看出怎么走的。因剑光往上追射，势甚急骤，洞顶山石被剑光扫中之处，银色火花乱爆如雨，虽也破裂了些，但是不多，分明设有禁制，那银色火花也不带甚邪气。阿童为防敌人隐形飞遁，忙将佛光展开，照满全洞，并无警觉，知已遁走。

方料洞中既有妖党逃出，云凤必已占了上风，赶紧飞进门去。见里面石室广堂，陈设布置，备极富丽，只是空无一人，里面石室又多。正打算分头寻找，忽见干神蛛由左侧门内飞出，迎头便问："诸位道友可将那女子擒到么？"众人答说："没有。"干神蛛只说得一句："待我追去。"白光一闪，便即不见。两下里来去匆促，众人不疑有他，立照干神蛛来路门中飞入。飞了十余丈长一条甬路，才得到底。刚见前面门户，云凤已然迎出，料知无事，才放了心。

入内一看，里面乃是一间极精致的石室，比起初入门时所见广堂还要富丽。地下倒着一个妖人，相貌丑怪，从来未见。人已死去，头上陷有一洞，脑血已枯，并非飞剑、法宝所伤，似被甚怪物将脑吸去。再看沙、米二小，正在冥坐调息，面上神光焕发，又不似先前受过创伤神气。

一问云凤，也是刚到不久。只说干神蛛飞遁神速已极，当云凤闻声急追时，只听他说了句："我来领路。"便由后面赶向前去，先是白光一闪，人便无踪，跟着现出一条白影，向前飞驶。相隔不过数丈，看去路径甚熟，快要到达，忽然隐去。跟着便有一个神情十分狼狈的披发少女由内飞出，也是一闪即隐。因入洞以前还听二小喊声甚急，忽然中止，心疑失陷。又见少女在身后现形，往来路逃走，急欲往援二小，无心追敌。虽听干神蛛在内疾呼："快将那女子截住！"以为后面人多，遇上必不放过，仍往门内飞进。云凤入门一看，室中便是这等景象。干神蛛早已到达，神情似颇匆促，说："二小已有佳遇，正在运用玄功，不可打扰他们。但那少女放走，也许于我不利。后面来人如若晚到一步，被她飞出此洞，便无法追擒，必须早作打算。"语声甚急，匆匆说完，人便往外飞走。

细查二小，并未受伤，也未用法宝、飞刀防护，不知是甚缘故。众人俱知二小近来功力大进，尽管胆大贪功，心思却甚灵巧，照此情势，必无差池。心想："干神蛛也似倾心结交，言行虽然不免诡异一点，所说当必可靠。妖人余党只有所逃二人，一行是此来主体，怎么单于干神蛛一人有害？实是不解。"俱料他不久必回。二小无故在妖人巢穴之中入定，必有原因，其势不能唤醒。

枯守无事，金蝉正准备令云凤留守二小，分出易氏兄弟搜索全洞，自己同了石生、阿童为甄、灵三人接应，并追逃人。话未说出，南海双童甄艮、甄兑已和灵奇擒了一个小人赶到。众人一看，不由笑将起来。

原来甄氏兄弟一母双生，在七矮中相貌最是丑异。所擒妖党，不特豹头鱼眼，紫发凹鼻，大腹短腿，身材粗矮，与甄氏兄弟一般无二，而且连身穿衣着，均与甄氏兄弟初入峨眉时相差不多，只动作神情滑稽得多。来时随了甄、灵三人一同飞入，除隐隐有一条白影系在颈间外，并未禁制捆绑，看去也无逃意。那幼童进门先朝众人脸上挨个一看，忽然跪倒，指着甄氏兄弟说道："诸位师伯、师叔，这事情不能怪我。请给我求个情，叫师父收我做徒弟，我便能将姊姊请回，省她往秦岭告状去。她也有了师父，多好！"语声洪烈，厥状甚怪。

众人本想问话，吃他一嚷，忍不住又是好笑。阿童、石生均喜幼童，又看出他出语天真，身上并无邪气，先就消了敌意。正要过去问他，易震已先开口道："你且起来，先不要忙。我们初来，都不知道。你想拜师父，收不收你，也须看你出身，为人如何而定。只要未犯大恶，稍可原恕，或能洗心革面，就不收你为徒，也必不致伤害。且等我们大师兄问完再说，你忙做甚？"

幼童嚷道："什么？我祖父是秦岭石仙王关临。我名石完，并非妖邪。我姊弟从小在此，从未出洞，犯的甚大恶？我话已出口，不允拜师，决不起来。除非把我杀死，否则，休看我被鬼索套住，照样能够拼命。死活任便，我决不逃，要我丢人却是不行。"

金蝉正问甄、灵二人经过，一听是师门旧交，峨眉开府曾往赴会的秦岭石仙王关临之孙，大为惊异。知道此事处置不善，立是一场不小是非。但地上横尸明是妖邪一流，怎会与他姊弟同在一起？忙转身安慰他道："我们此次奉命下山，原许收徒。果如你所云，是石仙王之孙，以前又无恶行，辈分也对，总好商量。你先起来便了。"

石完喜道："我一进来，便看出你像各位师伯叔中的领袖，果然大师伯真好。反正话已说过，不收我不行，起来也是一样。"于是起身，立向甄氏弟兄身旁，满面都是希冀之色。身已被擒，不但没有逃意，反似防备擒他的人要逃走神气。尤其是对甄兑，紧随身侧，一步一趋，盯得甚紧。阿童、石生越看越觉有趣，便凑过去和他说话，也是有问必答，凡是所知，无不明言相告。

金蝉便问甄艮："你是如何将人擒到的？"甄艮答说："先前不知这条古怪的地穴四外石壁会有极坚强的禁制，直到返身追敌，才行发觉。否则，逃人颇精地行穿山之术，身在石中如鱼游水，不等发觉，早已隐入石内逃去。就这样，仍能附石而行，神速异常。本来不易追上，幸亏灵奇警觉得快，老早先仗乃父灵威叟所传遁法飞向前面，阻住逃路；我又将鬼母所赠碧磷冲掷向前去。我弟兄和灵奇三人合力，虽将他困住，但他身有奇光护体，附身石壁之上，不易擒获。又见他身无邪气，出语天真，惟恐罪不至死，无心误伤。正在迫令就擒，不肯妄下杀手，他不知怎的忽然开口说，如允拜我兄弟为师，他便乖乖降服。我说自己不能做主，须见二位师兄，问明根由，方可定局。他也答应。

"他刚由石中现身飞出，干道友便急飞而至，一见面，扬手一指，他身上便多了一条白影。随说：'此童虽非妖邪，却是同党。尚有一女逃去，如不追回，必有后患。现向此童加了禁制，决逃不脱。如肯降伏，将那少女召回，所施禁制立可消解。'说完，匆匆飞去。石完不服，说干道友是妖怪，破口大骂。身上白影立时绞紧，痛楚异常。偏生他性子倔强，边骂边哭喊：'你这妖怪，敢害死我姊弟，我祖父石仙王同我祖母，不把你捉来炼成灰烟不完。'我也是听出与石师叔有关，又见他虽痛得头上热汗交流，面色惨变，宁死也决不输口，既恐出事，又爱惜他这强毅之性，忙向干道友劝说：'看我七人面上，休与幼童一般见识。'初意干道友必已飞远，石完不住口，未必生效。哪知话才出口，他身上白影也不再放光，痛也立止。他因先吃了亏，仍不服气，痛止以后，越发跳足大骂，劝他不听，可是也不再痛。后来还是兄弟说：'干道友是我们好友，你如拜我为师，他是师伯尊长，如何可骂？'这才住口，倒认了错，向空赔罪。由此咬定我兄弟答应了他，一同飞来，别的话还未顾得问呢。"

石完接口道："那两位师兄不醒了么？他们今日得了极大好处。我一肚子话想说，偏是越着急越说不出来。姊姊也不知回来没有？她最心灵，会说话。我知师父已答应收我做徒弟。你们先问两位师兄，他们曾见洞中玉碑，也许比我知道还多。少时我喊来姊姊，她再一说，师父、师伯就会知道了。"

众人留神查看，石完资禀甚好，也极机警。只是过于天真，不特说话全无条理，性气急躁，语声也极粗厉，并有口吃毛病，说时往往急得脸红，俱都不解。

众人见沙、米二小已然从入定中回醒，起身向众人分别礼拜，未等金、石诸人发问，便先说出经过。

原来妖妇赵金珍乘乱逃出元神以后，一直隐伏洞侧山石后面。先见众人佛光、法宝厉害，虽已隐形，惟恐逃时被人警觉，未敢妄动。及至众人入洞，本可逃走，偏生沙、米二小正在那石旁守伺，面向妖妇，惊弓之鸟，未免心寒。停了一会，欲俟二小走开再逃，以防万一。跟着女殃神邓八姑飞到，知她法力更高，如被那雪魂珠光一照，休想逃脱。侥幸未被觉察，二小也领了八姑入洞。按说此时妖妇本该逃走，只因仇恨太深，临走忽然想起："八姑突然飞来，必有原因。敌人均在洞内说话，正可窥探一点虚实，以为约人复仇之计。好在洞口遥窥，不致被人看出；即被警觉，飞遁神速，只要当时不被佛光和雪魂珠照上，决逃得脱，也不会现出形影。"哪知八姑玄功奥妙，才一到达，便看出妖妇元神隐伏洞侧。当二小上前见礼时，早已暗中传声告知，令其少时如何下手。当初本意，是怜爱二小，欲使立功。看出妖妇法宝全失，只剩元神，还能隐形飞遁，无甚伎俩；又当妖妇有心窥探，否则早已逃走。二小身有佛门二宝，只一发现，立可成功。当时稍微疏忽，略示机宜，便即入内。没想到妖妇在有人进出之际，敢往门前探头，换了地方。

二小得了八姑指教，以为妖妇尚在石后。惟恐一击不中，被她滑脱，互相使个眼色，故意隔远些，准备分头下手。一在石左，一在石右，突然发难，对面夹攻。满拟妖妇藏伏石后，此举定必成功，全神均贯注在八姑所说之处，谁知扑了个空。尚幸伽蓝珠佛光威力灵异，沙佘立处相隔妖妇身侧不远，双方又是同时发动，妖妇骤出不意，闪避不及，吃珠光扫中了一下，隐形法立被破去，吓得亡魂皆冒，立化一道邪烟遁走。二小瞥见妖妇现形，忙指毗那神刀飞斩时，就这只缓得一眨眼的工夫，已被遁走。也非全是贪功，实因妖妇元神逃得太快，急于追赶，忘了出声招呼，立纵遁光追去。双方飞行都极神速，晃眼追出老远。

二小看出妖妇只剩元神，无甚伎俩，想起峨眉开府时，好些厉害妖人，加上许多妖猿和猛禽恶兽，均为仙府鹫、雕、鸠、猿所戮。自己初次下山，连这么一个失了势的妖魂都除不了，将来见着雕、猿、米、刘诸人不好看相，立意非追上除去不可。只顾催动遁光急追，忘了路的远近。最可气的是两下里快慢差不许多，相隔最多时不过一二里，越追越有气，不觉追入巫峡乱山之中。二小起初也不认得地方，一味加急飞行。妖妇虽长玄功变化，到底兵解时受创太重；二小却得有仙、佛两门传授，往后越追越勇。

妖妇恨极二小，见其穷追不舍，想就此把仇人引往死地。无如一班有力妖党相隔既远，逃时又慌不择路，上来便错了方向，急切间想不出引往何处是好。快到巫山，才猛想起："前面峡底有一老相好，被人困在石洞之中已有多年。日前托人带话，说困他的五根神线已有破法，但是洞中还有两小姊弟法力渐高，决不容他逃走。他不敢暗算这两个小孩，以免引出杀身灭魂之祸。必须有两个有法力的人助他先将小孩绊住，再用华山派的烈火旗，才可助他脱困。因和史南溪、沈通诸人有隙，只有自己才能化解，请为设法，千万要在本月十八日他整满六十年以前赶往。今日恰是十七。此人性如烈火，乖戾无比，以前本不喜他。只因他身具异禀，法力甚高，虽然好色，并不常与女人交合，不似别人纠缠不清，将来可以利用，因此应酬了两次。不久，他便被石仙王夫妇擒去，紧闭在内。他不知就里，还当自己与他真个恩爱。自己因石家老夫妻难惹，他们又与各正教长老交好，因而得信并未照办。此时急难往投，恰巧在他所限时日以内，正可将计就计，激其出手，将两小贼引入洞中除去。"

妖妇这一寻思改道，略微迟延，回顾身后，敌人更近。惟恐被人追上，或是入口封闭，虽然带话人传有信号通行之法，但稍迟一步，只要被佛光、飞刀照住，依然形神皆灭，不禁害怕起来。

事有凑巧。洞中怪人虽未料到妖妇毫无情义，置之不问，但也防她恐惧对头威势，不敢无故结怨。因而一面另托当年党羽四出求救，一面心中算计："三年前，妖妇还来探望过自己。这次即使胆小怕事，或史、沈诸人作梗，不来相助，人总要来。"及见所约日期将近，所请帮手一个未来，心中急怒。每日强忍苦痛，带了身上所绑神线，不时去往洞口探头外望。这日怪人正在切盼，忽见妖妇元神飞来，见面便匆匆说道："你害苦我了！追兵厉害，再迟，元神也将不保。快将仇人诱入洞内，再作复仇之计。"说罢，当时飞入。怪人大怒，因身有神线，虽然长短由心，却不能出洞一步，就洞口探头，已被勒得痛苦非凡，如何与人交手？又看出来人佛光厉害，只得忍气，护了妖妇一同退下。

二小晃眼也已追到，见五色烟光一冒，妖妇便被裹去，无影无踪。初生之犊不怕虎，怪人又志在诱敌，洞穴未闭，于是不问青红皂白，米佘首先抢前飞下，沙佘也便随入。毗那刀光过处，原作土穴掩蔽的藤草、土石全成粉碎。

第三回

玉壁遁仙童　百丈蛛丝歼丑怪
穹碑封地窍　万年石火护灵胎

　　沙、米二小到了穴底一看，又深又黑，洞径更是曲折异常。本就胆大贪功，再见五色烟光将妖妇裹走以后，一直不曾出现，大有怯敌之势，便不问青红皂白，循径急追。飞进老远，洞径还未走完，妖人也未现出行迹。

　　沙佘比较持重细心，觉出孤军深入，敌人深浅一点不知，心中疑虑，意欲回转，着一人守住洞口，一人回姑婆岭与各位师长送信，以免有失。米佘笑说：“师兄，你怎么近来法力增高，胆子倒小了？当我们白阳山初拜恩师时，只凭一支归元箭和一点隐身法，什么法力都没有；人更渺小脆弱，连个寻常大人都可致我们的死命。竟敢背了恩师，暗探鸠后无华氏等三妖尸的前古陵墓，连经奇险，终于成功。将妖尸窃踞的九疑鼎中所藏一粒混沌元胎和克制此鼎的一面太虚神鉴盗去，建下了奇功。因此一来，才蒙杨太仙师与芬陀师祖鸿恩，怜我二人向道坚诚，特设法坛，在小转轮三相世中预积三十万善功，连经三劫，以佛家无上法力，助我二人成长。当时如稍畏难，焉有今日？如今我们不特得有师门传授，并还各有仙、佛两门异宝奇珍防身，本领功力远非昔比，遇事如何害怕起来？杨太仙师别时曾说，我二人三相世中所许三十万个善功，今生必须实践。以后所遇危险艰难虽多，仙福也极厚。我们由白阳山起，直到开府下山，不是没见过世面。以古妖尸那等厉害，我二人尚且成功，何况这类妖人？假如真有什么凶险，或是命该夭折，决逃不过，太师祖、太仙师也不会为我们费那么等大力，也不会有那么等说法了。"

沙佘闻言也觉有理。心想："牟尼珠佛光护体，百邪不侵，洞中如有埋伏，早已触动。也许这里就是妖妇老巢，洞中还有余党，因法力比妖妇还差，所以不敢交手。不是仗着地利暗中潜伏，便是另有出路逃走。索性深入查他一个底细再说。照芬陀太师祖与杨太仙师平日口气，我二人前路光明，决不会死。如遇危难，姑婆岭尚有各位师长在彼，邓师伯法力更高，妙算如神，见久不归，定必寻来。仗有佛光护身，至多被困一时，有何妨害？"便依了米佘，仍旧穷追不已。

一会追到近尽头处，刚看见大片广场园林，便见右面壁上有一大洞，飞出一个非僧非道、装束奇特、头上乱发虬结、身材粗短的怪人。沙、米二小都很性急，双方才一现身，未容张口，立指毗那神刀，化作两弯朱虹飞将过去。怪人骤出不意，怒吼一声，扬手一片白光，先将全身护住。紧跟着把腰间一个鱼皮袋取下，往外一甩，立有一股火花激射而出。初发时，只有人臂粗细一股，和正月里所放花炮相似。飞出丈许，便互相激撞，纷纷化生，晃眼便如狂涛怒潮，涌向前来。二小正在迎面飞来，两下里一凑，立被围在火中。二小见那火星俱只米粒大小，每粒均带有一层深绿色的光焰，互相挤拥排荡，一撞即行爆裂。由此一变十，十变百千，生生不已，越来越密。炸音宛如连珠密雷，晃眼工夫，身外成了一片火海，威势甚是惊人。一上来时轻敌，未发挥牟尼珠的妙用，来势又快，不及施为，人已陷入火海之中。觉着佛光防卫之下，火虽尚未烧上身来，那爆炸冲击之力却是愈眼加盛，其力至大，几乎使人禁受不住。起初不知对方虚实，又见火无邪气，与适才洞口所见妖烟邪雾不类，心中奇怪，不约而同，各照神尼芬陀所传，将手一指，牟尼珠佛光突往四外暴长开去。这时火势更大，火色也由红转白，由白转成浅碧，夹着大片轰轰隆隆万千连珠霹雳爆炸的巨响繁喧，密压压由上下四外六面往中心追来。

此火非同凡火，别有一种威力，由主持人随心运用，神妙非常。常人遇上，早被炸成灰烟，决难幸免。不料遇有克星，宝珠威力更大。佛光突然往外一胀，立生反应，无量火焰星花自相激撞，轰的一声震山撼岳的巨震，二小身外的烈火立时如红雪倒崩，往四外散去，面前立即空出一大片地面。

二小先因毗那神刀为佛门至宝，与二小心灵相合，仓猝之间虽然被火隔断，一心运用佛光，并未收回。火势一退，正待查看敌人踪迹，就势还手，忽听一少女口音叱道："你袒护妖妇，与我无干，不该偷我石火袋用。休说消耗灵火，便将我姊弟布置的花园毁去，也不与你甘休呢。"二小身外石火虽被荡散，并未消灭，正由分而合，愈眼化生密集，重又围涌上来。少女语声才一入耳，火光倏地由碧而白而红，由密而稀，变化绝快。同时又听怪人暴跳怒啸，声如洪钟，甚是震耳，似与少女争论，也未听清说些什么。

就这光色微一闪变之中，那一大片火海已全化为乌有。二小目光到处，见一个满头银发披拂两肩、年约十五六岁、容姿美秀、肤色如玉、赤着双足的白衣少女，手中拿着怪人腰间所挂曾放大量烈火的鱼皮袋，正转身往门里飞去，一晃不见。怪人除白光护身外，又放出了两道墨绿色的火花，正与两弯朱虹相持。这等墨绿色剑光，连听也未听说过。看去虽怪，但不似怪人所放白光带有邪气。并且朱虹失了主驭，颇有相形见绌之势。二小一见大惊，忙施佛法一指，朱虹光华骤盛，眼看要点上风。忽又见一白眉巨目，身穿黑衣，面容丑怪的瘦矮小孩，怪声怪气急喊道："原来你骗我，这来的是好人，不是妖怪。姊姊不帮你，我也不帮你了。"说时用手一招，恰值怪人也将手连指，张口连喷，连声怪叫，以致小孩的剑光并未飞回。小孩大怒，口喝："少时再和你算账！"双臂一振，立有一片墨绿精光将身护住，双足一点，便往刀剑光中飞去。

二小原极机智，又肯虚心讨教，老觉出身僬侥，幸遇旷世仙缘，惟恐有失，无论尊卑，一体恭谨。在仙府时，一班师长、同门对他二人全都喜爱。屡听袁化、袁星二人说起，本门法严，犯者无幸。此次下山，正当群邪猖狂之际，前路艰难，对敌时务需分清正邪，不可大意，一有误伤，便铸大错。起初以为当地是妖人巢穴，还未在意。及见火光不带邪气；少女姊弟再一现身，又听那等口气，分明敌人心意不一。料想这两姊弟纵非正教门下，也非妖邪一党。

二小刚在留意观察，小孩已纵遁光往刀剑光中飞去。对面怪人好似知道佛光厉害，恐小孩受伤，方在怒喝："小狗快退！敌人厉害，还你就是。"小孩竟是胆大异常，全不理睬，怪人话未说完，他已飞入刀剑光中，伸手一抓，便将两道墨绿色光华收去。情势本来奇险，幸亏小孩飞剑功力颇高。二小生自小人国内，虽经佛法长大，身材仍较常人矮小。见这小孩生得又矮又瘦，先已喜爱。又听出受人之愚，不是妖邪一党，本心不愿伤他。毗那神刀与心灵相合，敌意一消，便更不会伤害。故小孩一点也未受到险阻，便将飞剑收回，往门内飞去。

二小知道洞中只有怪人袒护妖妇作梗，同声大喝："速将妖妇元神献出，饶你不死！"随将师传两柄古钱戈发将出去。此宝乃凌云凤往岷山白犀潭送小人玄儿时，蒙韩仙子所赠前古奇珍。出手便是两道戈形金环光华，神龙剪尾一般往前飞去。怪人本就敌那朱虹不住，如何再禁得起这等神物夹攻。这还是二小不知虚实，行事谨慎，宝珠留以防身，未发出去；否则，伽蓝珠佛光再往前一照，怪人势必当时身死，也不会有后来许多事了。

　　那怪人身具异禀，原非弱者。只因为以前作恶太多，被秦岭石仙王擒去，本要处死。经他再三苦求，知道巫山神女峰后峡谷地穴之中乃石仙王夫妻昔年修道故居，须人看守，情愿由石仙王用太阴如意仙索捆住，在内守护，借以虔修悔过。石仙王既因洞中须人坐镇，又知他暂时不敢背叛，那如意仙索威力神妙，被它捆住怪人，洞虽深长，无论何处均可游行。但只要越过石仙王所说的界限，便会发生作用，痛痒难禁。如出土穴，探头洞外，更是周身似被仙铁丝勒紧，深嵌入骨，痛苦更甚。如再强忍奇痛，全身挣出，只一离洞三步，立发阴火内燃，成了灰烬。并且另外还有制他之法。因而怪人便答应了。

　　石夫人为防他反噬，又将他两件厉害法宝收去。又用好言劝导：只要能在洞中守满年限，不特解禁放他，并还助他成道。怪人和石仙王夫妻本有渊源，初来也颇愧悔自励。年月一久，昔年所结妖党得知底细，前来探望，加以蛊惑，渐渐故态复萌，急于逃出，四处托人求助，以致才有当日之事。无奈法宝不在身旁，骗盗来的法宝又吃原主人收去。敌人厉害，不是对手。没奈何，只得违背昔年誓约，先救了急再说。主意打定，一见金碧光华神龙绞尾电驰飞来，一声怒吼，飞身便往门内逃走。

　　二小看出敌人伎俩有限，如何肯舍，立即跟踪往里追去。进门便见一所陈设富丽的广堂，并无门户，只迎面石壁上似有灰白色光影一闪。心疑那是正门，怪人必由此逃走，便不问青红皂白，一指毗那神刀飞将过去。刀光射处，烟火迸射，壁上忽现出一座穹顶圆门，越认为所料不差，忙即追入。里面也是一所广堂，陈设形式均与外层相同，面积却小了一半。对面壁上光影变灭中，似还见有人影一闪即隐。二小不知是计，急于擒敌，自恃佛光护身，又看出那石壁上藏有门户，索性连人带飞刀化作两团佛光，一双朱虹，往前冲去。似这样，接连冲进八层门户。怪人并未追上，也未遇什么埋伏，只是越往后地方越小。冲过第八层时，前面壁上人影看得逼真，除怪人外，并还同有妖妇元神。满拟相隔越近，定可追上，哪知到了第九进室内，反倒无了影踪。当地乃是一个六角形的石室，宛如是用一块三丈大小的极好翠玉凿空而成，除正面入口外，通体浑成，不现一丝缝隙。陈设却极简单：左右两旁各有一白一黑，形似蒲团，大约五尺的玉墩。当中是一座五色斑斓，非金非石的丹炉。更无别物。

沙佘比较谨慎，忙把米佘唤住，不令再进。说道："师弟，今日事情太怪，适见怪人、妖妇就在眼前，怎么追得影踪皆无？莫要中人诱敌之计吧？"米佘道："大哥多虑。你看这九层门户，一直望到外面，并无异状。石室越来越小，也许到了尽头。妖人分明已势穷力竭，欲逃无路。先以为门户可用邪法隐蔽，看似整片厚壁，不料被我们识破，邪法无灵，穷追到此。这一间作六角形，也许门户不止一个。既已到此，好歹也见到人才罢。还有先逃进来的一男一女，怎会也不见影踪？他们必有藏伏之地，只要擒到一个就知道了。"

沙佘还未及答，忽听有人怒喝道："不知好歹的东西，你想擒我，也配！"二小听出是门外收剑小孩的口音，似由石壁中发出，仓猝之间竟未听出在哪一面。沙佘还想反问引逗，米佘胆大心急，因来路一直到底，驾起遁光便朝迎面壁上冲去。沙佘见状，想要拦他暂缓前进，飞身去拉。室止三丈方圆，差不多已被二人佛光、刀光布满，再往前一冲，去势又急，沙佘还不及喝止，米佘已冲到壁上。二小遁光恰好相连，满拟刀光射处必可破法，现出门户，哪知不然。二小遁光前后相接，无异连在一起，当头朱虹冲到壁上，方觉坚逾精钢，与头几层石壁不同，室中埋伏已然发动。只觉眼前一花，大片墨绿光华将全室布满，当顶压下。同时耳听小孩厉声大喝："你两个动不得，还不快退出去!"话未听完，光已下压，其重如山。跟着脚底一空，现出一个光华耀眼的深洞。

二小没料到埋伏在上，猝不及防，虽仗着佛法护体，人未受伤，但那一压之力，竟不及抗拒，立被压低丈许，陷入地面之下。慌不迭正运玄功待往上冲，猛又听到小孩在上面喊道："你这个坏女鬼也跑不了，快滚下去送死!"紧跟着射下一道墨绿光华，内中裹着一个女人影子，手舞足蹈，流星一般往下射落。百忙中看出正是妖妇元神，忽起贪功之念。米佘方喊得一声"大哥"，上面已经合拢，成了一片极厚的翠玉坚顶。二小用飞刀、法宝开路，连冲了几次，只冲得墨绿光焰似雨箭一般当头射下来，事后翠壁依然完整，纹丝不动。再看下面，深约三十余丈，地方比上面大得多。当中立着一幢红、白、墨绿三色交织的精光，高约十丈，矗立当地，光焰万道，四射如雨，照得全洞通明。上下四外也是极整洁晶莹的翠壁。知道身已入伏。妖妇不见影踪，也许为那光芒所化。细一查看，三色光幢之下，尚有光雨射不到的空地，光高只有十丈。暗忖："事已至此，上冲无路，莫如下去，先寻到妖妇下落，是否已为光幢所化，再作计较。"

二小也真胆大福厚，仗着佛光护身，一点也不知道厉害。略一商议，再由上面绕飞，避开正面，朝穴底处飞去。落地一看，那光幢上三色精芒耀眼欲花，甚是强烈，不可逼视。二小连经过几次大敌，又听师长们时常聚谈，长了不少见识。知那个光幢必是禁法中枢纽，稍微触犯，立即发难。此外有无别的埋伏，也不可知。想起杨太仙师曾说："你二人虽然仗有佛门室宝防身御敌，但是功力不够，所习又是道家传授，不精禅功，未能发挥伽蓝珠的全部威力。此次卜山劫难重重，虽均逢凶化吉，遇见了真正劲敌，仍非对手。你们的师父有神禹令、宙光盘等异宝，随在身旁，遇上大敌，还可相辅为用；如若离开，却须格外仔细。尤其是误入设有与地火风雷相连的地底埋伏，一毫也大意不得。"见光幢来得异样，又不带一点邪气，心想："现时已有这么大威力，一经发难，不知如何强烈。"上面冲不出去，锐气一挫，不禁胆怯起来，当时未敢冒失破那光幢。

米佘终究胆大，几次想要冲向光中试试，俱吃沙佘阻住。米佘道："此洞又长，深居地底，师父如何得知？虽蒙师祖赐有两面传音法牌，偏生师父谨慎，说我们胆子太大，恐怕生事，须俟将来奉命出外，才许带在身旁，以防缓急。长此相持，何时才能出困？反不如撞它一下，省得不死不活，多么闷气。是福决不是祸，也许能够仗着佛光法宝冲将出去，也未可知。"沙佘始终不肯。忽想起："从一入伏，便见光幢立在当地。妖妇如为所灭，必有异状，怎会始终静静的，原样未动？"重又同往四下查看，绕着光幢，上下飞驰起来。

二小向来一起，飞巡了两匝，米佘忽说分头寻找，沙佘也未在意。刚一分开，沙佘猛瞥见妖妇元神一条淡影在光幢侧下面空处一闪。因是恨极，追源祸始，必欲除此一害，惟恐不能手到成功，立指佛光飞将过去。

妖妇因隐形法先吃佛光照破，又与强仇同陷埋伏，一经运用邪法，仍有一条淡影，总算那条墨绿光华已然脱身飞去，否则更加糟了。本来她缩身洞顶一角，仗着壁色墨绿，又多花纹痕印，淡影往上一合，二小并未看出。也是妖妇恶满该终，见二小绕洞追逐，佛光强烈，忽然害怕，恐被照中，仗着飞行迅速，便随在二小身后，上下错综，绕着光幢飞遁。本想二小搜寻无迹，停了下来，再行觅地潜伏。不料二小分开，飞行迅速，共只数十丈方圆的地面。妖妇为恐被察觉，心内一慌，往侧一闪，打算绕出光幢之外，贴地飞逃。恰被沙伲看见，伽蓝珠佛光立即照将过去，展布开来，晃眼化成十来丈一片光幕，兜罩下去。因为沙伲谨慎，惟恐佛光触及光幢，引发埋伏，未将全洞布满，中间还有空隙。如果妖妇仍往前飞逃，就此瞬息之间，也许奇迹发生，不致就受灭神之祸。无如劫后妖魂，伎俩全失，心胆已寒。知道还有一个强敌正由另一面追赶过来，也有一片佛光，如往前逃，正好撞上。惊慌失措，只顾避那三面兜罩的佛光，忘了身后那幢三色奇光这时正在爆发。不去接近，尚且难免波及；何况两下一凑，那三色光幢忽然暴长，三色精芒一齐旋转，看去好似大小千百层云光旋涡，分合不停，中间迸射出无量三色芒雨，妖妇立被卷去。

沙伲见状大惊。尚幸佛光由心运用，收回得快，两下里没有接触。同时闻得米伲惊呼之声，三色奇光已上冲洞顶，四外也差不多均在精芒光雨环射之下，轰轰之声，与精光上射击石之声混成一片，声势猛烈，甚是骇人。米伲无踪，料已失陷。沙伲好生惶急，忙由洞壁角光雨不及之处，飞抵正面空地一看。只见米伲在佛光环绕之下，已被光旋吸住，四外三色精芒电雨一般朝佛光激射上去。米佘正在强力外挣，挣脱一层，又是一层环涌上去，其势绝快。光焰交织，芒雨丛飞，奇丽无伦。佛光越强，光焰电漩声势也越猛烈，连自己存身之地都将射到。所幸人未受伤，还能抗御，也未引发地水火风等等巨变。只要佛光不减退，便可无害，只是脱身不得。沙佘有心上前相助，又恐一同被困，有损无益。正在惶急，想不出用甚方法救他出险，忽见佛光上面朱虹飞起。这一来，米佘虽仍不曾脱身，已能上下左右移动，轻快得多，不似先前紧附当中一味苦挣。紧跟着便见妖妇元神被一团旋涡云光吸住，急转变幻，缓缓由右下角斜移上来。到了米佘先前陷身之处，方始停住，依旧疾转不休，只没米佘的快。

沙佘因见朱虹奏功，光幢威势越大，佛光也越加强，心想："义共生死，如何临难却步？就同失陷，也应一起。万一二人合力，能够脱身呢？"沙佘细心得多，只管勇气一壮，决计共此安危死生，行事却不冒失。先将佛光朱虹运用停当，欲以全力一拼，免得米佘手忙脚乱。说时迟，那时快，就这么一停顿之间，光幢上面已起变化。先是光幢中心光云杂沓，四外合拢，将妖妇元神包住。妖妇自从失陷，已无暇隐身，现出一个赤条条似人非人的女鬼。始而还在光云中挣扎，后来越挣，光旋越强，妖妇渐渐无力，吃云光裹紧，在旋涡中转风车般急转，鬼影也由浓而淡。末了四外云光往上一包，只听一声极清越的裂石鸣玉之声，光旋散处，便即无踪。

米佘也已迎头飞落，见面连称好险。再往对面一看，不由喜出望外。原来就是这瞬息之间，当前现出一座色作翠墨的古玉碑，只碑顶冒起。前见三色精光仍往上冲，光射之处，那质如翠玉的洞顶已渐渐消熔，陷了一个大洞，只不知还有多厚才能攻穿。碑顶以下光云尽敛，看去甚是莹澈朗润，浮辉四射。碑形更奇，宽约三丈，厚约一丈，高达十丈以上。中心一个丈许大小圆洞，两旁刻着不少字迹。初现时，有不少符篆已全隐去。

二小虽然生自小人国，文字不同，因乃师凌云凤文武双全，学问甚好，同在白阳山修炼时，无事时便教四小（彼时所收小人，共是四人。除沙余、米余外，一名健儿，已为极乐真人收去，除赐灵丹之外，以一年之力，运用玄门极高法力，使其成长，在长春岩无忧洞真人仙府中苦志清修，已将下山行道；另一小人名玄儿，现在岷山白犀潭韩仙子门下修炼，已有惊人法力，人却小如初生婴儿。再隔三年，四小重逢，为本书最惊险新奇一节）。划地认字。二小性既灵活，又在峨眉仙府中逢人讨教，识字不少。碑文又非行草，乃是普通文字，易于通晓，一看即知。

二小读完碑文，才知当地乃是方今前辈散仙中一位奇怪人物秦岭石仙王关临夫妇修道之所。以前详情未提，只说此碑是神禹治水前镇压八荒、永奠地轴的一块灵玉神碑。中心洞内，有一灵玉精英结成的胎胞，中贮玉实两枚。修道人采下，当时服下，再照道家传授打坐运行，不特增加道力，再加年余修为，便能抵御奇寒酷热，水火不侵，还能抵御最厉害的两极磁光与地底元磁之气。本来石仙王夫妻为此两枚玉宝，曾费不少心力。终以玉胎深藏此碑中心，虽是一个对穿的大空洞，但经仙法两面封固，无法取出。后又发现碑顶古篆，得知一点因果。中心孔洞煞气至重，仙法微妙，开时必须法宝威力至大，而又有一个修道人的元神葬送其上，与煞气对消，始有如愿之望。石仙王既不愿造孽害人，又知事太艰难，方始息念，以待有缘。不久移居秦岭羚峡仙府，先由乃子石元真居住。后娶一异派散仙，生下一子一女，子名石完，女名石慧，原是孪生。才得五岁，石元真夫妻便吃石仙王召往秦岭，只留下小姊弟二人，入口虽经法力禁闭，终不放心。恰

104

巧石仙王门下有一弟子，乃石元真的内侄，名叫庞化。以前出身异教门下，本有不少恶迹，自知不为正教中人所容，才害了怕。知道石仙王与各正教长老均有往还，又有亲戚之谊，借着六百年仙寿前往祝贺，再三苦求，石元真夫妻又再三力保求说，石仙王方始勉强允诺。哪知入门不满十年，便故态复萌，终于犯规。本要处死，又经石夫人和在座一位仙宾求情，罚令看守羚峡仙府一甲子，待罪悔过，就便照看两小姊弟。

石仙王初意："这一双孙男女，全部生具异禀，赋有特性，将来仙福也至厚。自己所习虽非左道，也不是玄门正宗，如令随侍在侧，至多修到地仙，似此美质，未免可惜。加以再过数十年，便是四九天劫，自己能否避免，尚不可知，好些顾忌。还有那玉碑中所藏玉实，恰是两枚，照着碑上隐去的篆文，虽然另有其人，并未指明是谁，也许将来巧遇良机也说不定。"可是发祥之地不舍废弃，便令慧、完姊弟住在洞内，令庞化从旁照看。每隔二三年，亲往看望，传授一些自家独有的法术。为防庞化受妖邪勾引，忘恩叛师，除用神线锁禁外，另赐予两小姊弟几件法宝。同在洞中习法而外，并练一点扎根基的功夫。

石仙王每去，必往藏碑之所查看。内有一次去时，碑上忽发奇光。下去一看，碑阴又有篆文出现，才知得玉实的另有其人，不久即至。因见庞化在侧，大有欣羡之色，恐其日后勾引妖党生出事来，便在碑上留字，连碑带地穴一齐封禁。并告诫说："从此，不论仙凡，俱都只能入而不能出。碑上三色神光厉害非常，每逢子午二时，焰光大盛，一被卷入光旋之内，形神俱灭。就是平时被神光射中，也不死必伤；再如存有妄想，有心触犯，更无生理。就是下去的人法力真高，带有前古太乙元金之宝，遇到子午二时，只能勉强挨过。要想脱出，也非等到有人送死，以他道家元神解了罡煞之气，而应得玉实的人恰在此时来到，玉胎立破，禁法全解，只剩碑顶三色灵焰，将百尺洞顶坚玉熔化，穿一大洞，方可出困。此外，只有孙儿女所用飞剑、法宝，原是万年灵玉精英所炼，一旦误入，尚能仗以防身免害。但是全洞均经禁制，藏碑之所分外坚硬，仅能防身待援；如仗本门穿山行石之法想冲出来，仍不能够。"

庞化生心不止一日，前些日刚用花言巧语哄骗两小姊弟，把石仙王所传用来遇敌藏身和诱敌入伏的八层禁法封闭全学了去。因两小姊弟常听祖父嘉许，用功极勤，除喜布置园林花草之外，往往相对用功，一坐常是两三天，时机尽有。方想日内乘隙下手，不料石仙王到来，重加禁制，详言厉害。知道事太行险，不可强求，才自罢了。因慧、完姊弟聪慧异常，起初年幼，洞中孤寂，多了一人做伴，庞化更善巴结，相处还好。后来年长，法力、知识日高，发现庞化为人诡诈淫凶，便渐明白，已不再受愚弄。后又发现常有庞化旧日妖党来访，暗中偷看，言行无一善良，越发看他不起。只因庞化苦求，说是事泄必死，看在表亲面上，不好意思举发罢了。庞化却不这么想，见两姊弟相对日益冷淡，小孩口不稳，常恐事泄；加以被禁年久，静极思动，性又凶暴，才有当日之事。

沙、米二人读完碑文，便照所说，探头往碑上圆洞一看。只见内里向上凸起，还有丈许来高，顶中心悬着一团青气。知道碑文所载外包真气、内孕玉实的灵玉胎胞，便是此物。毗那神刀乃佛门至宝，不知是否能够解破？既恐反应力强，又恐下手太重，伤了胎中玉实，互一商量，决计审慎行事。也是二小福至心灵，该有这种遇合。碑外字迹乃石仙王最后所留，只说："玉实见风即坚如精钢，必须当时服用。服后按照玄门坐功运行，愈早愈好，决不能过十二个时辰。否则，不特要受许多苦痛，并还减去不少灵效。胎外元气，也非太乙精金所炼之宝莫解。"至于如何预防以及服法，均未说出。二小只凭领会，暗想："玉实既然见风即硬，想也不能与外间之气接触。自己又没见识过是何形状，气团有五尺方圆，难知玉实大小。如若当时不能服下，便须等三色精光将顶冲开，带了回去，长路飞行，如何保藏？"打算先用伽蓝珠佛光将它紧密包住，再用飞刀破那真气，以免见风生变，这一来，恰巧暗合。

二小见气团被佛光虽包了个密不通风，但是大小不变，抗力甚强，一任运用法力紧压上去，丝毫不动。暗忖："一团青气竟如此厉害，佛光尚且克它不动，飞刀也未必能够济事。"准备再如不行，使二宝之外，加上两柄金戈，将那生根之处用力锯断。暂不取那胎中玉实，也不再与护庇妖妇的怪人动手，径直带了整个气团，飞回姑婆岭去。哪知物各有制，飞刀两弯朱虹刚照预计，作个半月形往气团上一合，嗤的一声，真气立破，四下飞射，力猛异常。二小在佛光圈内，如非见那气团威力灵异，惟恐不能奏功，身与朱虹合而为一，几乎被那爆散的真气打中。就这样，还被震得荡了两荡才住，不禁吓了一跳。尚幸真气只破裂时一震之威，一散便已无力。同时所包没的玉胎也已现出，只是四五寸大小一枚玉球，紧附顶上。正想如何齐柄削取，目光到处，又是锵的一声鸣玉之响，玉胎倏地分为两半，自行坠落。二小忙用手抢接，恰巧一人接了一半，互相对视。

那玉胎又轻又薄，每半枚里面，盘曲着十几条青白二色、形似血络之物，盘到中心，有寸许大小一个圆形的玉卵，形似流质，又似浓缩的气体。入手微温，隐闻一股异香。乍看时仿佛极软，晃眼似要凝固。米佘机警，看出异样，还未见风透气已是如此，稍久必变坚玉，急切间又不知如何服法。方在举棋不定，忽然发现内中脉络直通断处，隐隐似有青气透出。试就口一尝，觉着清香袭人，神智为爽。忍不住就势一吸，猛觉一股甘芳凉滑的浆汁往口中射进。知道不差，不顾说话，边往内吸，边打手势，催沙佘照办时，沙佘也已明白，如法服用，也是一吸立尽。二小立觉精力充沛，有异寻常，只胸前冰凉着一块。再看手中，两半枚玉壳比纸厚不了多少，但是坚硬异常。通体大片青白斑晕，加上和猪脑一般的血丝，玉色晶莹，宝光外焕，不知作何用处。

　　这时碑顶精光犹是向上冲激，势越猛烈，映得全洞通明。二小以为顶壁坚厚，不知何时可以打通一洞。玉胎既是灵玉精气所孕，必非寻常。意欲向那结胎之所再事搜寻，看看有无别的奇遇。但没想到在内打坐。正在飞身四下搜索，猛听外面洞顶轰的一声震天价的大震，无数天花异彩一般的小星疾如暴雨，环着玉碑四外倾泻下来，势极猛烈，但只有一大片自上泼下，更无后继。跟着眼前一暗，适才繁响顿寂。二小已看出那碑只是一块极高大的浑成美玉。结孕灵胎之处，自从灵玉胎胞一落，便已复原。看去平滑浑成，无迹可寻，却忽生剧变，不由大惊。虽然急于搜索，未用佛光护身，人在碑洞以内，火星光雨并未溅着。

　　及至光灭声止，景物一暗，探头往外一看，立时大喜。原来顶壁已被三色精光冲出一个巨洞，上面已有亮光透下。静悄悄的，也没一点声息。二小高兴非常，往上便飞。出洞一看，正是先前下落之所。上时觉着胸口冰凉，隐隐作痛。无端仙缘遇合，得此奇遇，人又脱出困境，一味喜幸，也未留意。加以一震之后，所有内层禁制全解，门外现出两条半圆形的甬道，环绕着上有青、白、墨绿各具一色的三座门户，门内似是一间广大的圆形洞室。

二小已有经验，见那洞室上三门三色，宛似画在壁上的门户，隐蕴奇光，觉着奇怪。暗忖："此洞中人有邪有正，虽然可疑，但石仙王乃师祖之友，又承他指点，才有今日遇合。就算那怪人勾通妖邪，既住在此，必有渊源。看在石仙王分上，也不可与之计较。何况妖妇元神已然伏诛消灭，此时理应急速回见师长，何必多事？一个应付不好，惹出事来，反而不美。这三色玉门看去异样，莫要触犯禁制，或是将那怪人惊动，又起争端。"

二小本会隐形法，开府以后益发精进。略一商议，决定隐了身形，静悄悄安然飞回，便试探着朝那左面缓缓往前飞去。这时二小胸口冰凉渐渐有点加重，仗着得有佛、道两家真传，元气充沛，性更强毅，一心脱困飞回，仍未放在心上。飞过大半环后，忽转曲折。二小觉着地势回缩，来时所见七八层直通洞外的门户广堂，一个也未遇上，越走越不像往外走神气，恐路走迷，又入伏地，只得后退。不退还可，这一退，刚退回不远，隐闻轰隆之声由地底隐隐传来。再细一查看，并未触犯禁制，也无异状。只是途径全非，不知因何走迷，岔入歧途。只见径路回环，大小歧出，不论走哪一面，俱非原路。

二小心中一急，犯了倔强习性，便不问青红皂白，随便选了一条似乎往外的道路，加急前驶。以为不论甚路，终有尽头，等到入伏遇敌，再作道理。哪知这一带甬路甚多，宛如人的脏腑、筋络，纵横交错，外人入内，最易走错，一入迷途，便难脱身。何况适才那一片震响过后，地势已变，要想就此硬冲出去，如何能行？二小飞行神速，晃眼又穿行了十几条。始而只在原地打转，白费气力。后来沙余悟出一点生克往复之理，本应往左，偏往右折，反正出不去，索性相逆而行。经此一试，果然现出新路。二小知道无人暗中作梗，只是路径不熟，迷困其中，只要走上正路，立可脱身而出。及至又飞了一阵，望见前面竟是先前起步之处，仅由左而右绕了一圈。胸前冰痛也在加重。

二小正停下商议发急，忽听男女争吵喝骂之声，便轻悄悄掩将过去查看。圆壁三门本极高大，每门相隔约有三丈，除当中墨绿色玉门正对藏碑的玉室外，左、右二门对面俱是墙壁。这时左边青门已开，内中穹门厚约两丈，男女喝骂争吵之声便发自那里。并有三色奇光飞舞映射，迅速如电。二小上过一次当，不敢大意走进，先在门侧偷听。内里争吵之声甚急，听不真切，似在争斗情景。心想："出既无路，长此相持，终非了局。与其困在洞内，转不如寻到主人，见机行事，给他硬冲出去。"正要掩进，忽然听出内里竟是先见两小姊弟在与怪人火并。心中一喜，立时飞了进去。只见室作半圆形，约有三四丈方圆，另一头有一小圆门。二小这时如由此门飞出，便可绕往头层广堂，脱身回去。一则胆大喜事，见双方恶斗方酣，想看一个结局；二则先在洞外看出石氏姊弟并非妖邪一党，始终不存敌意，心生好感，无形中偏向了一头，恐二人年幼吃了怪人的亏，意欲乘隙暗助。稍一停顿，渐听出事由妖妇而起。

原来石完发现怪人与妖妇合谋诱敌，违背乃祖石仙王之戒，擅自移动后层禁制，将沙、米二人压入地穴之内，欲借三色神光将其炼化。心中大愤，又无力阻止，保全二小，一赌气，用家传法宝将妖妇擒住，就势掷下，使随二小同陷伏内。怪人独在前面运用禁法，本来不知此事，因遍寻妖妇不见，还当诱敌时为二小所杀，本就愤恨。石完不知怪人已然生心内叛，日内便想炼化身上神线逃走，有心气他，故意在旁边和乃姊述说前事。两姊弟虽是一母孪生，石慧却较灵敏机智得多，闻言忙使眼色止住，已是无及。石完性更猛烈，分明看出怪人满面怒容，说得更凶。不特说妖妇元神落下时哀呼救命，如何狼狈，并说怪人屡次勾引外邪，今日又妄动禁制，非向祖父告发不可。

石完童心未退，近年愤恨怪人屡次闹鬼，心生厌恶。每值怪人犯了禁约，必以告发之言恐吓，非得怪人服低说好话，不肯罢休。其实只是说着解恨好玩，每次都顾虑到乃母情面和以往叮嘱，见了祖父，反代包涵掩饰，并非真个如此。无如怪人天赋凶残，性如烈火。因所行犯规，时受幼童侮弄，只因畏惧石仙王，不敢动强行凶，口说软话，积怨已深。那后层禁制，曾奉严命不许移动，何况陷的又是两个峨眉门下。起初因想一甲子限期以前逃出，又为妖妇来时之言所惑，以为妖妇虽然只剩元神，同党甚多，仍可救他。又想妖妇由他才遭兵解，急愤之下，未暇寻思厉害。事后想起乱子太大，越想越怕。妖妇又已失踪，存亡莫卜。

怪人正在忧急愁烦，哪里还禁得住刺激。知道地室已闭，非石仙王亲来不能再开，当时大怒。暗忖："事已至此，无可挽回，除却将妖妇元神救出，合谋设法逃走，更无生路，并且下手越快越好。一交子午二时，碑上神光照例发动，妖妇立即葬送，连求救的人都没有，岂不更糟？但这地室只石仙王因昔年仇敌众多，为防报复，爱孙心切，留有两道灵符，以备万一出入之用。又恐年幼，被人骗去，勾引外邪，来盗神碑玉实，除对此符下有禁制，外人不能借用，传时并曾严加嘱咐，另外还有妙用，甚是隐秘。为今之计，只率一不做，二不休，立逼两小姊弟分出一人，带了两符下去，将妖妇救出。然后冷不防倒反禁制，将两姊弟困住。就算他二人近年功力大进，能够缓缓穿石行地，逃往秦岭告发，这数百里的山石地道，也非急切间可以穿通。那时我已逃远藏匿，对头法力虽高，也未必能寻得到。"

怪人在情急暴怒之际，明知石仙王防他忘恩反噬，对两姊弟各传有防身法宝，决难伤害，因恶贯满盈，神志已昏，依旧冒失行事。如意算盘打定，立向石氏姊弟发难。先是软语哄骗。及见石完固执，不久话更难听，冷不防倒转禁制，先断二人逃路。然后出手施展邪法、异宝，迫令降服。不料石慧早看出他心有反意，知道全洞禁制只他一人能够运用。这原是当初祖父为防孙男女年幼无知，恐其大胆私出，遭人暗算之故。虽然后来传有穿山行石的本门独擅心法，似此坚强禁制，一旦有变，逃起来终是费事。上次石仙王来时，便背了人暗中求说，全学了去。因石完心直口快，为求缜密，并未告知。一见怪人说话目蕴凶光，情知不怀好意，早有准备。警兆一现，立即行法制止。一片轰隆之声响过，只略变了点地形。沙、米二人正由迷阵中走回原处，闻得争斗之声，跟踪寻来，彼此均受其益，各自因祸得福，机缘端的巧极。

怪人见石慧运用禁法比他更高，经此强烈反应，全部禁制失效，非石仙王自来，不能复原，益发暴怒，便以全力应战。始而双方打个平手，怪人还折了两件法宝，怒火中烧，竟想拼命。怪人邪法原高，先因沙、米二小佛光朱虹厉害，又听妖妇劝说，才用诱敌之策，以免毁损法宝。此时已是心横气盛，肆无忌惮。一见石氏姊弟飞剑、法宝每人虽各只两三件，但都由于独门家学，神妙非常，防身足够。石完更是淘气，一边动手，一边指手跳足乱骂。怪人枉自气急，还断送了两件法宝，兀自奈何他不得。恨到极处，竟把昔年曾向石仙王立过重誓，一经违背用以伤人，当时便遭惨死的前师阴阳叟所传颠倒迷仙五云网，暗中行法，准备施为。

二小恰在事前赶到，不知此乃石仙王夫妻昔年修道之处，三面玉壁均经仙法炼过，外人入室，一任隐形神妙，壁上均有痕影现出，和镜子一样，法力稍差，更是全身毕现。二小如就此穿室而出，石氏姊弟本来不存敌意；怪人又被绊住，恶斗方酣，也必无暇追赶。这一停留，怪人已经看出。二小还不知道，因听出怪人是石仙王叛徒，杀他既可除害复仇，还可讨好主人，并交两位小友，益加高兴，意欲暗助。方想："怪人和两姊弟一样，身有法宝防护，如何可以一击成功？"石氏姊弟也由玉壁上看出二人影，不知这等神仙均难冲出之所，怎会脱险而出？又是惊奇，又是心喜。方想出声招呼，怪人邪法已是发动。阴阳叟所传邪法，另具专长，极为阴毒。二小骤出不意，如为所中，也必昏迷倒地。此时所服玉实未经玄功运化，奇寒之气已将布满胸腹，就算当时不致被害，延时一久，痛苦必所难免。总算福缘深厚，沙佘首先瞥见迎面玉壁上现出自己人影，米佘又见怪人朝己冷笑，双双同时警觉；那佛光又由心运用，发动极快。方生戒心，忽见怪人双手一扬，立有一片粉红色中杂有五彩丝的妖光，分向石氏姊弟和自己飞来；佛光朱虹恰也飞起。顿时满室彩烟，一片光雾，什么也看不出，怪人身形已隐。

另一面，石氏姊弟已被妖光罩住，在室光环绕之下，挣扎不脱。那五色妖光虽吃朱虹一斩便断，无如随断随生，越来越密，无有穷尽。尚幸佛光灵异，妖光彩丝近身即化。二小方想运用佛光冲将过去，忽见石氏姊弟立处现出青莹莹碗大一片寒光，朝自己这面连照，也似想要两下里会合。忙喝："二位道友，且立原处，我们前来救你们。"话才出口，二小觉着胸前冰痛越来越甚，渐渐难耐，才想起玉碑仙示，徒在洞中环飞延误，忘了运用玄功。心中一惊，猛听一声惨呼，少女口喝："完弟快逃，留神妖物！"话未说完，青光先隐。同时又听怪人一声怪叫，满室粉光彩丝忽似潮水一般往前退去，室中重现光明景象。

二小定睛一看，石氏姊弟不见，怪人已然倒地，身上多了一蓬极淡薄的灰白色影子。四下查看，并无影迹。胸前冰痛更烈，想要飞出，又恐中途痛倒。人在佛光以内，正在愁思，米佘痛极气愤，动了童心，无意中把身畔宝囊内玉壳取出，正和沙佘指说腹痛难禁，想要随手毁去。忽听少女急呼："不可毁损！你二人竟将玉实得去了么？快运玄功，即可无害。"声音是由石中发出。同时怪人身上白影倏地飞起。二人疑是怪人元神，因想："此人总是石仙王门下，既非自己所伤，何苦赶尽杀绝？"加以疼痛难禁，以为怪人元神必要逃走，也就未理。哪知白影竟朝少女发话之处扑去，似因人隐石内，无法攻入神气。白影在左壁上一闪，怪人头上忽冒起一个赤身小人，满身烟光，待要离顶飞出。哪知白影神速异常，电也似急飞扑回来。那小人慌不迭想退回去，已是无及。又是一声惨号过处，怪人手舞足伸，尸横就地，头脑全空，当顶陷了一洞。

二小才知怪人先前乃是假死。暗忖："那白影分明是制死他的对头，是何妖物如此厉害？但又不朝自己进攻，是何缘故？"忽听金、石诸人说笑之声隐隐传来。不知那是洞中玉脉通连，原一奇景，禁制一停，便能听出老远，以为就要到达。本想见面再说，正急喊："师父、师伯快来，我在这里。"并想忍痛迎出。少女又在石中催促说："人离这里尚远，不等到达，你们先痛倒。你们在佛光之下，妖物不能伤害。"二小也实奇痛难禁，加以胸前似包有一块坚冰，周身直冒凉气，冷得乱抖，再一出声急喊，越发不支。知她好意，忙即谢诺，如法施为，果然一运玄功，便好得多。

隔了一会，干神蛛、凌云凤二人相继寻来，二小已然入定。云凤到时，见干神蛛已抢在头里，先有一相貌极美，年才十三四的披发赤足少女影子，慌慌张张迎面冲出，往顶壁上飞去，一闪不见。干神蛛立由室中飞出，匆匆说了两句话，便自追去。云凤入门一看，二小正在佛光之下入定，料有原因，且喜爱徒无恙，便守在当地。跟着众人来到，南海双童也收了石完寻来。二小不久回醒，呈上两片玉壳，禀告前事，并请擅自服食之罪。金蝉道："这类仙缘，各有遇合，时机稍纵即逝，怎能怪你们？"

凌、易二人均问："石仙王既然姓关，他的孙儿孙女怎会姓石？"金蝉也是不解。众人见南海双童甄氏弟兄以目示意，方料他俩见多识广，必是内有隐情，当着石完不便出口。石完正在怪声急喊姊姊，见状插口道："师父定知我家的事。这个无妨，我是徒弟，不能知道不说。石乃我祖母的姓。祖父昔年本是入赘在石家，因感祖母恩义，所炼飞剑、法宝全是玉石精英炼成，不怕元磁真气，故此由我爹起，全从母姓。其实我祖母便是石……"话未说完，忽然住口。跟着面前人影一闪，现出先前逃走的披发赤足少女，伸出一只纤手，将石完的口捂住，娇嗔道："完弟，你还想说什么？"石完虽然天真口快，终是仙根仙骨，灵慧非常。自知失言，忙挣脱了手道："我是说，祖母是老太公的女儿，师父、师伯是自己人，有甚妨害？"

众人已是省悟，见他掩饰甚巧，故意不再理会。知那少女便是乃姊石慧。未及问话，石完已拉着石慧喜跳道："姊姊，你今天对我不好，你走也不带我，害我吃了许多苦。幸而祖父说的师父，我拜到了。我还替你也寻了个女师父，还不快拜去？你是怎么回来的？先想你也许怕妖怪——我说的不对，那是师伯，我不能骂他妖怪，师父说的，不然就不要我了。可是这里好多师伯、师叔，还有师兄，全是人修成的，就他不是。我当你逃到祖父那里去呢。后一想，你我都不认路，也决不会狠心丢下我不管。早猜你藏在墙壁里面，连喊几声不答应，我正气昏，你倒来了。"众人见他面色墨绿，目有异光，炯炯射人，身又瘦小，相貌奇丑，出语十分天真。先说干神蛛是妖怪，觉着说错了，拿话一描，说了一大套，结果仍是未离本位。正在好笑，石慧已埋怨道："你就是这等草包，慢点说多好，东一句西一句，一点头绪都没有。跟你也说不明白，快些放手，我拜见各位师长，你从旁一听就知道了。"说罢，好似知道众人未必肯受她礼，上来拜见后，直向云凤身前娇唤一声："师父。"

云凤本坐在石墩之上，满腹心事，本来无意收徒，况有好几位师兄在场，未先开口，焉可自专。虽听两姊弟口气，女子只己一人，料有此请，却不料动作这等快法。方欲起立推辞，双膝已吃抱定。石慧也跪了下去，说："师父不收弟子无妨，家祖与师祖有交，今日诸位师伯叔仙驾降临，尊卑之礼总不可废。且容弟子向各位师长礼拜陈情，如以弟子薄质不堪造就，弟子也决不敢妄自干渎。暂受一礼如何？"云凤本就觉出石慧仙骨珊珊，清丽绝伦。这一对面，见她一头墨绿色的秀发披拂两肩，双瞳剪水，隐蕴精芒。穿着一身薄如蝉翼的短袖道装，玉肤如雪，隐约可见。臂、腿俱都赤裸着一半在外，下面一双胫跗丰妍的白足紧贴地上，越显纤柔。容貌秀美，自不必说。最奇的是通体琼雕瑶琢，宛如一块无瑕美玉熔铸而成的玉人。珠光宝气，自然焕发，秀丽之中，更具一种说不出的高贵清华之致。语声清柔，听去十分娱耳，辞色又极温婉得体。由不得心中怜爱，便含笑伸手想将她拉起。猛觉着手触之处，温润柔滑，无与伦比。两腿吃她箍定，却坚如精钢，休想挣脱分毫。疑她有意卖弄，面上一红，方想运用玄功解脱，石慧已是觉出，双手一松，就势拜倒，动作极快，云凤竟不及还礼。

116

另一旁，沙、米两小因感石仙王神碑留字指点之德，极愿意收这师妹，却不敢向师求说。知道金、石、甄、易诸人平日对己怜爱，说笑随便，恰又站在金、石二人身侧，先朝石生悄声低语求告了两句，又望金蝉求告。众人早觉出石氏姊弟仙根仙骨，禀赋、心性俱都极好，本就想令云凤收下石慧。再经沙、米二小一求，全都赞许。阿童见金、石二人只顾看石慧行礼求告，均未开口，忍不住悄向金蝉说道："我是外人，不便向凌道友说情。这两姊弟如在贵派门下，成就必定远大。诸位何不劝凌道友收下？异日有甚责任，由我求二师兄向掌教真人关说如何？"话未说完，石慧已舍了云凤，先朝金、石、阿童三人盈盈下拜。

金蝉原因此次诸同门奉命下山，虽许收徒便宜行事，但是去取之间十分慎重，似此美质早想成全。只因石仙王夫妻性情古怪，他令爱孙远居故土，不令在秦岭随侍，必有用意。否则，他和本门师长多半知交，如投本门，上次开府时带两小姊弟前去，一说即允，怎会延到今日？沙、米两小又将他守了多年的玉实灵胎得去，因此还杀了他一个晚亲。惟恐冒失惹出事来，欲等问明，再定允否，以免一时疏忽，日后回山受责。所以石、易三人想要开口，均被金蝉暗中止住，令其暂缓。及听阿童一说，金蝉知他累世苦行清修，最得双方师长爱重，自经枯竹老人指点以来，法力更高。心想："有他那本领，就有甚事，也可无妨。不过事情还是问明的好。"一面令众受礼，一面笑道："你姊弟仙根深厚，愿入本门，原是佳事。不过今日起因，由于沙、米二师侄穷追妖妇而起，事前不知此是石老伯父故居仙府，不特破去神碑，取了玉实，干道友又伤了一位守洞令亲。固然此人忘恩叛师，罪不容诛，但是我们晚到一步，致他形神均灭。仙府景物，也有残毁之处。令祖知道是否见怪，你二人拜师也未禀命而行，

117

令祖是否允许也是难料。我意你两姊弟暂住此间，由我先将外洞入口封禁，以防外邪侵犯。趁着日内还有余闲，我们先往秦岭负荆请示，问明之后，再定如何？"

石完闻言，首先不愿，方要开口，吃石慧暗使眼色止住。石慧先向下余诸人一一从容行礼，然后退往室中心，拉了石完，重又向上跪禀道："家祖前以弟子等生有异禀，完弟生性尤为顽固。本门又有五百五十年一次火劫，甚是厉害，不在四九天劫以下。祖父母近年便为抵御此劫，煞费心力，来日大难尚不可知。如将两枚玉实得到，也可稍微化解。无如定数不应为家祖所有，并且玉实仅能抵消一半火劫，事后仍须苦练三百六十年始能成道。只有抵御五行真火之宝宙光盘与雪魂珠，方可免难。多年访求，仅知雪魂珠被峨眉派女弟子邓师伯得去，宙光盘仍无下落。一则，家祖生性刚强，不喜求人；二则，单有雪魂珠，虽能勉强保全，如无宙光盘为助，那珠必有损耗，须经一二甲子苦练始能复原。家祖素不做损人利己之事，因此峨眉赴会，并未提到。

"家祖恐弟子等机缘未到，投师不慎，误入歧途。又以玉实重要，就弟子等无此福缘，得主必与家祖和弟子等有关。当时几经推算，只知日期应在弟子等出生四十九年以后，到一甲子为止，峨眉开府恰满四十九年，故此不允带去。日期不能算准，洞中不能离人，秦岭随侍又有好些不便，特命留守在此。家祖每隔些年月，也来此查看，传授本门独有的飞剑、法宝。上次来时，曾背着完弟向我指示机宜，说在峨眉开府会上，承老友南海玄龟殿易太公以先天易数详推未来，得知弟子等不久机缘遇合，到时拜师学道可听自便。并传家祖一种阵法，以备日后超劫之用。家祖特地便道来此，除照例查问功课外，告知前事。并令弟子等留意神碑一破，玉实被人取走，便是离山出世之日。如遇持有宙光盘的，便是弟子师父，无论如何，必须拜在门下。

"弟子等先也不知师父持有此宝，实不敢瞒。起初虽看出沙、米二位师兄是正教门下，心颇向往；又见他们是得取玉实之人，越想亲近。不料有个蜘蛛形妖物飞来，不问青红皂白，见人就扑，凶猛残酷，从来未见。因它不伤二位师兄，知是一路，弟子方始害怕心寒，又极气愤。完弟已然见机先逃。弟子虽精石遁，但门有禁制，只能藏身壁内，不能脱出。不多一会，一个相貌奇丑的矮胖子进来，口里只'嘘'的一声，妖物立即附上身去。这时弟子已由壁内勉强奋力通行，到达门的附近。因穿山行石之术比完弟略高，只一出门，便可遁入石内，不致受那妖物侵害，因而立即乘机逃出门去。不料仍被警觉，追将出来，迎头又遇见师父飞到。不知那位矮胖道长并非邪教，即便妖物恶毒，有诸位师长在场，也决不会加害，何况还有家祖渊源情面，只一说明来历，即可无事。一时胆小害怕，再见师父法宝、剑遁无不神妙，恐被擒受辱，便往洞顶石内钻去。此时弟子颇为负气，本想逃往秦岭禀告家祖。先听二位师兄呼喊，知道来人甚多。平日常听表兄说，本门师长骄横手辣，本来不信，因见妖物凶恶，未免生疑，恐又遇上敌人吃苦，一着急，便用家祖所赐逃命灵符，破了一处禁制，径由千寻山石内穿行而出，未由现成甬路逃走。这样走法，免却冲越沿途禁制，自然快得多。

"出洞以后，忽想起：'秦岭相隔甚远，从未去过。并且完弟老实，以为附壁能行，行迹虽不免显露，但有家祖法力禁制防护，敌人无奈他何；禁法如被人解破，立可穿山而逃，其行更速。因而必守家祖之诫，不肯用那灵符，逃时较缓。'想等他到后同逃，照家祖所说途向，赶往秦岭，便在附近停了下来。幸而为等完弟，迟延了片刻，否则弟子固是错过机缘，还要吃亏，家祖也必与干道长师徒成仇无疑。弟子先不知他并非本门师长，法力又是那么神奇诡异。停了一会，不见完弟逃出，心中忧疑，便去洞侧窥探。人未入内，便听完弟哭骂妖怪，分明被干道长擒住。想起妖物厉害，又怕又急，知道进洞无用，也没听清下文，便自惊走。因想妖物将人擒到而没有伤害，必是敌人见他年幼，又知是家祖之孙，有甚顾忌；或是拷问洞中虚实，不曾下手。决计趁此时机，赶往秦岭求救，空中飞行，自然比穿山迅速。

"弟子刚想由石中飞出，忽听石外有人争论，忙即止步，侧耳一听，才知那妖物竟是干道长历劫三生的妻子，不知何故变成了一个蜘蛛，永远附在干道长身上。他那蜘蛛厉害非常，更精玄功变化，所到之处，只要把蛛丝吐上一根，无论走出多远，当时便可赶回原处。来时为防佛光照体禁受不住，恰巧先前追逐妖妇元神，在峡底留有一根蛛丝，正好就此建功。便舍了干道长，独自当先，运用玄功和它本身蛛丝感应妙用，抢前飞来，所以先到了些时。听干道长的口气，似说他的师父麻冠道人司太虚，与家祖本就有隙。这次本欲见好各位师长，由此结交几位正教中的道友，还可异日开口求取毒龙丸。怪那蜘蛛又犯凶性，将家祖门人晚亲杀死，连元神也都吞吃下去，又将弟子等惊走。家祖固是不肯甘休，他回山也必受师父重责，好好一件事闹得这样，如何见人？蜘蛛却说，表兄是它前生夙仇，不为他，怎会遭劫转世，投生异类，不知何年才得复体为人？并且对方已然看出它的来历，知走不脱，假装中毒倒地，打算拼舍肉身，只将元神保住。如被逃走，必去告知它的一个强敌大仇，合力报复，为害极大。此时仇人周身均有法力禁制，其坚如钢，急切间又无除他之法，只得借着追扑弟子为由，声东击西，欲擒先纵。果然表兄听二位师兄呼唤师长，知势不妙，以为飞遁神速，既舍肉身，家祖神线便制他不住，惊慌情急之下，真将元神出窍。蜘蛛才得成功，报了两生大仇。它说杀的是甚人并未看清，如何以此责难？并且仇人叛师反噬，罪不容诛。只要事前将弟子等困住，迫令降伏，不许逃往秦岭告诉，使家祖有先入之见，决可无事。又说弟子等飞行决不如它神速，已然赶向前面。现在一个已被峨眉诸友收服，只剩一个。这方圆百里之内俱暗伏罗网，只一出洞，立时成擒，女娃儿不经吓，有何可虑？干道长说：'话虽如此，你只要将仇人困住，峨眉诸友一到，报仇易如反掌，如何这等情急？他们人俱正直疾恶，又是新交，适才初会已有见疑之意，这一露出马脚，他们不知我夫妻底细为人，我们又不便就此明言经过，必当我们凶残无异妖邪，就不好意思翻脸绝交，也必被其轻视。当心迹未明以前，何颜与之相见？'

"弟子因那妖物竟说人言，声音极好听，心中奇怪。又知完弟被各位师长收服，干道长用心只是不令逃走，以防生事，并无见害之意。知无危害，便放了心，悄悄隐伏石门之内，往外偷看。正赶上那蜘蛛因干道长嗔怪不休，自知理短，化成一个绝色佳女，抱着干道长的头颈直说好话，要干道长仍与诸位师长一起行道，随往苗疆扫灭赤身教妖邪，以为日后求取毒龙丸之计。由它在外守候弟子，它自有方法使弟子就范，化敌为友，劝令和完弟一起拜在峨眉门下，岂不万事皆休？干道长说它只顾吸食妖人元神，欲求早日复体，却不知结交峨眉，所得比这个要强得多。并说：'你凶性未尽，我实无脸见人。'执意不肯。蜘蛛央告不听，好似情急暴怒，说干道长薄情。又说：'我受尽艰危苦难，身为异物，为的是谁？既然这样，我和你拼了。'说罢，咬牙切齿，恶狠狠扑上身去。两手刚化成蛛爪，忽又还原，抱紧干道长，哀哀哭诉起来，看去可怜已极。弟子如非眼见它幻形变化，万想不到是个妖物所变，就这样仍觉它痴得可怜。干道长却始终沉着一张怪脸，固执不允。

"两下里正纠缠间，忽听有人细声细气地唤道：'你两夫妻不要闹了。'刚一出声，蜘蛛立往干道长身上一合，当时隐去，端的快极。紧跟着，四外蛛丝便乱箭也似射出，晃眼峡谷上空，全被形如白气织成的蛛网罩满，不留空隙。同时现出一个长才尺许的白衣小老头。干道长认出那是前在成都辟邪村为苦行头陀大师伯兵解的表兄前师阴阳叟的元神，立把漫空蛛网收去。阴阳叟随说，他兵解以后痛悔前非，元神仍回巫山，在神羊峰故居左近修炼，不久便有成就。对于表兄惨死，认为恶贯满盈，应有孽报。今日之事，他早前知。弟子之逃，无足为虑，此时人便隐伏在近侧山石之内。并说：'乃弟石完，已拜南海双童为师。他祖父所寻宙光盘，便在来人中一个姓凌的女子手内，一会必要寻去。昔年孽徒惹事，违我教规，暗害蜘蛛，致与麻冠道长失和，好些愧对，故此特来指点。'令干道长夫妻同去附近洞中一谈，必有助益。弟子见阴阳叟出现时，干道长表面礼敬，称他老前辈，暗中却戒备甚严。好似心中厌恶，自知不敌，虚与委蛇之状。直到对方由成都兵解起，详说前因后果，方始面现喜色。蜘蛛也重现原形，用人语拜求，说它心身苦痛，已历多年。一同拜谢指点之德，随往左侧走去。阴阳叟似不愿人知他住处，将手一挥，一片烟云，全都不见。

"弟子听知就里，本就消了疑虑。再听说宙光盘就在师父手中，完弟已然拜师，立时赶回。老远便听完弟相唤，本要拜见，因二位师兄话未说完，不敢打岔，又停了一会，才出来叩见。现将经过禀明。家祖与各位祖师本来交厚，因为弟子等禀赋有异常人，早有此心，只因机缘未到，各位师长尚未奉命收徒，不便启齿。今得拜在峨眉门下，正合家祖心愿。而且久闻老师祖长眉真人昔年遗偈所说的紫清至宝、两极奇珍，可为家祖超劫免难的宙光盘，又有了下落，岂不喜上加喜？不特万无不愿之理，并且麻冠道长昔年一段过节，也必因其弃邪归正，与峨眉两辈师长交好，推爱释嫌。

"至于弟子等不曾禀告一节，一则是因前奉家祖密令，一见宙光盘主人，便须拜其为师，此举正是奉命而行；二则，家祖现正闭关炼法，如往叩关求见，前功尽弃。弟子姊弟既无性命之忧，自然不便前往，去了也必不见。如等开关禀明拜师，至少尚须十年。表兄已死，弟子等年幼无知，家祖左道仇敌甚多，一旦侵入，受了暗算，岂不有负各位师长爱护栽培之美？此洞虽是家祖、父母故居，但是昔年家祖以凡人入赘，洞中只有许多甬道，并无房舍。初修道时法力浅薄，胸中无甚丘壑，率意开建，既不美观，又不合用。加以深入数百里不见天日，好些均非修道人所宜。道还未成，便迁居秦岭，实由于此。所重全在两枚玉实灵胎，才命弟子等留守。屡说玉实一去，无须在此久居，只等拜了仙师，立用所传禁法封洞而去。本欲弃置，纵多毁损，有何妨害？弟子奉有家祖之命，如蒙各位师伯、师兄、小禅师深恩，怜鉴愚诚，劝师父不弃顽愚，恩允收录，固是万幸；如不获允，弟子也必照家祖所说，不问险阻艰难，少时将洞府如法封闭，上天入地，追随师父和各位师长，誓以精诚感格，博取师长恩怜，得列门墙而后已了。"

众人听了石慧的这一番话，才知事情的来龙去脉。因此竟劝凌云凤收石慧为徒，云凤也就答应了。经过商议，决定分为两拨行动：一拨由凌云凤、向芳淑带领沙佘、米佘和石慧返回姑婆岭；一拨由金蝉、石生等七矮带领灵奇、石完前往峨眉凝碧仙府，请求师长允许灵奇拜岳雯为师，并请求南海双童甄艮、甄兑收石完为徒。

这里且不说凌云凤等前往姑婆岭。只说金蝉等往峨眉仙府飞去，飞行迅速，相去又不甚远，没有多时，便已达到。先去凝碧崖上面降落一看，绝壑沉冥，下临无地，云烟翁莽，深不可测。知道下有七层云带封禁，多高法力，不经允准也难深入。便即跪拜通诚，求告各位师长开云赐见，并禀知来意。祝告之后，并无回应。金、石二人依恋父师最为情切，还想去往后山飞雷洞一试。忽见阿童也在随同跪拜，暗怪自己疏忽。方欲劝阻，暗壑中嗖的一声，飞上一道尺许长的金光。金蝉知有仙示，忙伸手一招，接了过来。到手化为一封柬帖，乃大师兄诸葛警我所发，大意是说：

金蝉等此次下山，蒙小神僧相助，功绩甚好，各位师长日前谈起，意颇嘉许。只是掌教师尊正在闭关炼法，所有奉命下山诸同门，不奉传谕特许，不得托故回山。早有明训，如何明知故犯，又屈小神僧一同跪祝？今日各位师长均在太元殿内炼法，恰巧是我轮值凝碧崖，一听众人传声祝告，立即收去。以免惊动各位师长，或是众人候久无音，又去后洞渎求，致遭责罚。忙写此信相告，求见无望，可速离去。至于收徒一节，灵奇要拜岳雯为师，既有大方真人之介，必能如愿。不过此时内外隔绝，连这略开禁制，飞书相告尚担责任，岳雯正在太元殿内侍班轮值，如何可以出见？此子向道坚诚，根骨、心性俱都不恶，便我也能代岳师弟做主。虽然未见师面，有金、石诸人引来望门行礼，也是一样。

岳师弟暂时还不能与之相见，可由金蝉代传本门心法，随同行道，以待后命便了。掌教师尊原许下山诸同门，在不背教规之下便宜行事。石完拜师，更可允准，何况又是石仙王之孙。只是三师弟阮征不久既要重返师门，见师以前，先与金、石诸人会合，前路仍是艰危。所望小神僧始终鼎力相助，一同行道，彼此有益，七矮会齐之后，幸勿离去。适才小神僧随众跪拜，不及阻止，又无法面致歉忱，甚是失礼，并析见谅。

众人看完，俱颇欣慰。只是仙府宫墙，咫尺蓬山，不克拜谒师颜，稍微有点失望罢了。众人反正无事，便取道金顶，往山下走去。石生笑道："仙府进不去，我们将何往呢？"易震道："凌师妹误杀雷起龙，惹下乱子。姑婆岭离此甚近，她往应约，必还稍微逗留，我们寻去助她一臂如何？"石生笑道："和女同门一起有甚意思？秦师姊又喜刻薄我们，何苦听她们的闲话？凌师妹人好，同门患难，理无袖手，无如她那对头不是恶人。你没听邓师姊说那一套气人的情理么？雷起龙分明是妖邪一流人物，就说改邪归正，当时总与妖妇合流，暗算善良，咎由自取，何为误杀？只因本门师训重在与人以迁善之机，略迹原心，宁纵勿枉，不尚伤杀，更忌牵连好人与之为敌，遇上这类事便须委曲求全，设法善处，才有这些麻烦。否则，凌师妹固然稍微疏忽，那雷起龙也忒胆小心急了些，本是他庸懦自误，怪得谁来？我们去了，有力难使，徒生闷气。邓师姊何等高明，早有指点；而凌师妹师徒四人以及所投之处，也不是甚真个好欺的。我们赶去做甚？灵奇、石完初来本山，不能观光仙府，且教他们略看本山景物也好。依我之见，赤身寨这伙妖邪还有一二月数限，我们反正无事，索性步行下山，闲游到解脱坡侧无人之处，再行起身。等飞出不远，离开附近两处府县，便即降落，专择那穷乡僻壤或是深山大谷，往去苗疆的路上游行过去，看有甚事可做无有，就便传授灵、石二人本门心法。小神僧和诸位师兄弟以为如何？"阿童下山时曾奉师命深入民间，伺便积修功德。因和众人一路，不便独行，对于师命素来敬畏，时刻在念，闻言首先赞妙。

易鼎笑道："我们下山这么久，终日飞驰，连个落脚之处还没有呢，也许此行能够无心遇上就好了。"金蝉道："我自下山，参详仙示，我们洞府似在云、贵一带。但先在云、贵苦寻，均无合意之处。仙示又均隐语，不曾明言。后又遍寻宇内名山那无主之地，休说似凝碧、紫云那等壮阔宏丽，连李师妹所说的幻波池都相差天渊。凡是好地方，全为女同门占去。石、易三位师弟首先不服，再三和我说，决意要寻一处好所在。哪怕景物荒寒呢，只要地方灵秀奇古，形势壮阔，能供我们布置兴建就行。可是始终不曾找到。跟着由碧云塘与红发老祖斗法起，忙到如今，没有闲过。我已打着随遇而安的主意，不再与女同门争胜了。昨遇邓师姊，承她盛情传声指示，才知玉清大师所说'洞府应在云、贵苗疆'之言也是露头藏尾，实则我们洞府并不是在苗疆，只不过由那里发端而已。至于地方之好，景物之妙，竟是夐绝千古，从来未有之奇。事有定数，此事忙它做甚？"

石、甄、易诸人开府以后，虽然法力大进，童心多半未退，又均好胜，平日最关心的便是所居洞府。闻言大喜，纷纷追问："人间怎有这好所在？莫非和紫云宫一样，也是深居海底么？"金蝉道："海底倒并不是，详情我也不得而知。因邓师姊原说事情不宜预泄，知我口快，必要告知大家，略提半句便不肯往下说了。"众人自是欣慰。

走着走着，石生笑问石完道："干师伯嫌你骂人，给你身上系这一圈白影。此时淡了许多，如换常人，直看不出影迹，可还有甚痛痒感觉么？"石完笑道："那蛛丝真个厉害。弟子原有一点异禀，骨肉坚顽，与常人不同。除却西方太乙精金所炼前古仙兵，难伤分毫，软的东西更是无奈何我，家祖父所炼五行神线均绑我不住。竟会吃它勒得深嵌入骨，周身火热，又疼又痒。可是师父不许我骂妖怪，刚一住口，便和没事人一样，干师伯却不在身侧。至今感觉毫无，只多了一道灰白影子，怎么用力，或用飞剑去砍，也弄它不掉。"阿童笑说："可要我来代你将这蛛丝去掉？"石完自是愿意。金蝉拦道："以我观察，干道友人甚正直，不知因何孽累，才与朱道友生死纠缠。他那道术别具神妙，留此蛛丝，必有用意。否则，此系朱道友内丹所化，怎肯舍得？毁了可惜。反正无关痛痒，暂且由它，等将来见面，自行收回吧。"众人边说边走，已由后山绕到歌凤溪桥上。

石完从小生活于巫山峡谷地底石洞之内，初次出门，先随众人空中飞行，见大地山河均在足下，凭虚御风，电射星驰，已觉壮快无伦。一到峨眉，虽然仙府美景无由窥见，但是山景灵秀，比起故居峡谷外面榛莽载途，景物荒寒，迥乎不同。尤其歌凤桥下那百丈寒泉，自上流发源之所，沿着山涧，如夹风雨而来，巨浪洪涛，洒雪喷珠，水烟滇濛，宛如大片冰纨雾縠，裹着一条玉龙奔驰飞舞，雄快无伦。再由宝掌峰左转，经过大峨山、正心桥、袁店子、马鞍山到木凉伞，见那荫覆一二亩的古楠树枝柯虬盘，绿荫如幕，觉着移步换形，各有各的妙处，益发喊好不置。易震笑道："呆子！我们不过因此山乃本门发祥之地，你和灵师侄均是初来，特意领同一游，这算得什么？凝碧仙府固是美景无边，便是那紫云宫深居海底，珠宫贝阙，到处琼楼玉宇，瑶草琪

127

花，神妙长达千里，可以随意移动升降，壮丽宏富，气象万千，更是亘古未有之奇，令人梦想不到。你看了，还不知如何喜欢呢。"石完喜道："那紫云宫，我听祖父说过，果然真好。几时能去玩上一趟，多么快活呢！"石生笑道："这有何难？那是你几位师伯的仙府，早晚带你前去住上几日便了。"石完一面喜谢，不住盘问紫云宫的景物、途向，如何走法。石生喜他天真，有问必答。

　　一路说笑，不觉到了华严堠。当地离山下只十余里，沿途香客游人甚多。见一行九人倒有八个幼童，内中还夹着一个小沙弥，金、石二人美如金童，石完与南海双童相貌又甚丑怪，都觉惹眼，未免互相指说。金、石诸人不耐烦嚣，正商议绕往无人之处起飞，金蝉忽想起："秦紫玲之母天狐宝相夫人自从东海脱劫，便奉了仙札来此隐修。事前曾来凝碧仙府相聚三日，人极谦和，别前还曾托自己和一干同门，遇事照看她母女。闻她所居解脱庵旁崖洞直通本山金顶，外有本门禁制，虽然不能入内，但听玉清大师说，宝相夫人精于玄功变化，左近十里不在禁令之内，仍可化形出游。不过她修炼极勤，为人谨慎，每日勤于修为，以前仇人又多，无事不轻易走出。乃女寒萼之事必所关心，何不就便一践前约，告以二女近况？"便和众人说了，一同走去。

第四回

情重故交　宝相夫人烦七矮

穷追倩女　疯癫和尚遗双顽

　　宝相夫人所居崖洞，原在解脱庵旧址后面暗壑之内，地势极为隐秘。因解脱庵在庵主广慧大师圆寂不久，庵中忽然失火，已经成了一片荒地。金蝉前在峨眉时，曾同女神童朱文和三英中的余英男来过两次。这时众人行抵坡前，见旧址旁边不远又建了一座小庙，看去落成不久，甚是整洁。地势比前还要幽静，四外竹林环绕，外人不走近前，决看不出内有庵宇。庵名也叫解脱，所选地势尤为奇怪。庵门面壑而开，正对宝相夫人所居崖洞之上，山石磊磊，甚是难行。前面竹林一角虽隐有一个小门，但似封闭已久，不像日常有人出入神气。因是必由之路，众人信步前行，并未留意。绕到庵前，金蝉忽然觉出庵门开得奇怪。暗忖："当初庵中还住有一个晚年改行归佛，曾随广慧大师出家的西川路上著名女盗铁抓无敌唐家婆，曾对我说她要在庵中老死，决不离开。也许火焚以后，将庵移建在此。她和宝相夫人决无渊源，怎会舍了她恩主广慧大师藏骨之地，移居在这等隐僻所在？其中必有原因。"便令众人止步。

　　金蝉正说前事，断定庵中主人必非庸俗僧尼，意欲查探明了来历底细，再作计较，免被窥破行藏，将宝相夫人踪迹泄露出去。石生偶往壑底探头，瞥见一个白发如银的老佛婆，肩挑两大桶水，由前面危崖腰上飞驰而来。那暗壑两边危崖相交处，多半壁立如削，并无道路，只庵这面半崖腰上，断断续续突出了一条天然石径。宽的地方约有二三尺，窄处仅得尺许，高低错落，中断之处甚多。老佛婆年纪至少也有七旬以上，水桶圆径甚大，少说也有二百斤重水量。老佛婆用左肩挑着这么大两桶水，石径又多外斜，走起来如在平地疾驰。遇到险窄中断之处，竟用左手托着扁担，往外一伸，飞跃过去，一点也不吃力。

石生出世不久，人最天真，日常飞行已惯，乍看并未觉异，方唤："蝉哥哥，那老婆子年老挑水，走这险路，我来帮她一帮。"话未说完，众人也都看见。金蝉认出，来人正是铁抓无敌唐家婆。知她虽然不精飞剑、法术，本身武功绝伦，又随广慧大师十余年，多少总得一点传授。忙说："无须。我认得此人，等她近前，我有话问。"说时，唐家婆已由上下壁立，相隔丈许的危崖石径，手擎扁担，飞身跃上，满满两大桶水，一点也未洒落。众人多半童心，石、易四人忍不住齐声夸好。唐家婆本是满脸愁苦容色，看着脚底山径疾驰，这一纵上，闻人夸好，将水桶放落。一抬头，见身旁立定九人，定睛一看，正与金蝉对面，不禁吃了一惊。忙朝金蝉将手一摆，一言不发，也未答问话，匆匆挑了水桶往庵中走去。别人还不怎样，石完气道："老婆子慢走！我师伯有话问呢。"随说，便要飞身纵起向前拦阻。金蝉心细，见唐家婆摇手示意，料有原因，忙一伸手将他拦住，低喝："师侄且慢！"唐家婆闻声回看众人一眼，一手扶担，一手向后连摆，如飞往庵中赶进。

金蝉一面令众暂退，正待命南海双童隐身入探，刚到门前，唐家婆已慌慌张张由内跑出。见了金蝉，把手一招，将众人引往庵后竹林深处，悄声问道："你不是那年为寻余英男，同那骑雕姑娘飞来的齐公子么？"金蝉答道："正是。你怎把庵建在此地？又那么慌张害怕？莫非庵中有甚缘故么？"唐家婆道："此事说来话长。我知公子不是常人，但未必是庵中人的对手，此时也无暇多说。我前听恩主广慧大师说，余英男拜在峨眉派门下，照她所说，此时当已入门。公子与她好友李英琼相识，也许知她近况，如蒙见告，实是感谢。"石生接口道："你不要小看我们。你说那余英男，乃我师妹。这位便是峨眉掌教妙一真人之子。除这位小神僧外，我们均是峨眉门下。多厉害的对头也不怕，但说无妨。"

唐家婆前与金蝉相见，只知姓齐，是英琼好友，不知来历。加以本身法力有限，正邪各派源流、威力多由耳闻，无多见识。庵中所住对头法力高强，飞行绝迹，神通变化，均经目睹。对于这一行九人，只凭久闯江湖的目力，觉出对方相貌衣着、言语动作不似常人，但都年轻，就有法力，也不是庵中人的对手。惟恐其误触危机，又不敢轻于交谈，一面挥手示意令退，急奔庵中查看。见对头神游未归，她才略放心赶出，将来人引往僻处。本意只问明了余英男的下落，便劝众人速离危境。不料来人俱是闻名多年的峨眉门下，姓齐的并还是妙一真人之子。当时喜出望外，连忙拜伏在地，说道："我老婆子有眼无珠，不识真人，还望恕罪，救我一救。"金、石二人连忙扶起，问道："唐家婆，我们知你曾随广慧大师苦修多年，是个好人。便是昔年身在绿林，也只以暴制暴，所杀皆是凶徒强寇，对于寻常商旅并不轻犯，没有犯甚大恶。如今暮年忏过，受人欺凌，别说还有英男师妹的渊源，便是萍水相逢，也无袖手旁观之理。你只把事情说出来，定必助你除害便了。"唐家婆叹道："多谢诸位上仙高义。反正今日事必泄露，有他无我。此地也非谈话之所，乘着对头神游未归，请随

131

我到旧居地穴，再作长谈吧。"随领众人往外走去。

众人到后一看，那地方就在解脱坡上前庵址的后面山崖之下。顺着崖坡，走到临涧下面，有一石窟。外面草树杂沓，甚是芜秽。窟中尤其阴暗逼狭，高只及人。唐家婆先向众人告罪，说："敌人机警厉害，话说来甚长。此窟原是当年广慧大师所辟，内有仙法禁制封闭，外观芜秽，只走完一条甬路便到达了。自从对头把前庵火焚，移建新址以后，只这条可通金顶的石窟没被发觉。我惟恐被他看破，每日服侍他也无闲暇，已有一年未来此地。"说时，已将走完。末了一段，洞径更窄更低，不能并肩而过。七矮、石完还好，灵奇身材较高，便须低首俯身，才可通行。尽头处土石夹杂，并无门户出路。

石完年幼天真，性急喜事，上来便紧跟在唐家婆身后。穿山行石又有专长，一见无路，知道路未走完，只当年久石土崩倒，将路填塞。又以为领路老婆子是个凡人，无甚法力，意欲当先开路，在师长前讨好。人本瘦小，乘着唐家婆立定，侧顾众人，想要开口之际，便说："这等走法，多气闷人，弟子向前开路去。"随说，双足一顿，往前蹿去。金蝉一把未抓住，一道墨绿色的精光，已向前面石土夹杂的洞壁上穿入。唐家婆见状大惊，忙喊："去不得！那禁制一引发，我便不易收住，受伤怎好？"南海双童心疼爱徒，甄兑更甚，又是鱼贯而行，人在后面没有看清。前听余英男说过，广慧大师法力甚高，她那禁制定必厉害。瞥见墨绿光华到处，红、白二色的光华化为朵朵莲花，电旋般急飞。惟恐爱徒吃亏，前面又被众人挡住，一着急，便用专长土遁径由洞顶穿入，往前赶去。甄艮惟恐有失，忙把鬼母朱樱所赠碧磷冲取出，以作戒备，跟踪进入。同时，金蝉闻得石完嘻笑之声，又由光华电闪中看出石完只在光层里面挡了一挡，便已冲光而入，知无妨碍。话未问明，不知底细；又听说此窟可通金顶，广慧大师昔年辟此一路必有原因，恐与宝相夫人有关。因而不愿将这禁制破去，忙即回身阻止，师徒三人已先后穿山飞入，只把将要发动的石、易三人阻住。

这时相隔尽头洞壁不过丈许。唐家婆知壁厚两三丈，可以上下移动，原是活的。常人到此，越往前发掘越坚，不过力竭而止。一用法宝、飞剑冲入，禁制立生妙用，来人再与同入，不死必伤。那光层宛如千百层神锋，电转飙飞，稍差一点的飞剑、法宝，当之立成粉碎。惟恐来人受伤，不料竟被冲入。想起对头未必有此本领，不禁惊喜交集，大出意外，呆立当地，作声不得。

金蝉唤住众人以后，便对她道："此间禁制埋伏虽被我石师侄冲入，尚未破去。广慧大师所留，我此时尚不愿将它破去，还是由你自行撤禁。如有为难，我们助你便了。"唐家婆道："大师禁制神奇，先前如不将那埋伏引发，只照所传收禁之法略一施为，便可撤去，现出门户。如今禁制发动威力，虽也能收，却费手脚，耽延时刻。我那对头在我挑水时入定神游，万一醒转寻来，他有好些厉害法宝，邪法甚高，诸位上仙必须准备，不可大意呢。"金蝉道："这个无妨，你收法吧。"随请阿童断后，灵奇、石生为辅，自在前面相机协助。

那禁法果然有好几层，收止甚难。唐家婆本身又无甚法力，只凭贴身密藏的一面法牌和广慧大师昔年所传符印口诀，收有顿饭光景，还未完事。易氏兄弟久候不耐，意欲取出九天十地辟魔神梭，由地底开路穿入。金蝉也觉南海双童师徒入内已久，怎无回音？心中奇怪。问知唐家婆，七层禁制已去其五。于是嘱咐二易且慢，方欲传声相询，忽见石完在最末一层红光后现身，喜唤道："二位师父命弟子来请诸位师伯、师叔、小神僧和灵师兄，宝相夫人也在里面。这禁法先不要破，如不能撤禁，可用九天十地辟魔神梭另外穿山入内，越快越好。"金蝉闻言大喜，方欲命二易准备，前面红光闪处，眼前一暗，末层禁制已被唐家婆止住，依旧还了原来洞壁。只是壁上穿了一洞，正在唐家婆主持之下向上移去，门户立现。众人随即赶入。

里面原是峨眉山腹中裂之处，洞径弯曲，形如峡谷，只是高低广狭大小不等，还有两三条歧径。因经过前人法力修治，入口一段甚是整洁。由左侧歧路转折上升十余丈，方到广慧大师昔年苦心开建，未等应用便即坐化的大石窟。那窟约有二三十丈方圆，上下四壁到处钟乳森列。

原来南海双童惟恐爱徒有失，穿山飞入，等越过禁地一看，石完已然脱困，不知去向。洞径本来不透天光，全凭剑光照路。飞前不远，看见面前道路有两三条，方欲分途寻找，忽听石完与人说话之声隐隐传来。二人寻声追踪，飞入石窟之内，见内中钟乳甚多，不愿毁损美景。正待绕飞前进，忽听一少女口音笑道："果是峨眉道友驾临。我乃紫玲、寒萼之母秦瑚，不是外人，小道友快请停手吧。"

话还未毕，全洞窟立时大放光明。那些石钟乳本在暗中闪耀，先被剑光映照，已觉奇丽。全洞一亮，只见到处琪树琼林，宛如冰花世界，五光十色，璀璨夺目。尤其正当中自顶下垂的一大片高达二三十丈、宽也十余丈、直似一片悬有万千璎珞流苏的开花宝幔，光怪陆离，流霞焕彩，庄严伟大，气象万千，耀眼生缬，不可逼视。这五色晶灿之下，有一五色水晶宝座。上面盘膝坐定一个美如天人的道装白衣少女，在一幢银霞笼罩之下，含笑发话，缓缓起立。石完手指一道墨绿的晶光，尚在银光之外飞舞击刺，不曾收去。南海双童虽未见过天狐宝相夫人，但听众同门说过，一听自称紫、寒之母，此来正为寻她，好生欣喜，忙喝：
"徒儿住手！"石完也将飞剑收去，一同上前拜见。宝相夫人甚是
谦和，不肯受礼。后来甄艮说："紫玲、寒萼为同门师姊，夫人
乃是伯母，如何不肯受拜？"夫人仍是下位答拜，只受了石完一
礼。彼此一谈，才知石完与宝相夫人闹了一场误会。

原来宝相夫人东海脱难以后，妙一真人赐了一封柬帖，令往
解脱庵旧址崖洞中潜修。并说山腹有路，能达后山金顶，到后开
看，照仙柬修炼，等三次峨眉斗剑时方许出世。大人先往凝碧仙
府，与紫玲、寒萼二女及一班小同门聚了三日，便即依言寻到那
座崖洞。开山入洞，打开仙示一看，大意是说：

往金顶的山腹通路，只被广慧大师昔年开通了一小
半。下余多半，因连经千百年地震山崩，山腹形势已
变。并且开头一段是在对崖，已为广慧大师堵塞，中隔
深壑。必须由地底斜穿过去，然后折行向上，将千年前
原有的山腹缝窍设法开通，越过对崖石窟中广慧大师所
设禁层，再往前进。事虽艰难，只要通到金顶下面金窟
之内，那里藏有连山大师昔年封存密藏的一部专供异类
旁门中人成道的丹箓和一道连山灵符、两粒灵丹、一封
柬帖。金窟厚只一丈，但比精铁还坚，外面更有仙法禁
制，本来天仙也难攻破。所幸前因早定，到时禁制早已
失效；宝相夫人又是元神炼成，精于玄功变化，稍有小
孔，即可穿入。到后可用纯阳真火攻破金壁，入内取
出。不久即是峨眉三次斗剑，经此一役，连她和转劫丈
夫秦渔均可同登仙业。但是未完使命以前，不许离开解
脱坡一带。除本门弟子外，不许与外人相见接谈。如遇

对头纠缠，到时自有化解，洞外并有仙法禁制，决可无害。

宝相夫人拜读之后，惊喜交集。知道事难责重，关系己身与丈夫成败，累劫余生，越发警惕，奉命惟谨。对崖洞窟深居壑底，污秽阴湿，连蛇兽也不肯住的所在，居然甘之如饴。每日兢兢业业，一面勤修，一面按照仙示搜寻原路，向前开去。宝相夫人法力甚高，穿山本非所难。无如仙示令开原路，不敢以己意另开。原有路径本极曲折回环，又经前人行法堵塞封闭，搜索甚难。结果终以虔心毅力战胜，于一年多光阴中备历艰苦，寻到对崖山腹峡缝，移居在那满生钟乳的石窟广洞之中。每日用功，照旧向前开进。为坚自己信心，隔上几天，必去对崖污湿不湛的旧居入定些时。虽然前途石质愈坚，路也愈难寻觅，心志并不稍懈。

这日石完冲入洞中，因是天生异禀，目光如电，尤其石中视物，能看出老远一段。才进洞门，便瞥见隔着大片钟乳林后，晶屏下面暗影中，坐着一个白衣少女。双方从未见过，只知宝相夫人住在对崖，不在此地，如系平日，也不会动手。只因石完性暴好胜，先为禁制神光所阻，几乎被困；又听唐家婆近有对头强占解脱庵，邪法甚强，广慧大师已然坐化，古洞山腹之内怎会有人潜伏？再见宝相夫人相貌极美，想起以前表兄所交往的妖邪全都长得又白又美，未免心中生疑。立即飞身上前，开口便喝道："你这女子怎坐在这黑洞之中？是好人还是妖邪？快说出来。如是妖邪，休想活命！"宝相夫人偏守着仙示"除却本门弟子，不许与外人交谈"之诫。匆匆不知来历，又见来人出语天真，看他年幼，竟能冲破禁制而入。近数日来，本有对头纠缠未理，来人

136

剑光又从未见过，疑是对头识破机密，命人来此窥探。也是惊疑，存有戒心，便将护身银霞先行放出。石完本在跃跃欲试，立用飞剑前攻。宝相夫人见他剑光正而不邪，便发出一道白光，想将对方擒住再说，哪知石完家传飞剑甚是神奇。

宝相夫人方想另用仙法取胜，敌情突兀，不知虚实，正在愁急。还是石完先开口喝道："你这女子怎不开口？我看你剑光不带邪气。我师父是峨眉七矮，现在外面，快随我去见师父，免我生气，将你杀死。我师父不许伤害不知来历的人。你叫什么名字？"宝仙夫人忙问："你师父叫什么名字？"石完答道："我师父是南海双童，姓甄。两个师父和我一样，都会穿山行石。我是秦岭石仙王的孙子，你知道么？"

宝相夫人早已隐修，不曾见过南海双童，又未听说过"七矮"之称，拿不定真假，未免猜疑。便令石完收剑，去唤他师父。石完恐其逃走，偏又不肯离开，非要押了宝相夫人同往不可。

宝相夫人笑答："随去无妨，但你飞剑不是峨眉家数，我也不甚信你。我问你：齐灵云和李英琼，你可知道么？"宝相夫人因心有顾忌，始终没有提起紫玲、寒萼是她女儿。以为齐灵云与李英琼，一是峨眉女弟子之长，一是三英之秀，来人如是峨眉第三代弟子，当无不知之理。不料石完刚刚出门拜师，除见过师长外，全不相识；宝相夫人母女之事，来时虽听七矮谈起，对方偏又未提。于是一问三不知，斗也越急。

正在边打边说，甄氏兄弟恰也赶到。宝相夫人认出果是峨眉门下，心中大喜。双方停手相见，略谈了几句，便请甄氏弟兄速命石完去请金、石诸人入内，入口禁制不要破去。甄兑随命石完依言行事，将外面金、石诸人请进。

互相谦礼相见之后，问知宝相夫人年来道力精进，穿通金顶金室一节，也在仙示所限日程以内，多前进了一二百丈深远。半年以来，只在地窟中加紧苦修，虽然往来两洞之间，从未往对崖洞外涉足探头。却不料竟会有人找上门来纠缠不休。

宝相夫人这日坐功完毕，想起多日未往对崖洞窟，心中一动，意欲赶往对崖查看。刚一到达，便听崖外有一女子叩壁低唤："秦道友，你昔年老友云九姑，为我兄弟云翼之事，冒着险难，万里远来，已然来此数月。因此崖设有上清禁制，费尽心思，才得探查出点底细。我知道友超劫重修，大道将成，本不应在此时相扰。无如事太危急，不到一年，便临危境，非你不能解救。想起昔年负罪，虽有愧对之处，你我以前终是至交姊妹。现已事过境迁，你已因祸得福，当已不再念前恶。并且此事无须劳动道友，只请见面略谈几句，如蒙俯允，便可脱我姊弟于危了。"

宝相夫人一听，来人竟是海南岛五指山散仙黎人云翼之姊云九姑。以前双方本是至交，后因极乐真人李静虚的大弟子秦渔被自己用邪法诱往紫玲谷结为夫妇，数年内连生二女，自己也由此改邪归正。但丈夫已犯色戒，不能重返师门。这日方在悔恨，商议同往请罪，真人忽在谷中现身，说二人虽是凤孽，不可避免，但秦渔戒体已毁，不得再入本门，可在谷中修炼十年。期满，秦渔去真人洞前兵解转世；宝相夫人去东海三仙之一玄真子所设风雷洞中入定勤修，以待他年应劫重修。以致才有今日。

宝相夫人想起自己和丈夫本是几世纠结的情侣，恩爱至深。初次相遇，看出他所习乃玄门正宗，来历甚大，虽然爱极情深，仍存戒心。先只打算行法迷恋，不令离开，日久生出情愫，再与言明，就此洗心革面，合籍双修，同登仙业。实不愿毁他元真，行那损人利己之事。只因事前云九姑也同在场，见丈夫仙骨仙

138

根，丰神玉秀，动了情欲，不好意思当时明夺，暗欲染指。于是一面助自己将人诱迫入谷，一面暗施她独擅的邪法。自己也因一时疏忽，中了她暗算，不能自制。此女随即故意别去。等到夫妻好合，乐极情浓，双方同失真元，此女突然赶回。变生不测，又是深交，本来极易受制。幸亏修炼功力尚浅，失阴以后，觉着误人误己，心中悔恨。素日机警，一见此女突然回转，心中一动，立即警觉，不问来意善恶，先已暗中戒备。此女也负愧遁去，事已无可补救。每想起自己幸得死里逃生，转祸为福；丈夫诀别多年，更无音信：便自悲悔。

如今虽然事过境迁，宝相夫人对于云九姑，心中终不无介介，见她反来叩关求见，自非所愿。何况奉有仙示预诫，如何敢违？知道云九姑神通不小，再不应声，不是用她黎母教中隔水照形之法查看踪迹，便以法力强攻洞壁。全崖设有隐形禁制，虽然不怕，到底难缠。听她所说口气，尚未真个查见自己，正好先行下手。便将禁法暗中发动，隐去真形，回到此间。

云九姑查不见宝相夫人的踪迹，便以法宝攻山。不料法宝无功，几吃大亏，越断定宝相夫人隐藏在内。眼看时机紧迫，一班同道法力都比自己差，只有宝相夫法力高强，虽然前嫌未消，照着对方以往热肠对友，只要能相见，略微认过负荆，即可修好求助。于是求见之心愈急。云九姑也不是不知峨眉的威力，但想本身虽是旁门，平日无甚大恶，此来只为求见故交，未存敌意；又知诸长老闭关，门人多已奉命下山。因此尽管仙府密迹，依然用尽心力，想将洞壁攻穿，迫令出见。

云九姑本来极有心计，初来试出禁制神妙，地域广大，山壁坚厚，两面崖壁均有禁制，拿不定宝相夫人藏在何方。此时算计时限还有一年多，惟恐被人发觉，到此不数日，便强迫唐家婆将原庵烧掉重建，以便早晚无人之际，暗用水磨功夫察访。因是初来，略试即止。宝相夫人恰在新移石窟之内勤修，云九姑又是谋定后动，隔了数日，窥探出了一点线索，才行下手，所以宝相夫人事前并不知道。连日定中默运玄功察看，得知云九姑虽然力绌计穷，心终不死。每到夜静，便往对崖攻山叩壁求告；日里入定神游，到处向人求借攻山法宝。

前夜云九姑哀求，不见宝相夫人回应，忽以恶言恫吓说："我姊弟不久大难将临，非借元丹宝珠一用，或代向峨眉教祖求恩，不能解免。以前我虽有愧对良友之处，但是此举已令你转祸为福。务请顾念前好，恕过相见，助我姊弟脱难。再如视同陌路，我弟云翼因和女仙苗楚芳的门人杨厚有交，日前劫后重逢，蒙允将昔年红花鬼母朱樱所遗七宝中的碧灵斧，以及当年准备抵御幻波池圣姑伽因所炼乾天一元霹雳子的阴磷神火珠借他，那便豁出树下强敌，同归于尽，用此二宝将解脱坡方圆三十里内毁灭。"

宝相夫人虽只开府时奉命诛戮妖人离洞一次，以后不曾外出，紫玲、寒萼、司徒平三人下山时曾来隔崖话别，详谈开府盛况与群邪扰闹经过。得知苗楚芳正是鬼母朱樱转世，不特师徒四人早已改邪归正，并还在处治叛徒何焕时，将七宝中的碧磷冲交由嵩山二老转赠妙一真人，向往本门甚切。心想："杨厚纵与云翼交好，别的尚可，决不会将师门至宝借他来此侵扰。"闻言仍未答理。

云九姑好说歹说，俱都无用，愤愤而去。一连多日，没有动静。宝相夫人一心戒备，守定仙示，不敢出探。再运玄功推算，云九姑好似有了防备，但只知她元神出游甚勤，行止不定，别的全算不出。虽料云九姑不知后洞石窟，只向对崖下手，无异背道

140

而驰，未足为虑。但是广慧师太原有石窟通路所设禁制，却未必阻得她住。可惜当时不知底细，用本门灵符禁制时不曾细查，留此漏洞，如被发觉，却是讨厌。凭本身法力虽不致败，毕竟多年不见，深浅难知，想起也颇犯愁。

适才入定中警觉洞中禁制发动，为防万一，刚刚行法戒备，意欲在敌人破禁以前设伏相待，来人已然穿山越禁而入，不料竟是一家。

众人正说之间，阿童、灵奇见原有禁制复原以后，并无异状，不耐久候，相继随入。宝相夫人知阿童行辈较高，经众叙见，立即下拜。阿童还礼不迭。

金蝉便问："此事如何处置？"宝相夫人道："我只守定本门师长之命，不与外人交往接谈，别的均非所知。不过云道友以前除却性情倔强外，委实无甚大恶。分手后为人如何，却未听说。她要我出山相助，自是不可。我想仙府密迹，她竟敢在此久留缠绕不休，想必还有几分自信。我知这位道友法力甚高，莫如寻上门去，告以我奉师命清修，不能见人，并非怀甚仇怨；纠缠无用，最好另请高明，否则彼此不便。能听好言，遣走最妙；她如翻脸出手，自非诸位道友之敌，只请不要伤她好了。"

石生因听唐家婆先说受虐之事，见时那等惊惶，转询经过。宝相夫人道："云九姑性刚，必是初来时强人所难。唐道友故主恩深，先存仇视，被她看破，因此以法力强制，迫令服役。她又未断烟火，唐道友日常服侍，自然不免怨愤忧疑。如真是恶人，早没命了。"唐家婆闻言，回忆对方初来，本是好言相商。嗣因利诱不从，始被制住。中间两次行刺，均吃警觉，也只当时受点辱骂，迫令服役。事后气消，并加宽慰，还给了两次灵药珍果，自允日后修复原庵。不过故主恩深，又看出她是旁门左道，行事

141

诡秘，法力厉害，心存疑念，以为币重言甘，必有诡谋，悲愤愁虑，日甚一日。云九姑见怎么也买不动，近日为防坏事，方始变脸，将元神下了禁制。如照以前，并无苛待。现听出她此来实为寻人，并无他意，也就不再怀愤，便把前后相待情景照实说出。

金、石诸人听出宝相夫人仍念故交，意在保全，云九姑既无恶迹，也就消了敌意。方在商谈如何迫令就范，阿童笑道："我们立意，原是许人为善自新。听秦道友所说，此女只为归正清修，所求之事关她成败。如若可行，我们日内反正无事，便大家助她一臂，成全两个修道人，不也好么？"甄艮方说："此女我不知道。那黎人云翼曾受妖妇许飞娘蛊惑，勾引袁化师侄为恶，恐非善类。"忽听宝相夫人笑道："诸位道友既肯加恩，人已在此，不消去了。"话未说完，唐家婆忽似吃了一惊，转瞬复原。跟着佛光一闪，唐家婆身上发出另一女子口音，求告道："诸位道友请勿生疑，容我分说完后，如有不合，再听凭诸位处治如何？"

原来阿童人虽随众走进，因先受有金蝉之托，始终仍运玄功戒备，只没想到来人会附在唐家婆身上随同混进。后听宝相夫人一说，来人恰又想现身出见，阿童心灵忽起警兆，匆促间只当来了敌人，忙将佛光放出。来人元神立被制住，无法现身。宝相夫人已先发觉，便向阿童道："这说话的，便是旧友云九姑。许是入定醒来，见唐道友失踪生疑。她那元神附身之法具有专长，只要将对方元神禁制，便能与之相合，如影附形，多远也能赶去。外面禁法未破，本也无此容易，必是先前甄道友师徒穿行之路忘了复原，或是诸位未到此以前她便赶到，附在唐道友的身上随了进来。因知我对她并不仇视，小神僧与诸位道友又有助她脱难之意，故此现身相求。我听唐道友说起元神受禁之事，便疑她要寻来，刚刚看出一点行迹，小神僧便出手了。九姑虽非妖邪一流，终是旁门，她那元神怎禁得住佛光照体？请快收起，容她面谈吧。"阿童道："我那佛光可由心灵主持，来势虽然突兀，因已猜得几分，且喜不曾伤她。既是道友故交，请出相见吧。"说时，佛光早撤。

随见一团青烟由唐家婆身上飞起，就地一卷，现出一个姿容美艳，裸着臂腿的短装黎女，一现身，便朝众人礼拜。众人因看主人情面，分别还礼起立。云九姑道："适听甄道友所说，原有其事。不过我弟云翼因受许飞娘之愚，蛊惑袁道友不成，化友为敌。正在斗法，吃昆仑派游龙子韦少少、小髯客向善赶来，几乎送命，已然有些悔悟；又遇师叔麻冠道人司太虚再三告诫，晓以利害，益发害怕。他本和我一样，虽是旁门，从未为恶。经此一来，便与妖妇断了来往。妖妇本就怀恨，嗣值峨眉开府，妖妇知他持有两件穿山行水的法宝，因闻天师派教祖藏灵子将孔雀河畔圣泉赠与妙一真人，两地泉脉相通，欲借此宝前往侵扰。翼弟想起司师叔前言，坚拒不允。妖妇益发愤怒，翻脸成仇，到处寻人与我姊弟为难。我姊弟不久有场大难也由于此，对头乃是云贵深山中隐伏多年的旁门散仙癞和尚。"

甄艮闻言，接口惊问道："你说的可是昔年为追云叟白老前辈夫妻在贵州遵义县娄山关削去左手三指的癞和尚韦秃么？"

九姑答道："正是此人。他并非佛门弟子，因他小时随父去越南为商，患了麻风。又受继母虐待，给了些刀箭，逐入深山之中。正欲求死，偶见蛇、蟒相斗。蟒长三丈，蛇只二尺。那蟒先又吞食了好几条大蛇，甚是凶残。他不知那小蛇乃最罕见的有名怪蛇金银串，身蕴奇毒，专食蛇蟒等毒恶之物。那蟒如非岁久通灵，腹有丹黄，已早惨死。他因见那蛇周身金、银二色花纹甚是好看，又甚灵巧。先死大蛇俱为蟒口所喷彩团毒倒，然后咀嚼吞吃。小蛇好似骤出不意，突然与蟒相遇。那蟒先是盘踞发威，昂首喷毒。小蛇几次被蟒吸进口边，都被挣脱，倒退下去。韦秃因愤那蟒心贪狠毒，以大欺小，已然吞吃了几条大的，剩这一条小蛇还不肯放过。他心想：'自己逃路已断，早晚必落蟒口，连全尸都保不住。反正没有法活，莫如试拼一下，万一将蟒杀死，得了蟒肉，还能多活两天。'便把身带毒箭乘蟒喷毒之际照口射去。也是事有凑巧。那蟒分明见有人在侧，只为强敌当前，素性相克，非拼存亡不可，全神都贯注在仇敌身上，目不转瞬，丹元又还未到功候，骤出不意，竟被一箭将所喷气团射穿，直中咽喉要害。那蛇原因对方丹元厉害，几次想照惯例，由蟒口穿入，吃它心脏，俱为所阻。如若舍去，只一回身，后半脆弱，不似前半身坚逾精钢，并有杀蟒专长，必吃那蟒吸进口边，或是追上齐腹咬断，转为所杀。进退两难，本以全力贯注，意欲伺隙而动，只要诱激得蟒的丹元离口一远，避开正面，便可穿入蟒腹，为所欲为。偏生那蟒也极机警，知道双方不能并存，只图保住活命，拼舍丹元，与仇敌相撞，使其同归于尽，不到时机，不会气团离口。蛇正情急无计，不料人会助它，立即乘机穿进蟒腹中去。黎民弩箭奇毒，再加上这么一来，那蟒怎能禁受，一会便已惨死。可是丹元一破，毒气也散布开来。韦秃当时只听吧的一声，彩烟激射中，蛇由蟒口穿入。那蟒立即昂首而起，朝他蹿去。他知道不妙，想逃已是无及。方离原藏之处往侧纵去，眼前彩练飞处，吧的一声，跟着山崩石裂一声大震，立处危崖竟吃蟒尾打裂了一大片，崩坠下来，声势猛烈至极，当时吓晕过去。

"韦秃醒来，觉着周身麻痒酸痛全止。起身一看，身前不远散着好几片丈许大小裂石。才知昨日死中得生，裂石正由头上越过，起步稍快，便无幸理。再看死蟒，已蹿离原处二三十丈，笔直僵列，由头到尾，全身中裂，点血俱无。心正奇怪，想要割肉烧吃，忽见小蛇由蟒脊上游出，将头连点。前后一想，觉得小蛇灵异。同时用刀一割蟒肉，刀便成了黑色，知有奇毒，不敢入口。麻风已好，不再求死，只是腹饥难耐。方要觅掘山粮，小蛇忽又点首作势，引其走去。试一述说心意，蛇竟通解，即将韦秃引往一处幽谷之中。韦秃先见当地形势隐秘，风景甚好，黄精、首乌以及各种佳果甚多。蛇也不再离去。只是左近毒蛇猛兽也不在少，渐渐发觉那蛇虽小，凶威至大，有它日常在侧，任何虫蛇恶兽无一敢犯。习久相安，过了二三十年。

"这日忽然地震，韦秃无意中发现谷中崩崖之后有一山洞。入内一看，原来那谷竟是道家西南十四洞天最好的一处。南宋初年，有一旁门散仙隐居在内，后来尸解化去，洞中还留有灵丹、道书之类。由此他便移居洞中，人蛇同隐修炼，起初并不他出。隔了百年，忽然静极思动，出山不久，交了不少异派妖邪。后被白老前辈夫妻困住，当时本难免死。幸遇一位散仙路过，代为求情说：'他为人瑕瑜互见，平日假装疯魔，滑稽玩世，颇喜扶持善良。只因出身旁门，来往朋友多是左道，性情又极古怪，常受妖人蛊惑，专与正教作对，有时为恶，并非本心。'白老前辈夫妻方始告诫了几句，将他放去。他把此事认为奇耻大辱，由此起遁入深山，久未出世。

"妖妇等人百计蛊惑，起初均未说动。去年妖妇等知我师父遗留的宝囊已被我姊弟发现，内有三粒毒丸。我师父尸解以前曾说：此丸乃圣姑昔年念他虽是旁门，师徒七人均无过恶，特赠此丸，以备转劫成道之用。因还不到服用时机，已用法术封藏，等他转世自取。不过事尚难料，此去三十六年如不归来，禁法失效，必被我姊弟发现。宝主早已兵解，期前洞本封禁，现已为人

145

发现，仗着此书修炼，法力颇高，再把这末章得去，定必造孽为害。要我姊弟得到宝囊后，千万隐秘，失落不得。彼时同门弟兄六人，只我二人在侧，本来事无人知。也是翼弟不听良言，想学玉页符箓，朝人请教，泄露出去。明霞谷中隐伏的正是癫僧，这两件是他多年梦想之物，再经妖人怂恿，益发生心。妖妇知我黎母教下最守誓约，宁死不二；何况又是恩师遗命，关系重大。明说定必不允，又藏处隐秘，无法盗取。又知癫僧习性，无故轻不犯人，尽管切盼，至多托人向我姊弟明说求取。只要不伤他颜面，一经婉言解说，也就拉倒，不致立即成仇。于是又用阴谋诡计，令一党羽引诱翼弟往癫僧山中采药，使其误犯禁忌。翼弟再一恃强动手，结果被癫僧困入娄山关九盘岭侧峡壁之内，日受风雷之厄，迫令献宝降伏。

　　"我得信后，为防万一，先将玉页、毒龙丸用法宝封藏，投入五指山后风穴以内，外面再用法术封禁，然后赶去。哪知我也不是癫僧敌手，只能眼睁睁看着翼弟受苦。最末一次，我又吃癫僧将真形摄去，如他长日将我炼形摄神，在四百九十天内必为所害。而我藏宝之处也被他察知，暂时虽因五指山风穴与莽苍山风穴南北遥对，威力甚大，非精峨眉派少阳神功，并有万年温玉等至宝，不能下去，但癫僧早晚终能设法得到。实迫无奈，我方令人与他言明：毒龙丸因家师遗命，我立有重誓，再如相迫，我豁出以身殉师，略一行法，便将此丸送入风穴地壳中化去，休想到手。如不炼我真形，并停我兄弟风雷之禁，当在一年半以内，用我本门法力，炼就抵御风穴玄霜之宝，将玉页取出送他。其实我只想留待师父归来自取，自己并无此法力犯险入穴，原是一时缓兵之计。在这一年半内，如能寻到能手，救出翼弟，报仇除害，自是绝妙；真要不行，我再设法。不料狗妖僧和我几次对敌，竟生妄念，竟欲娶我为妻，闻言一口应诺，却于暗中查探我的行动。知我并未炼宝，反乘他对我停手祭炼之际，用五十五日苦功将形神炼固；又向一道友借了一件防身御邪之宝。他命人对我警告，说我违约，无异自寻死路。但他向无虚言，又颇爱我，既有前言，在此约期以内决不发难，到时休想免死。

"我知妖僧言行如一，邪法又高，迫于无奈，想起平生友好均非其敌，只秦姊姊一人不特炼有元丹、宝珠和弥尘幡等至宝，并有独角神鹭，法力既高，本人母女又投在贵派门下。就她奉命清修不能出门，只令两位侄女请上几位贵派道友相助，我姊弟两人大难也可立免。无如昔年得罪过她，难免介介。来时盘算，贵派法门广大，不咎既往；我姊弟又不曾做过恶事，翼弟虽受人愚弄，也已经改悔。此山妖邪均不敢轻易涉足，也可托庇，比在别处可免意外危害。万一秦姊姊仍念前隙，不允相助，或是未奉师命不能擅专，至不济，也求她将那粒元丹借我一用。豁出他年受责，仗着此宝抵御玄霜黑眚，将那几页道书取出，送与妖僧讲和，也可免却惨杀、失身与堕劫之苦。到处求问，由昆仑派向道友口中，探明秦姊姊隐修在此，偏又语焉不详，使我白费好些心力，将前庵焚去重建，日夜避人叩壁求告，终无回音。前月好容易查出一点端倪，不料被秦姊姊警觉，法力又高，未等下手破壁求见，晃眼无踪可寻。由此查不出丝毫影踪，反因禁法厉害，情急攻门，毁了一件法宝，几乎受伤。这日因唐道友多疑，任怎好说也是不听，又屡次向我行刺，恐受暗算，方始将她元神禁制。

"近日因时限将近，心中愁急，原身不敢离山，以防遇上许飞娘等妖邪迫害。每日神游，想寻一与贵派相识的人，转求教祖妙一真人恩援。今早才得知诸长老早已封门，不与外事，心正失望，归来发现唐道友不在。我早防她或逃或寻外人报复，仗着本身元灵可与所禁元神相合，立即寻去。到时，正发现她与诸位在一起，立即附在她身上到此。彼时吉凶难测，又见诸位法力极高，尤其这位小神僧佛法高强，一被发觉，误认我是妖邪一流，必无幸理，好生忧疑胆寒。后来听出诸位好意，秦姊姊又似不念旧恶，才敢现身拜见。我知秦姊姊不与我说话，是因谨遵师命。诸位道友不妨转问，我所说如有虚言，任凭处治。否则，还望小神僧与诸位道友，念我黎母教下与别的旁门左道迥不相同，除受本族人尊崇贡献，向来如此外，规律至严，极少恶行。我更从未有甚过恶，多年修为实非容易。务祈助我姊弟脱此大难，感恩不尽。"

众人见这黎女云九姑长身玉立，上身穿着树叶和鸟羽织成的莲花云肩，下身一条同样短裤，臂腿全裸。虽是元神，不是真身，依然玉肌如雪，纤腰约素，雾鬟风鬓，丰神楚楚。面上果不带一点邪气，语声更是清婉柔和，动人怜惜。均觉一个异教中人，元神如此凝炼，功力可想，平日行为也必不差。宝相夫人又那等说法，本都疾恶好事，全都激发义愤。金蝉便接口道："道友无须愁急。本来我们奉命修积，遇上此种事自不袖手，助你无妨。宝相夫人奉命隐修，此举关系她的成败。这里的出入口，你已知悉，以后却须代为保密，便令弟也不可吐露只字，你能守此诺言么？"云九姑大喜道："我与秦姊姊本是多年骨肉之交。此次大厄，得蒙神僧、道友相助解免，仍是由她不念旧恶，代为求情而至，怎能以怨报德，坏她的事？道友释念为幸。"

金蝉点头，便与众人商议："反正赤身寨之行尚早，既有此事，不如立时起身，赶往云雾山，把救人之事办完，再照邓八姑别时密嘱行事，也差不多了。"甄艮道："妖僧韦秃来历，原所深知，不特邪法高强，更精迷踪潜形之术。以我七人之力，固不致为他所乘。但云道友的兄弟尚被禁于娄山关九盘岭暗谷崖洞之内，癫僧只因想人、宝两得，才未下毒手。虽然他说已然答应九姑，期限前决不加害，只是不放出，连风雷都停止，但这类妖邪未必守信义。我们一去，他料知结局凶多吉少，保不定怀恨迁怒。人在他手，加害容易，岂不有违救人初志？依我之见，九姑暂勿同往，我们假装游山误入禁地，等他恃强行凶，再行下手除他救人，不是好么？"

宝相夫人见九姑闻言目视自己，沉吟未语，料她深知邪法厉害，想先救人，只因初见不便主张。便接口道："癫和尚来历、本领，我也得知大概。他除精迷踪潜形之法外，更精推算照影之术，一经行法，千里内外事物清晰如见。此处相隔较远，教祖禁制微妙，不特前后山崖坚如精钢，多厉害的邪法也无所施，便这方圆五十里内人物也全在禁网妙用以内，他自然看不出。但是一离此山，稍有动作，便易被他发现，身临其境，更毋庸说。固然妖僧未必想到诸位会去，骤出不意，也许成功，偏生九姑来时原有防备。近因屡次叩壁求见，我虽怜她遭遇，爱莫能助，又奉师命不敢应声。她上月情急，四出求援，踪迹不免泄露，使其更多一层防备。本来人一入境，必为警觉。所幸妖僧近更狂傲，又信妖妇蛊惑，认为九姑乃黎母教下，自从与他分手，踪迹多在南海，与正邪各派极少交往；虽因翼弟悔祸，得与昆仑韦、向二人释去前隙，对方并未折节下交，也决不肯在四九天劫以前轻树他这强敌。断定九姑无计可施，为了其弟，终会屈服，才乐得大言，宽此一步。诸位道友由此起身，且不往云雾山妖窟，而先往娄山九盘岭救人。这样不特翼弟，便九姑的真形，也同被摄在那崖洞底层法台之上，如能同救出困更好；否则，此洞在遵义境内妖窟之北，相隔非近，又与妖僧所设照影邪法相背。诸位飞遁神速，只要当时不被查知，就是触动禁制，妖僧警觉赶来，有诸位

149

在场，再想加害必难。至多费点事，人必救出来了。"

金、石诸人知宝相夫人法力高强，计虑周详，方要应诺，阿童道："邪法不怕，只要在起身前，由我用师传佛法略微禁制，便藏蛮僧中间，晶球视影也难察看推算。由我行法再走如何？"石生喜道："我们还忘了小神僧会蔽影潜真呢。由小神僧、二甄师兄带了石完前往救人；蝉哥哥、二易师弟、灵奇和我另成一路，假装游山误入禁地，引他动手。南北夹攻，双管齐下，使其不能兼顾，岂不更好？"众人赞妙。

九姑越发欣喜，称谢不置。随对众人道："那云雾山在都匀县西，乃首岭主峰，高出云表。常年云封雾合，山之得名也由于此。可是半山腰上有一片断崖绝壑，外观烟岚杂沓，云雾迷漫，绝壑千寻，其深莫测，山势又是奇险，虽在向阳一面，亘古绝少人行。下面却隐着大片极膏腴的盆地，奇花异草，茂林嘉木，到处都是。再由平原东折入一幽谷，泉石风景越发灵秀。原是道家西南十四洞天中最好的一处。最初原名金石峡少清仙府，复经历代列仙入居，为避人知，地名屡易。现名金石峡乃前居散仙所取。到了妖僧手中，又改成癫师谷妙玄洞天。山中本多云雾，妖僧潜踞其中，防人发现，又用邪法禁制，不知底细的人决看不出。只谷外有一通路，乃妖僧昔年被逐逃亡，与毒蛇遇合之地。他虽出家入道，却不忘本性，又狂傲自恃，特将这条入口留下，未加封禁。并还声言：他之得有今日，全由误入秘径，与毒蛇遇合而起。除毒蛇经他用一甲子苦功，助其成道转世，已然引度入门，做了他的爱徒而外，以后只要有人和他一样，不畏艰难，由此秘径走入，到他洞前，根骨好的收作门人；如是庸俗一流，也必施恩加惠，有求必应，务令遂愿而去。

"话虽如此，但那入口山径奇险，穷山恶水，景物荒寒，仙

150

凡足迹均所不至。这多年来，外人连我姊弟，共只四人到他洞前。一个是入山采药的牧童，因同伴被虎狼所杀，逃窜荒山，并还只到入口，人便伤饿待毙，吃那毒蛇转世的门人小童姬蠆救往洞前。他见牧童相貌奇丑，恰又姓韦，一时心喜收下。这便是他门下三怪徒中的韦蛟。一个是由入口危崖吃仇人推堕的药夫子，因会武功，攀藤下落，负伤未死，居然寻到谷口，经他发现，带往洞中治愈。因那人年已四十，根骨太差，只给他服了两粒灵药，给了他一小袋沙金，并助他将对头杀死，不曾收到门下。另一怪徒吴蛛，乃他昔年山外所收，并非自己投到的。此外只翼弟受愚误入，我为救翼弟，到他洞前一次。

"他见入口险阻隐秘，年时这么久，共只有限来人，而我来去均由山北云壑，未经秘径，自来放心。不特不曾设防，来者便是道术之士，如肯服低认过，也只略微奚落，或是吃他留难，恶闹一阵，放走了事。若不深入谷中禁地，他连面都不现，只把洞前一片最灵秀之处隐起，任其自去。诸位既分两路前往，最好一路装作玩景，由此秘径走入，相机行事；另一路约定时刻，往九盘岭救人。先后在个把时辰以内发动，成功无疑了。"

跟着，九姑便把途向、形势详为说出。并说入口秘径隐僻非常，由其引路同往。阿童道："你那真形被妖僧禁摄在九盘岭，与我这一路同行，岂不要好得多？"九姑方迟疑，宝相夫人已先接口道："九姑实是可怜，尚有难言之隐。小神僧与诸位道友仗义怜助，请照所说而行吧。"

金、石、甄、易等六小弟兄听九姑一说，猛想起自己洞府，正是道家西南十四洞天中最好的一处。只因仙示隐微，略示玄机，仅推测出在云贵苗岭一带。仙柬又有'别府暂居，便宜行事，任意所如'之言，好似寻到也难久居，尚有奇遇。一行先曾遍历西南诸省，后又去往各处名山寻访，终无所遇。正想乘赤身寨之行重新查访，不料竟是妖僧所居，地名金石峡，也与金、石二人暗合。全都心动喜慰，闻言立允。

宝相夫人便请金蝉转告唐家婆，回去要守口保密。新庵地势更好，无须移回。以后也不可来地穴通路窥探，只等自身功行使命完满，定必助她转世重修。又将开府前紫玲抽空省亲所留灵丹赠了两粒给唐家婆。唐家婆见已因祸得福，自是感慰。宝相夫人仍不放心，又请七矮行前将土穴入口封堵。众人应声辞出，如言行法，封闭前半入口，并运石土堵塞，移了两株藤树植在上面。

云九姑随请众人同去庵中小坐，略进酒菜再走。众人见她尚是元神，唐家婆摄形之法也还未撤，便随往庵中一看。九姑原身被一幢银光罩定，闭目盘坐当中庵堂之内，比起元神更加美艳。再吃防身宝光一照，越发玉映珠辉，容光照人。神态也极庄丽，不带丝毫邪气，看出功力甚深。旁门中人，又生得那么妙姿丽质、美艳如仙，居然有此成就，平日洁身自爱，可想而知。方在暗中赞许，元神忽隐，宝光遽敛。九姑真身立即睁眼起身，重又向众拜谢救助之德。众人谦谢欲行，九姑说："庵中存有好些酒菜，均是海外和黎母山中产物。唐道友禁制已撤，正往香厨赶制此庵特有的素面。"坚请少留。众人多日未尝烟火之物，庵中素面又负盛名，主人意诚，便不再拒。九姑随向另室取了好些水果食物，连同黎母酒，捧来请用。众人问知这酒纯是百十种奇花异果多年酿成，不杂滴水。还未入室，已闻酒香。端杯一尝，果是佳绝，竟不在仙府珍酿以下。水果虽多海南名产，无甚珍奇，但均是异种。内中荔枝、龙眼、榴莲、凤梨之类，不是汁多实大，便是格外甘芳。尤其荔枝圆径竟达两寸以上，核小如豆，本香之外还带桂圆香，肉厚寸许，既甜且脆，味更腴美。食后芳腾齿颊，经久不退，不禁同声赞美。

九姑叹道："闻说峨眉开府，不特仙裳如云，美景无极，为千古未有之盛况，便待客饮食，也皆仙厨珍异，人间所无。只恨不似秦姊姊福缘深厚，当时虽未预其盛，日后终列门墙，尽情赏玩。至今向往宫墙，时萦梦寐。似此荒服微物，何足挂齿？"

众人正要答话，唐家婆已用大木盘端了十碗面走来，放下便走。众人一吃，果然味美。尤其阿童自幼持斋，尽管道法高强，几曾吃过这等精美素食。石完更是初经，食量又宏，先前大啖酒菜已是喜欢，再一吃面越发高兴，晃眼下肚。九姑知他意犹未尽，正说还有，唐家婆已二次端进。金、石、甄、易、灵奇等七人均不再添，只阿童添了半碗。

甄艮见石完吃相太凶，方要说他，石生拦道："我最喜石完天真。他初次出世，好些多未经历，我们又从来不存心弄饮食吃，难得遇到，他既有兼人之量，由他尽兴一饱吧。"石完本要停箸，见师父闻言笑诺，重又吃起来。一面狼吞虎咽，一面偷看师长眼色，形状越发丑怪。众人都忍不住好笑。石完以前受过祖训，只要出诸师长，喜怒皆是恩泽，决无违忤，因此最敬师长。但是天生特性，从不受人轻侮，边吃边想："师长、师兄笑我无妨，你这怪女人表面劝我多吃，如敢笑我，离开师父，叫你知道我厉害。"心疑九姑笑他，偷眼一看，九姑不特未笑，始终诚敬，待如上宾，并不以自己年幼丑怪，行辈较低，稍存轻视。再看灵奇，也是平日随侍师长恭谨神色。一路上对于灵奇本就亲热，心里说："师兄真好，这女人也不惹厌。"由此对九姑大生好感，遇事便以全力相助，不提。

众人吃完，九姑又取两个竹丝制就的小篮，将石完爱吃的鲜果装满带上。方照前策，别了唐家婆，一同起身，往前途飞去。

第五回

一径入幽深　紫曳青萦　仙山如画

孤身逢诡异　龙飞电舞　晶瀑传真

众人的剑光迅速，不消多时，便到苗岭。九姑见天还未亮，便请众人暂停，向阿童、二甄师徒四人详指娄山关九盘岭的地形、途向，请其先行。并说最好暂在当地隐伏，等把金、石诸人引往金石峡秘径，赶去见面，再行下手。如赶不到，或看出事情容易，便在未申之交破法救人，以备双方同时发动，使妖僧无力兼顾。又将鲜果分了一篮与石完带去，另一篮交与灵奇，请大家随意吃些。众人见她意诚周到，便令灵、石二人接过，分途行事。

阿童等四人去后，九姑随说："妖僧邪法厉害，诸位道友自是有胜无败。我真形已被摄去，恐其情急反噬，受他暗算，再往前去，便须隐却身形了。"金蝉道："这个无妨。本门隐形法甚是神妙，对方决查看不出你的行迹。等引我们入了秘径，你自赶往娄山关，我们算计你快要到达，再行出面便了。"九姑为人谨慎，知道妖僧厉害，真形被摄，本心是想金蝉赠她一道附身隐形灵符，便可万全，只不好意思开口明索。及听这等答法，暗忖："彼此道路不同，已出大力相助，怎不知足，还要求全？万一他本门灵符不应传诸外人，不允相赠，岂非扫脸？好在仇敌骄狂，事出不意，此时也许正在炼法入定，只要天明前赶到，当可无碍。"便未再说。当由金蝉等行法隐形，加急前驶。赶到云雾山后，九姑暗幸天还未亮，忙引众人飞入，将那几处极隐秘曲折的螺径山环走完，到一暗洞之下，方始匆匆辞别，往九盘岭飞去。众人见她神色惶遽，行时只打手势，连声都不敢出。

那条秘径果是难行，不特上下回环，而且到处榛莽载途，灌木怒生，险阻非常，歧路更多。有两处地方已因年久山崩，将路堵塞，还须经由崖石裂缝，以及高和宽都仅有三数尺的黑洞之中穿越过去。即此还是妖僧特意开通，以待与他有缘人犯险走进，不然简直无路。妖僧这条路又只留备常人通行，上空依旧设有禁网，由上飞越，立被警觉。众人如非有人引路，照样不易走入。好在前半艰险，易于走迷的一段已然走完，前行更无歧路。穿过洞去一看，晓色迷茫中，现出一条弯长峡谷，谷径尚宽。沿途野草怒生，蛇虺伏窜，又在将晓之际，景物更显荒凉阴厉。众人在杂草上缓缓飞驶，行约七八里，快到尽头，方始寻见九姑所说一条又深又窄的断崖夹缝，一同飞入。内里深约数十丈，暗如黑夜，仰视上方，断断续续微现一痕天色。又进数里，地势逐渐高起，裂缝也自展开，阳光下照。知将达到，各自戒备，飞出口去一看，地势忽然开朗。

前面大片平原，三面奇峰错列，由各峰崖缺口处挂下大小七八道飞瀑。有的匹练横空，雷轰电舞；有的玉龙倒挂，银蛇斜飞；有的珠帘十丈，雾涌雪霏，玉縠千层，流霞绮散。到了山下面，再汇成大半环清溪，绕峰环野而流。泉瀑溪流之声，合成一片潮音，因地广大，只觉幽籁娱人，并不聒耳。全峰崖上全是黛色深深，吃水光一映，老远便觉凉翠扑人眉宇。这等幽旷所在，偏生着不少花树。最妙的是桃、梅、玉兰、山茶之类同时盛开，

155

偏都因势散植，各具形胜。崖上更多奇峰怪石，俱不甚高，云骨撑空。间以修竹古松，陪绕其间，倍饶佳趣。那条溪流广约三丈。两侧一面是峰崖，一面是一行粗约三四抱的玉兰花树。树下生着不少山茶，花朵甚大，好看已极。

沿溪往右，行约二里，忽一奇石阻路，碧苔如绣，上面满是倒生兰蕙。花正盛开，长叶下垂，宛如人发，人在数丈以外，便闻幽香。那石一角突伸，压向水上，远望仿佛连溪隔断，路已尽头。近前一看，底部竟突出一段，约有二三丈宽，不曾沾地。近溪一段，离地更高约丈许，形成一个四五丈深的石洞。两面石上，垂丝兰叶，长者竟达两丈，丝丝披拂，恰将洞口遮住。众人早听九姑说过，这便是妖僧所居金石峡入口。昔年并无此石，经妖僧在别处移来，为防外人入内，并设妖法禁制。来人如在峡外流连观赏，不遇妖徒捉弄，或者无妨；只一进洞，峡中设有照形邪法，立看出来人行迹。如是常人，他便放其自进；如系道术之士，不问是否有心相犯，上来便先尽情侮弄个够，再问明来意处治。

众人来时，本定四人一同现身，引妖僧出来。到后，石生忽用本门传声告知众人：且勿同进，将灵峤三仙所赠金牌交与金蝉，以免宝光外映，被其看出。令金、二易、灵奇四人留在外面隐伏，装作新从师修为不久的道童，无心误入，看他如何，再作计较。

金蝉因闻妖僧邪法甚高，先觉石生一人势孤。继一想："同门中只自己和石生福泽最厚，开府以后，法力更高，后援近在洞口，决可无害。九姑等想还未到九盘岭，正可借此拖延时刻。"石生又用传声力请不已，只得依他，略微商议下手应援之策。

石生人甚机智，特意飞回原来路出口处，方始现形跑出。故作发现异景惊奇之状，一路东张西望，左折右转，欲前又却了好几次。最后才装作爱玩溪流花树，沿溪往前走去，装得极像。石生身材矮小，本似十一二岁幼童，又生得粉妆玉琢，行动天真，谁一见他，先就喜欢，众人全被引得好笑。因石生行时曾说静俟传声，方可下手，当地景物原好，便各在外流连等候。不提。

石生行近崖石之下，并未直入洞去，又假装观看了一阵，方始暗中戒备，试探着往内走进。九姑所说入口两层禁制竟未发动，容容易易便穿了过去。只出洞口时，似见右侧临溪　面有片青光，略闪即隐。看出是妖僧隔断水陆两面的禁制，分明误认凡人到此，特意撤禁放入。心中暗喜，假装见光警畏，立定不前，先用传声告知金蝉："我已穿洞而过，未遇阻碍，行即深入腹地。照我观察，决不妨事。"

说罢，一看形势，相隔半里，现出两条谷径，一条便是沿溪来路的上流发源之地，左侧这条谷径甚宽。一面是危崖峭立，甚是雄峻；一面尽是高高下下的奇峰怪石平地拔起，时断时连，参差位列，顺着谷径排向前去。比起外面所见还要灵秀清奇，石色如玉，寸草不生。时见古松二三，由峰腰石隙中盘拿夭矫而出，粗均合抱以上，宛如龙蛇飞舞，铁干苍鳞，势绝生动。梢头一段，又似亭亭华盖撑向当空，美观已极。两峰中断处，更有翠竹奇花点缀其间。再往前走二三里，谷径越宽。忽往右折，迎面一座十来丈高大的玉石牌坊，上有"金庭玉府灵岩十四洞天"十个朱书古篆。刚过牌坊，便闻清音娱耳，声如金石交鸣，自成幽籁。石生听出是泉瀑之声，方觉与仙府仙籁顶灵泉之声相似，猛又瞥见七八道青光一闪而过。再走不远，各径忽又回折，地面直似一片整块的黄玉。左崖苔藓益发肥鲜，上面满生瑶草琪花、灵芝幽兰之类。山光如绿，岚气欲活，花林处处，五色缤纷，景愈

157

繁富。右侧石峰已往远处展开，势更孤高奇秀。遥望各峰腰上，时有白云如带，环绕浮旋，因风舒卷，美不胜观。只前面快尽头处，有一孤峰矗列，往右侧花林穿入，伸向远处。左崖也向峰后环抱过来，蜿蜒二三里，吃两座高峰挡住，便不再见。

石生心想："前面峰后便到尽头，景物如此灵秀，怎会一人不见？"边想边走，不觉转向峰后。乍看危崖绣合，除正对孤峰凹进一片，像个崖洞外，别无他异，也未见人。方觉古怪，猛觉峰后瀑声有异，忙一回看，奇景立现。原来那峰高只三丈，本是色如黄玉，峰后一面，通体却是苍苔密布，峰势甚奇。前半玲珑剔透，孔窍甚多；后半却是平直削立，顶上圆凸。离顶五六尺，忽往里凹进一条横长丈许的裂口，宛如巨吻开张。那条瀑布便似天绅下垂，整整齐齐直落峰脚一条凹槽之中。水槽与地齐平，长也丈许，宽只尺余，恰巧不多不少，将那瀑布接住。槽为瀑掩，不知多深。妙的是那么大瀑布，望似长镜高悬，银虹倒挂，偏不见一丝水雾溅珠，槽边也无水湿之痕。瀑声铿锵，如笙簧交奏，汇以金鸣玉振，不似常瀑，轰鸣震耳。

石生方讶："这瀑布怎会如此平莹？凭自己的慧目法眼，竟未看透瀑布后面苔痕石色。"猛觉那瀑布直似一面极高大的晶镜，里面竟有人物影子闪动。再定睛一看，不特影子越真，并和走马灯一般不住变幻过去：先是大片高山林野，好似来路经行之地，有一极淡的少女影子正向前急飞，眼看快到前山，忽由斜刺里飞来一片暗赤光华，少女真形立现。刚认出那少女竟是黎女云九姑，紧跟着又是两道青光交驰而去，同时现出两个相貌奇丑、穿着非僧非道的怪人，双方斗在一起。九姑神情似颇惶急，幸而法宝甚多。先只往前冲逃，相持了一阵，见难脱身，方始施为，连破了敌人两件阻路的法宝，怪人也受伤败退。九姑虽获全胜，神

158

情反更惶急，竟舍原路，落荒疾驶飞遁。飞出不远，忽又回转，追上两怪人，却不再动手。正在互相争论，忽然双方分途。九姑神情转佳，仍往原途飞去。同时另现出谷外景致，石生正由出口跑来，所有做作经过全数现出。此外，九姑仍是一人，在乱山中向前飞驰不已。金、石诸人却一个也未现形。石生不禁暗赞，本门隐形法真个神妙。眼看自己已由入口走来，快要到达当地，方想："妖僧摄形照影之法，果有异处，九姑这等情势，必入险境。所幸阿童等人未现，但盼能够赶上会合，或可无事。照影邪法既然发动，怎会无人？先见崖凹正对瀑布，似一洞穴，莫非连人隐去，却加暗算不成？我早有戒备，难道怕你？"心念才动，一片烟光闪过，瀑布立复原状，影迹皆无。

同时闻得身后有人唤了声："娃娃！"石生忙即回顾，只见面前站着一个瘦小枯干，面黑如漆，却生着一双火眼的怪人，正是先前和九姑对敌未受伤的一个，料是癫僧门下妖徒。见他身材比石完高不多少，却喊自己娃娃，又生得那等丑怪，不禁又好气又好笑。俊眼一瞪，故意问道："你是人是鬼，还是怪物？突然出现，先前怎未见你？还敢无礼，谁是娃娃？你真像个活鬼。这是什么地方？"

小黑人见石生发怒，并不生气，反笑嘻嘻凑近身前，笑道："我见你年轻才喊的，你莫生气，我不喊就是。这里地名，你来路牌坊上有字，想必认得。现在又叫癫师谷了。我名姜黑。师父神通广大，千里内人物动作宛如掌上观纹。适才瀑布上现出形影，你也见到了，俱是实景，那便是我师父的法力。

"我和二师兄迎敌的是一黎女。因她有一兄弟来此盗药犯禁，被师父擒住，她来救过两次，均遭惨败，又不肯用宝物来赎。末一次被师父摄了真形，禁制起来。本定一年之内不听良言，便下毒手。她不知逃往何处隐避了些时，今日忽在近山一带出现，恰被二师兄偶然行法查看发现。一面通报师父，一面和我由这瀑布中水遁赶去，拦向前面。本是好言劝她降服，不料她欺我师父不在，毁宝伤人，想要逃走。后又觉出真形受禁，一逃更是死路，知她行迹必被师父查知，故意回身和我们讲理，说师父已然限有时期，现未逾限，为何食言作难？如有本事，她三日之内定有人来破法报仇，问我师徒可敢放她逃走？后来师父传声令其自去，实则知她快要一年不见，突然来此，必有诡谋，故意欲擒先纵。果然查见她要往一处闹鬼，救她兄弟。她已发动，自不能算师父违约。

"因见你到此，不知是甚来路用意，多挨了一会，方始要去。照师父说，他自修道以来，从未见过你这样的好资质。虽见你行动天真，沿途东张西望，像是无心走来，但你来路十分凶险，即便与我师父有缘，能够勉强到此，人也九死一生，决不似你这等干净，胆又这么大。越看越觉可疑，断定此来纵非仇敌所遣，也必有原因。但那边的事关系颇大，必须先往。依了二师兄之言，本想先将你擒住。因师父见你根骨虽好得出奇，仿佛道术已有成就，终觉年纪甚轻，看来时情景，不似有甚伎俩；再说本山禁制周密，稍有不合，立可擒住；大师兄又催得紧，我再一说好话，才未给你苦吃。命我暗中监察，相机行事。

"师父走时，你刚快到峰前，我实爱惜你这人，恐你到处乱走，误入禁地，就师父不要你命，也须受上许多活罪，还不知他何时回来。幸而师父为人奇特，法令虽严，只要不预先招呼，便可任性行事。尤其是一经交派，即有权力处置，不容第二人过问。此时除非师父回来，便两师兄也不能丝毫阻止我。于是我先把瀑布发出异声，引你回顾，再将经过重新现出，使你知道厉害，就便暗中观察你的来意。虽还不曾得知，但这灵泉照影十分神妙，只是师父、师兄均是行时匆迫，不暇推详。我自你一现便留了心，适才行法察看你以前行踪，仍由来路崖缝裂口突然出现，以前形影竟未现出。师父、师兄本就疑心，回来又见你来路如此隐秘，定知我师徒的底细，就不为仇，也是想盗本山所产灵药而来。只因你知我师父禁制厉害，又有昔年信条'常人到此，不与计较，反倒降福'，行到崖口，故意现身，假装凡人走入，以便明偷暗盗。

"这里自来不许外人占便宜，除非来的是常人，或是有心拜师。只要来人原有师父，或是道术之士，决不容其善走。你分明是看我师徒不起，又想取得这里的灵药奇珍，行径诡诈，上门欺人，最犯师父戒条。等师父事完回来，察知详情，你便不死也去一层皮，如何禁受？我此时本有权力，只教你一套话，便可放走。一则，我自见你，便极喜欢，不舍你走。二则，二师兄适才不听我的良言，执意和那黎女为难，逼人太甚，平白毁了两件法宝，人还受伤，因此恨极云九姑。除非她肯献宝，嫁与师父，否则休想活命。你来得恰是时候，致生疑心。他平日最喜捉弄生人，性又忌刻。我初来时，幸遇见的是大师兄，如遇见他，就不敢违背师父信条，也必遭走，不会引进，有今日了。如此我才现身，想和你商量。我师父法力甚高，不久便可取还本山旧存的末几章道书，神通更大。我料你必已拜师学道，受人怂恿而来。目前已入险境，危机四伏，一触即发。我也不问你来意如何，只要肯拜在我师父门下，不特救你免难，并还能够得到不少好处，我也得一同门好友，不是好么？"

石生留神察看，对方相貌虽极丑怪，人却天真和善，根骨也好，不带恶质。对于自己更是惺惺相惜，一番好意。便不肯去伤他。正想："九姑曾说，癫和尚门下只有三个怪徒：大徒姬蜃，乃救他的毒蛇转世。另外二徒一名吴蛛，一名韦蛟。怎又多出一个姜黑？"随口问道："你师父门下，连你共有几个徒弟？各叫甚名字？"小黑人笑道："连我共只三人。你这么好资质，如肯拜师，定比我还爱呢。"石生脱口又问道："你不是姓韦么，怎又姓姜？"小黑人面色骤变，急道："如此说来，你不但是奸细，必还与黎女一党。否则，我不似二师兄，拜师以来轻不在外走动，今日遇敌动手，还是凑巧；我们照例在外不说真实姓名、来历，只云九姑姊弟和有限两人知道。你如真是她同党，你更是死数。还不快说实话，趁师父、师兄未回，也许还可设法救你。"

石生见他已然识破自己的来历，仍欲暗助脱身，毫无加害之意，觉着左道门下有此存心，也是难得，不由更生好感。心想："自己本为好奇好胜，独身犯险，相机行事，引癫僧出门，未把对方放在心上。现在九姑行踪虽吃癫僧警觉，大家所约时限已到，阿童等四人必已下手。此系癫僧根本重地，有警定必赶回，一样可使其手忙脚乱，不及兼顾。"便喝道："那你定是韦蛟了。我从小随师学道，不是被人吓大了的。你且说说这里厉害与我一听，也许我看你虽在左道门下，不似奸恶一流，还救你呢。"

小黑人道："不错，我名韦蛟。姬蜃、吴蛛皆我师兄。你休大胆，这里共有七层禁制，便这正对洞门的瀑布，也有极大威力妙用。本来你可早被我擒住，只因不愿伤你。这里和娄山关九盘岭设有仙法，我师徒四人往来两地，神速如电，晃眼即至，并且所设埋伏均有感应。如肯乖乖受擒还好，万一持有甚厉害法宝、飞剑，或是略知大概，强行相抗或想冲逃，师父、师兄立即警觉赶回，岂不是糟？你哪知厉害呢！"

第六回

戏妖徒　洞天逢良友
援黎女　穴地斗癫师

石生闻言，暗中传声告知谷外诸人："癫僧已先发现九姑，现已赶去。谷中只小妖徒韦蛟，人尚不恶，正在探询。请金蝉做主，还是先援九姑，或是仍在外守候，由自己将癫僧引回，仍照前策行事？"

韦蛟见石生说完未答，又急问道："你叫什么名字？师长是谁？云九姑怎会请你相助？是否还有余党？怎不快说？"石生笑道："我姓石，来历你是不用问。既然来到，决不怕事。想我依你也行，但须显点本领，使我心服口服才可。否则便你师父肯放我，我还恨他欺逼好人，不肯饶他呢。"韦蛟闻言，先似发怒，手掐灵诀，已然举起，略一寻思，手又放下，改容劝道："不是我不肯试与你看，是恐你禁受不住，一旦发动，便须将你擒住，非等师父回来，不能擅专放你。如真非试不可，我仍施展照形之法，看那黎女身受是甚苦楚，与你看个榜样如何？"石生闻言，正合心意。

同时金蝉正以传声说："邪法厉害，九姑已到九盘岭，有阿童在彼，自可无事，目前便要往援也难寻踪。你要探询妖徒口气。"石生一面点头，一面催妖徒行法。仍以传声暗嘱金蝉说：

"韦蛟本是好人，误入旁门，少时不宜伤害。探询甚易，只请暂勿走进，以免触犯谷口禁制，被其警觉，不肯再现详情。"说时，韦蛟已如法施为，并说："我此举虽可推说师父不回，黎女关系紧要，急于知她被擒也未，有无大援在后，二次行法，有词可借，终是徇私。你如知厉害，望你听我的话。万一师兄突然赶回，更不可露出我想帮你的口气，以免害我。"石生笑答："这个自然。"

二人话未说完，青光闪处，瀑布景物又现：开头仍是先前人物境地，只九姑一人飞行乱山之中。前面不远，峻岭横云，危峰刺天，峭壁千寻，下临无地。山间蹬道蜿蜒如蛇，形势十分险恶，颇似所说九盘岭境地。九姑快要飞近，刚由万分惶遽之中现出一点喜色，忽似有甚警兆，遁光立即停歇，反往回路和两旁挣脱，面容也骤转惨厉，周身俱是各色宝光环绕。却看不出九姑的敌人是谁。九姑却似被大力吸住，连挣几挣未挣脱，晃眼被那无形潜力牵引了去。石生对韦蛟道："要我依你容易。适见瀑布现形，如走马灯一般，甚是好玩。还有云九姑法力甚高，我分明见她得胜飞走，你却说你师父法力高强，欲擒先纵，我也不甚相信。我是她约来的人，她如今被擒服输，我自心服，否则以后拿甚颜面见人？你何不再使瀑布现形让我看，只要看出她已降伏，我便依你如何？"

韦蛟略微寻思，道："此举实是犯规，不知怎的我会这样爱惜你。好在此时由我做主，便二师兄赶来，也有话说。现与你看无妨，不过话要算数，不可骗我。还有这里埋伏甚多，禁制神妙，你不触犯它，就你骗我，说了不算，我仍可设法助你逃生。云九姑并非弱者，既肯约你相助，你又如此灵秀，想必有点来历。如若倚仗师父法宝，生事犯险，你那身受固是惨酷，弄巧还连带我也受害，却来不得。你的名字、来历肯先说么？"石生道："我的姓名、来历迟早必说，现在还不到时候。你只要现出九姑降伏行迹，甚事都肯依你。至于连累你受害一节，那决不会，也许你还得点益处呢。"韦蛟道："但愿你心口如一便好。黎女一定被擒无疑。其实她今日如直飞九盘岭，天未明前师父正在入定，没想到她，也许能和她兄弟隔着洞门说几句话。她一听出厉害，赶急逃回，在约期以内尚可无事。不知为何要往本山附近走动，恰在瀑布照影圈内。　经照出，任走何方，只要在三百里以内，全能看见。何况去的又是九盘岭，哪能逃脱呢？"

韦蛟说完，手指处，瀑布重又现出景物，紧接先前九姑逃时情景：九姑神色甚是匆遽，飞行绝快，沿途峰岭泉石，似电掣一般相对交驰。飞不一会，九姑忽似有警兆，吃了一惊，当时慌不择路，急转遁光，朝着去峨眉一面飞走。飞不多远，瞥见一片极轻微的烟光一闪，九姑似已受制，面色越现惊惶。在空中强挣了两挣，未挣脱，重又回身，仍朝原路飞行。快达前面高峰危崖之间，忽见阿童等四人现身，看神气，似未觉出九姑已为妖法所制。见她未停，石完首先追赶。九姑受制，身不由己，强挣着倒转身来，张口急喊了两句。一片青光闪过，人忽无踪。石完也已回转，阿童等并未追去，身形忽隐。

耳听韦蛟惊道："这四人必是九姑帮手，隐身法竟也如此神奇。"石生忙问："你可听出云九姑说的话么？"韦蛟脱口答道："我们自家人自然听得出。她叫那身有墨绿遁光的小怪人千万不要追赶，必须请小神僧行法隐形再去。看神气，必是师父在内，觉出来了强敌，将她加紧擒去。只是这四人定必厉害，隐得这么快，不知师父察见也未。这事真怪，怎都是小孩？又有这么高隐形法？"说时，猛想起石生正是敌党，隐形也极神妙，立即改口道："隐形法虽妙，那铁壁洞石壁百丈，其壁如钢，加上禁制严密，想要救人，岂非做梦？你看底下，就知厉害了。"

说时，瀑布上面景物忽变：现出一洞，广约五六丈，内里孔窍甚多，小的也有一人高下。当中一座法台，大只丈许，四周画着不少符箓，并无幡幢等法器。台中心坐着一个相貌奇丑、肤色如漆的矮胖秃僧，身侧立着一瘦一胖、穿得非僧非道的妖徒。台前一根石笋，高约四尺，九姑独立其上，满脸悲愤之容，正和秃僧争论，秃僧面带诡笑。旁侍二妖徒中，胖的一个戟指九姑，似在厉声喝骂。石生问知韦蛟，中坐便是乃师癫僧韦秃。旁立二徒，瘦的是大徒姬蜃，胖的是吴蛛。方想："这胖子的神情最是凶横可恶，阿童等四人此时当已深入，怎不动手，容他猖狂？"忽见吴蛛朝癫僧说了几句，刚要下台，吃姬蜃止住，互向癫僧争论。癫僧面容骤变，手朝外一扬，立有丈余长一条青光悬向台口。

石生只见对方嘴动，听不到说话，九姑已为邪法所制。因阿童等四人不见，石生方觉气闷，忽听韦蛟惊道："师父听了二师兄谗言，因九姑不肯降服，正要炼她真魂。大师兄力劝说：'九姑到前，四个敌人隐形神妙，大是可虑。九姑又曾来本山走动，以前行踪并未照出。此女隐迹经年，忽然来此，必有能手相助。虽然娄山关和这里禁制重重，终以谨慎为是。最好还是先把外敌行踪察知，免生意外。'师父本来自恃禁网周密，没把来人放在心上，听大师兄一说，忽然想起你今日来得可疑，现正行法察看敌踪和这里情景。你千万立在这里，作为被我制住，如有来人，随我口风答应，或能免死，否则连我也无法救你了。"

韦蛟说时，石生已得金蝉传声相告：现正隐形埋伏在外，一得石生招呼，立即冲入，里应外合。同时瞥见瀑布上面青光起后，妖僧接连行法施为，并无迹象现出，意似愤怒。刚刚起立，咬破舌尖，一口血光喷向青光之上。倏地一溜墨绿光华疾如闪电，突在台前现出，略一闪动，石笋立断。九姑立现喜容飞起。癫僧师徒见状大怒，纷纷扬手，无数青色光箭刚似暴雨一般飞出，九姑头上又有金霞微闪，连那墨绿光华一同隐去。癫僧似不料来势如此神速，只这瞬息之间，便连人带元神一齐救走，并且敌人形影一个未现。当时又急又怒，手指处，立有两幢青光涌起，将癫僧和姬厘一齐护住。同时手掐法诀，四外乱发，全洞立被青色焰光布满。更有无数青色光箭朝上下四外石壁及地底射去，一闪不见。当时成了一片青焰火海，那么坚厚的石洞都似受了震撼，看去声势猛烈非常。跟着癫僧说了几句，二妖徒吴蛛立往台前所悬青光中投入，连人带光一闪不见。

韦蛟惊呼："九姑被人救走，师父已将全洞禁制发动，来人和九姑姊弟十九难于活命。总算运气，先前专搜敌踪，不及察看这里。现命二师兄回来，察看有无敌人到此，就便助我留守。你如肯降服，由我引进拜师，再好没有；如真不肯，此时逃走还来得及。二师兄一到，你万难脱身了。"

石生早看出先现墨绿光华乃是石完，九姑已被阿童用佛光隐护救走，癫僧师徒决无幸理。因这一会暗察韦蛟人甚纯善，心颇喜他，不愿令其同败。便笑答道："你倒好心，但我来此，你师父已然查知，就此一走，不连累你么？我看癫僧极是骄狂，今晚敌人从容入室，将人救走，他连影迹都未发觉，只是乱用邪法，有甚用处？今日必定凶多吉少。你虽误入旁门，心性颇佳，何苦与之同归于尽？莫如随我同走吧。"韦蛟急怒道："你说的是什么话？既敢放你，便豁出受责，自有担待。我非师父，哪有今日？我不肯迫你拜师，便因不肯引人不义，如何反来劝我随你？休说

167

师父玄功变化决不会败，万一事出意料，谁害师父，我便和他拼命，不报此仇，至死不休。你看二师兄已在途中，你此时便逃也是无及，且照先前所说，随我答应，碰碰你的运气吧。所有禁制埋伏，他全能运用，只要逃得过他毒手，挨到师父回山，由我苦求，便有指望。你如真不听话，那也无法。你叫甚名字，总该对我说了吧?"

这时瀑布上又换了一番景象：妖徒吴蛛全身青光笼罩，御空飞行，从对面驶来，势绝神速。青光中好似附有一丝灰白色的光影，其细如发，不时隐现。此外一片溟濛，不见一点山石林木影迹。石生以为飞行太快所致，一听韦蛟又问姓名，随口答道："我名石生，少时再对你细说来历吧。"韦蛟方答："二师兄就到，等我收法，你装作和我谈天便了。"随说，随将光幕撤去，瀑布复了原状。

韦蛟便拉石生同去左侧右墩上坐定，说道："你既受人指点，来此拜师，我必为你引进便了。"石生见他说时连使眼色，状更丑怪，料知吴蛛将到，对方必有传声之法。心中好笑，便逗他道："你不是说，等你师兄来时，我才跟你说鬼话骗他，好放我逃走么？此时人还未来，你捣鬼做甚?"韦蛟闻言大惊，忙打手势，故意喝道："你这娃儿实在顽皮，先前虽然和我商量，此时知道二师兄对师父忠心，人又耿直，故意引他发急。却不想此时黎女正引人来寻仇生事，紧急之际，如何可以闹着玩？幸亏你资质、人品虽好，却不会什么法术，年纪又轻；否则，二师兄要在此时到来听去，必当你是黎女所约党羽，小命岂不葬送？你怎说了不算？这也是闹着玩的？再要胡说，我便赶你出去，不代你引进了。"

韦蛟话未说完，石生已瞥见韦蛟身后有一怪人影子，略现即隐，不由惊喜交集。闻言越发怄他道："我向来言出必践，已然答应随声附和，哄骗妖徒，怎会说了不算？此时小妖徒吴蛛尚未到来，便要我随你捣鬼，我却不干。"石生明知当地埋伏重重，妖徒吴蛛必已潜踪飞到。韦蛟为了救己，故意那等说法。所以表面取笑，故作不知，暗中原已戒备。及见话未说完，韦蛟面色骤变，好似愁虑交加，怒视自己。正待发话，忽听厉声怒喝："该死畜生！竟敢勾引外来小贼，背叛师长，今日叫你和这小鬼死无葬身之地！"随说，面前现出一人，正是吴蛛。

石生先就觉出三妖徒中，以吴蛛相貌最为凶横，不得人心。这一对面，见他生得面如猪肝，眯缝着一双斜眼，时射凶光，满脸戾气，声如狼嗥，更觉丑恶可憎。暗骂："这等浊物蠢货，也配修道！"正想动手，给他一个下马威，耳听身侧有人发话道："就凭你么？也配！"同时啪的一声。吴蛛正在戟指石、韦二人，厉声喝骂，唾沫横飞之际，不知怎的，左脸上竟吃人暗中打了一掌，半边丑脸浮肿起了寸许高下。吴蛛知有敌人隐形暗算，不由怒火上攻，急得破口大骂。手扬处，放起一片青光，想要将身护住时，不料敌人神出鬼没，捷逾影响，就在他手才扬起的一眨眼间，右脸上又中了一下。这次打得更重，口中黄牙竟被打折了两枚，顺口角鲜血直流。吴蛛邪法颇高，并非无备，一声怒吼，双手齐扬，立有无数青色光箭四下飞射。以为敌人必在近侧，断无不伤之理，哪知并无用处。韦蛟见他隐形窥伺，突然出现，口气那等凶横，知道不可理喻，早在暗中戒备，扬手也是一片青光，连石生也一齐挡住，未使光箭近身。那暗中打人的始终不曾出现。

吴蛛见仇人无迹可寻，韦蛟又袒护敌人，石生又见他窘状而哈哈大笑，益发暴跳如雷。方在喝骂，待要凑上前去下手，忽听身侧有人骂道："无知小妖孽，休要发狂！这两下还嫌挨得不够么？我如不是想看看韦秃子到底有什么门道，敢于欺凌善良，摄人真形，你早被我吊起来了。这还是石道友见你蠢物无知，不屑动手；否则，你已形神皆灭，还说什么葬身之地！"只声音就在近侧，偏看不出一点人影。吴蛛急怒交加，朝那发话之处连发光箭，语声依然忽左忽右，箭光全无用处。怒吼道："何方狗贼，暗算欺人！是有本领的，现出形来，见个高下。"

那人答道："你配和我见高下么？你来时向秃贼进谗，说你师弟韦蛟勾引外人，要秃贼许你便宜行事，一经查出真情，便将这里禁制发动，连韦蛟带来人一齐处死。秃贼虽然不许，说这里禁制已交韦蛟主持，他决不致背叛，不擒来人，必有原因。命你此来，只是相助防守，不许冒失。秃贼向来一经交派，便成专责，纵有不合，也须等他本人回来处置，不许他人越俎。你见进谗无用，路上暗中咒骂，说韦蛟得宠可恶，平日看你不起，早晚必要他命。你到这里后，又用邪法隐身窥伺，见他不肯伤害好人，便想乘机陷害。我看了有气，才稍微给你一点警戒。秃贼伎俩，我所深知，这里禁制与他本身元灵相应，有人破法，立可赶回。方才本想斗他一下，因有几位道友在彼，不好意思出手。随你到此，便为引他回来动手。好在韦蛟勾结外人，已被你发现，再说还有两个对头在此，你代韦蛟发动邪法埋伏，便秃贼到来，也有话说。你本可试上一试，你却并不动手，一味狂吠骂人。你那鬼画符并阻我不住，我一个等不及，便要叫你受活罪了。"

吴蛛明知对头难惹，无如癫僧脾气古怪，言如律令，同是门人，一经交派，便各有专责。又极信任韦蛟，来时分明又用照影之法察知勾结外人，但自己任怎进谗，终不肯听。最后虽令自己回山查看，所重只在相助防守，仍由韦蛟主持禁制。照着规条，

170

非经奉命，不能代庖。就算韦蛟叛迹昭著，也只少时告发，凭着师父喜怒发落。适才只是虚声恫吓，想诈出韦蛟罪状，并将来人杀死，以免对证。不料有人骤加暗算，连挨重打，带受奚落。见韦蛟忧疑胆寒，默坐石上，一面行法护身，一面在想心事，大敌当前，无所作为，越料定通敌是真。愤恨之余，把心一横，怒骂道："何方妖孽，少出狂言！小狗通敌，不肯发动师父仙法，我一样可以运用，豁出受责，先代师父除害，我与你们拼了！"

话未说完，韦蛟忽然想起："今日敌人全都隐形神妙。姓石的年纪甚轻，未见动手，还不知他深浅，隐形打人的分明是个劲敌。二师兄平日虽然忌刻，视我如仇，时加陷害，终是同门。现已见疑，又吃人重打，对方还在叫阵，自己若不发动，岂不坐实罪状，如何分说？自己怎会糊涂到这等地步？"连忙应声接口道："二师兄，我受师父深恩，怎会背叛？只因我爱这位石道友年轻灵秀，欲加保全，才有此失。到时是非自明，师父也必信我。休再多疑，仍由我发动擒敌就是。"吴蛛大怒，啐道："小狗放屁！你见我要发动，打算做过场么？除非你将眼前仇敌全当我面杀死，谁能信你？"

韦蛟急道："师兄不要生气。这里禁制你虽一样能用，但是师父今日已有预兆，曾将法牌交我，擒敌不难。不过石道友无心来此闲游，并无敌意，就有不合，也等师父来了回明再说，不能加害。否则法牌现在我手，我虽年幼道浅，心口如一，你对他如下毒手，我必阻止，你又生气。莫如仍由我下手，先代你报仇擒敌如何？"吴蛛本要行法施为，闻言好似吃了一惊，停手怒喝："师父今日怎连法牌也交与你？难怪有恃无恐。既是师父溺爱不明，暂且由你，我倒看你少时如何交代。"

韦蛟还未及答，隐形人又在旁冷笑道："这么一来，你是不敢动手了。要你无用，先吊起来，看看黑小鬼闹甚花样。"说罢，吴蛛身上忽现出七八道灰白色光影，全身立被绑紧，离地飞起，凌空倒吊起来。白影细才如线，不知何时缠向吴蛛身上，一发现便紧缠身上，深陷皮肉以内，护身青光毫无用处，疼得吴蛛惨号不已。

韦蛟见状大怒，忙喝："石道友，随我一起，免遭误伤。"随由腰间取出一块六角铜牌，朝上下四外连连晃动。先是一片奇大无垠的青色光华，电闪也似突然出现，罩向空中，结成一个穹顶光幕，罩将下来，将全山一齐罩住。同时风雷之声轰轰大作，千百万的青光刀箭由四外飞射而来，更有无数青色火焰自地冒起。除光幕离地尚高，只齐吴蛛吊处不曾再往下压外，所有刀光箭光连同青色火焰，齐向中心涌到。仅只空出峰后不到两丈地面，欲合未合，各自作势攒射，腾涌不休。晃眼融会，齐对中心，当地立成一片刀山火海，精光电耀，明焰星翻，加上风雷之声，甚是惊人。韦蛟戟指大喝道："我向不无故伤人。你这厮仗着隐形妖法，欺人太甚！现我已将各层埋伏一齐发动，你便神仙也难逃命。快将我师兄放下，束手受擒。我师父喜怒不定，碰他高兴，也许还有一线生机。否则，青阳神锋与天罡灵火皆我师父镇山之宝，并非寻常禁法，何况上面更有乙木天罗。我已将你逼向中心方丈之地，一弹指间，你便形神皆灭。你修炼多年也非容易，何苦这样葬送呢？"

隐形人哈哈笑道："黑小鬼，休吹大气。秃贼这点鬼门道果是不寻常，只是无奈我何。我也不是甚好人，无须你好心，有甚本领，只管使吧。误杀了小妖怪却没我事。"语声仍是若远若近，忽高忽低，拿不准一定所在。吴蛛吊在空中，已然疼晕过去。

石生早就跃跃欲试，因想和那隐形人相见，又看出当地埋伏委实厉害，想借此观看怪人法力。及见怪人仍不现形，好似埋伏不能伤他，却也无法破解。而韦蛟见吴蛛尚吊空中，似乎又有顾忌。恐金蝉等不耐久候，心想且把癫僧引出来再说。便接口对韦蛟笑道："这玩意儿真好看，怎你吹了一阵，连人影都找不见？莫是虚张声势，障眼法哄人吧？我倒要试他一试。"韦蛟本用一幢青光连石生一齐护住，闻言忙喝："这试不得！"一把未拉住，石生人随声起，一溜银雨已往光焰海中飞去。韦蛟这才看出石生并非弱者，心中有气，怒喝道："我好心好意想保全你，偏不肯听，闹得二师兄生疑，我少时能否免难还不知道。我向来说了必行，仍然无心伤你。你若真有法力，不妨一试，我也看看你小小年纪，到底有多大本领。你如支持不住，只一告饶，我反正是糟，仍旧放你脱身便了。"隐形人笑骂道："你看他年纪小，真做梦呢！他的来历，说出来连秃贼也须吓上一跳，你这小黑鬼能知甚天高地厚？我不过看你心肠还好，手下留情，不然你也早吊个半死了。"

石生原仗两界牌和剑光冲入，初意自己久经大敌，又有剑光、法宝防身，决可无虑。哪知初上来虽觉光焰力大，还能冲越，及至到了里面，光力越强。韦蛟虽与石生有夙世渊源，自然投契，此时终在敌对之下。先因石生不听劝告，故意愚弄离间，已然不快；再听隐形人那么一说，越发激怒。又见石生法力颇高，意欲迫令服输，便把法牌一晃，光焰逐渐加强。石生先还能够冲突抵御，隔不一会，渐觉刀箭光华虽然射不上身，但是越来越密，上下四外重如山岳，寸步难移。最厉害的是那青色火焰并不炙人，但是冷气森森，奇寒透骨，竟与前在陷空岛战门受冻情景大略相似。方在失惊，忽听隐形人喝道："石道友，此是秃贼采炼乙木精英与南极玄冰合炼之宝，邪法阴毒，恃以横行。你不

173

破它，秃贼正与小神僧相持，不会赶来，如何除他？"

石生头上三角金牌乃灵峤三仙所赠，神妙无穷，威力至大，正是克制乙木纯金之宝。本来遇敌时自能发挥威力，后因枯竹老人指教另加传授，不用时连宝光也全隐蔽。上来自恃，不曾想用，闻言立被提醒。手往头上一按，立有一片金霞似金山一般涌起。那无限青光焰刀本来密集身外，不料金光骤现，轰的一声巨震过处，刀山火海立被荡开，成了一个巨洞。韦蛟自是发急，将牌连指，光焰重又涌上，只是挨着便即冲散。隐形人又喝道："我不动手，要你尝尝峨眉门下七矮道友的味道。"石生接口道："这黑小鬼人颇好，不可伤他。妖师想必就来，干道友快请现身如何？"

原来那隐形怪人正是干神蛛，闻言答道："我此时除你以外，尚不愿与诸位道友相见。黑小鬼果然不恶，你收他做徒弟吧。只是太丑，有点配不上。我吊的这一个却饶他不得。"

韦蛟见二人问答说笑，吴蛛已然疼死回生两次。石生金霞矗立如山，灵雨飘空，金霞罩地，刀光箭雨，青焰挨着便散。对方也不还攻，只望着自己好笑，估量法宝损耗不少。又听石生是师父平日提过的峨眉门下，心正忧急，无计可施。猛听当空厉声喝道："徒儿快收法宝，速往前山等候。我与这班小狗拼了！"语声未歇，倏地眼前一暗，当空青幕敛处，一片墨云电也似急自空飞堕。

第七回

古洞几千春　遍地香光开别府
滇池八百里　弥天霞彩斗癫师

　　干神蛛隐形在旁，见癫僧韦秃到来，喝道："妖僧已来，石道友还不传声合围？"跟着又道："无知秃贼妖孽，在我干神蛛手下，想把你那孽徒救走，岂不是梦想么？"话未说完，那片墨云已快扑向吴蛛身上。就这晃眼之间，只听吴蛛一声惨号，几丝灰白色的光影微一闪动，凭空便裂成七八大块，身遭惨死。断体残肢带着一些肝肠心肺，也不下落，径朝墨云撞去。妖僧本意先救吴蛛，然后对敌。上来看出吴蛛身外勒有几丝白影，邪气隐隐，暗忖："峨眉门下怎会有这等邪法？"心方奇怪，人已隐身墨云之中飞扑上去。本意想用独有的乌灵神火，先将绑人的法宝烧断。却没料到那是蛛丝，收得那等快法，敌人并还利用吴蛛残尸，暗藏土木神雷，就势反击。双方势子都是又快又猛，一下撞个正着，只听一声爆音，血肉横飞，宛如雨雹，当头墨云首被震散了一大片。隐形人语声摇曳，已然飞向遥空，哈哈大笑而去。

　　那墨云乃地底煞气炼成，放将出来，只是一片浓烟墨云。不知底细的人与之相遇，妄用法宝、飞剑迎敌，稍微一撞，立即爆炸，化为千寻暗赤色的烈火血光，将人罩住，稍微疏忽，休想活命。不料干神蛛曾受师父指教，得知底细。虽知阿童、金蝉、石

175

生各有防身至宝，别人却是难说。惟恐甄、易、灵、石完诸人万一疏忽受伤，立时将计就计，先将妖徒勒死，再用法力把残尸往上打去。妖僧猝不及防，几吃大亏。幸是上来志在救人，未怎全力施为，又将火势禁住。虽然收势极快，元气已然受伤。不由怒上加怒，立时现身，不顾先寻石生晦气，将手一扬，飞起一圈青光照向空中。

石生只想收服韦蛟，不愿伤他，并未十分施为。一见吴蛛被干神蛛所杀，不知用甚法宝便隐在残尸之内，破了妖火。妖僧跟着现身，似要往空朝干神蛛发话之处飞去，如何能容。先是一串太乙神雷向空打去，紧跟着一晃两界牌，待要飞身追赶。

妖僧因见吴蛛惨死，连元神也被消灭，妖火毒计不曾使上，反被隐形对头暗用法宝震伤元气，不知干神蛛隐遁神速，快得出奇，怒火头上，方想行法查看敌踪，不料下面敌人小小年纪，这等厉害，扬手便是数十百丈金光雷火打将上来。知道太乙神雷威力至大，不敢硬斗，忙用玄功变化，刚刚遁向一旁，待施毒手还攻，稍挽颜面。眼前倏地一亮，七八道剑光宝光连同一片佛光，分两路电驰飞来。内中一个小和尚，正是先前救走云九姑兄妹的劲敌。妖僧一见佛光，已是惊心。再见内有一人，手指霹雳双剑，化为一红一紫两道长虹，带着风雷之声，当先飞到。头前更有一只玉虎，口喷银花祥霞，精光激滟，灵雨霏霏，竟看不出是何法宝，如此厉害。再加上众敌人的法宝、飞剑，一时剑气冲霄，金霞盖地，光芒万丈，照耀崖谷。还未近前，各人的太乙神雷已连珠般打上身来。暗忖："这等猛烈形势，从来未见，任凭自己精擅玄功变化，法力高强，也难抵敌。何况敌众我寡，内有数人，刚刚见面，不知深浅，所用法宝、飞剑已有如此威力，道法高强可想而知。"不由心惊胆寒。知被佛光照定，众人再一合围，万无生路，忙纵妖遁，破空逃去。

众人还待追赶，妖僧已经一闪即隐，不知去向。又听石生在下面疾呼："小神僧、蝉哥哥，你们快来，我有话说。"众人飞落一看，妖徒韦蛟怔怔的，满面惊疑之容，站在当地，眼望石生，一言不发，去留两难神气。石完见韦蛟生得和自己差不多高，相貌也一般丑怪；又见石生与他笑容相向，不似敌人。由不得心生喜爱，纵将过去，伸手便拉。石完行动鲁莽，韦蛟误当擒他，立纵遁光往侧闪避。阿童后到，佛光尚未及收，一见韦蛟相貌丑怪，所用遁光又是邪法，与前遇妖僧同一路数，当是余孽，想要漏网，将手一指，佛光便罩了上去。韦蛟知难逃脱，不愿身落人手，刚急喊得一声："师父！"待要施展邪法自杀，猛觉佛光透体而过，当时机灵灵打了一个冷战，佛光照处，禁法全解。石生恐有疏失，恰巧飞身赶来救护。韦蛟猛然警觉，想起拜师以前所遇异人以及前生经历，恍然大悟。同时阿童佛光也被石生止住，收了回去。韦蛟便不再倔强，随向石生扑去，到了面前，口喊："恩主，想死小畜了。"

石生还在奇怪，韦蛟随由胸前取出一枚玉环，大只寸许，哭诉道："恩师转世多年，当已遗忘。此是恩主昔年所赐旧物。本来小畜前因已昧，幸蒙极乐真人恩怜，说师父前生所习不是玄门正宗，转世之时，真人恐怕来生又入歧途，特用仙法，使恩主在道基未固以前，不再记得前生之事。小畜自恩主兵解，愤而自杀，投生在一个苗民家内。生时，右手握着恩主所赐玉环，自知转世为人，犹记前生。为避苗民伤害，一直装呆。三岁上父母双亡，虽解前因，无奈无甚法力，受尽欺凌苦难。每日望天号哭，想寻恩主，年纪太小，不得远行。

"好容易挨到九岁，因比常人力大身轻，决计离开苗峒，往

177

各处山中访询恩师下落，半夜逃出。行至此山来路暗谷之中，极乐真人忽然现身，对小畜说：'你家恩主现在峨眉修炼，不久便要来此。但你前途还有遇合，你如不忘本来，此人性情古怪，难免不受其虐待。暂时又无安身之处，正好借此在你恩主将来的洞府中等候，就便学点法术。此人所习虽是旁门，但与别的妖邪不同，尤其初步功夫，与玄门正宗殊途同归。你若能在数年以内打点根基，将来修为上比较容易。你恩主不久便出来行道，无暇传授，你必须学点法术，得有几件法宝，才可相随出入。我现将你前生经历行法禁闭，除我亲自解去，只有佛家大小乘佛光能破。再在玉环之中留一灵符，异日遇见你家恩主，将此环交他，用本身真气一吹，便生妙用，他前生之事立时想起。从此相随，便可望成就了。'说完，在小畜头上按了一下，小畜便昏迷过去。醒来只玉环仍悬胸前，真人已走。便顺谷径前行，中途连经奇险，身受重伤，几遭惨死。多蒙方才逃走那位恩师救来此地，收到门下，因见弟子忠厚，十分怜爱。只二师兄吴蛛忌恨作对，师父也未听他蛊惑。日前师父忽说小畜大难将临，只有两条路走：一条是将末几页道书，连同黎母留藏的毒龙丸抢夺到手，并娶云九姑为妻，永做快乐散仙；另一条路却未明言。弟子见他时喜时忧，不知何故。

"今日恩主到来，小畜前因已昧，连这胸前玉环也不知来历用处。除一见如故，不舍离开而外，万没想到是前世恩主。后被佛光罩住，知道峨眉各位仙长法力高强，师父昨日又有'发现警兆不妙，九姑之事如不成功，过了今年便无生理'的话。当师父逃时十分狼狈，先命小畜去往前山等待。师父忽又暗中传声：'去了只有送死，不可前往。最好仍在当地，或许因祸得福。'小畜心正迟疑，见要被擒，想起二师兄死时惨状，恐难免死，跑又跑不脱，又怀念师恩，心中愁愤，意欲求死。不料佛光上身，便被恩主止住神僧，并未加害。及将禁法破去，悟出前因，小畜本是恩主前生洞中黑猿。恩主见了玉环，当已想起。此洞乃西南十四洞天，应为诸位师长所有，灵景颇多，尚未开辟。望乞恩主怜念小畜誓死相随区区微诚，许小畜弃邪归正，从此随侍门下，永不离开。并请诸位师长大发慈悲，念在小畜前师虽是左道，但他近数十年并无恶行，此次与云九姑作对也非得已，情有可原，好在为恶只二师兄一人，已遭恶报，敬乞格外开恩，小畜感恩不尽。"

韦蛟说时，石生早一口真气喷向玉环之上，一片精光当头照过，立把前生经历全都想起。知道韦蛟本是守洞小猿，平素灵慧机警，自己也曾传他道法，甚是怜爱。今见他以身殉主，这等忠义，再想起方才相待情景，越发心许。方要开口，金蝉已先问道："石师弟，果然是这样么？"石生笑道："一句不差。他心性还好，只可惜陷身左道，把路走错。"金蝉、阿童同声说道："这又何妨？我们奉命收徒，原许便宜行事，何况极乐真人又是那等说法，你就收他为徒便了。"随命韦蛟重行拜师之礼，师徒二人均颇欣慰。

韦蛟原想前师恩义难忘，只当可以保全。谁知刚向众人礼拜完毕，甄兑说道："秃贼实是凶狠可恶，照他行为，万不能容。并且此洞是他老巢，绝不甘休，休看逃走，早晚卷土重来，还须预为之备。"石完接口道："师父说得对。方才他将云九姑困住时所说的话，已是该死。后来竟想用邪法将九姑和那道人一齐害死，幸亏被小神僧吓跑，不曾如愿。后来我和九姑寻到他的兄弟一看，浑身上下均被那黑颜色的妖火烧得稀烂，体无完肤。如弟子晚到一步，仍要遭他毒手。如今九姑在禁法防护之下，正为他医伤，可怜极了。诸位师伯、师父，万不可容他逃走。"

韦蛟闻言，方在不快，石生笑道："这妖孽邪法真高，连干道友那么神通，均未与他对面，只用妖徒残尸回敬了一下，破去他的妖火，便自遁走。大家也赶来了。"金蝉惊问："干道友也来了么？如何未见？"石生道："他说此时未到相见时机，只在我面前略微现形，便将妖徒吊起，秃贼一来，立时遁走，未再见面。你们救人的事，我已得知大概。九姑怎会被他摄去？如何破他妖法？还有一个大妖徒可曾除去？"阿童随说前事。

原来九姑因在解脱坡苦求宝相夫人，时经一年，终无回应。知道兄弟受尽磨折，心如刀割，惟恐误事，四出求人相救，请托到昆仑派一位女长老崔黑女门下。满拟对方乃昆仑名宿，必可相助，哪知崔黑女竟将她看中，意欲收徒，方肯出手。九姑生具洁癖，最爱干净。见黑女形容丑怪还在其次，最难受的是性情怪僻。自从乃师道成飞升，孤身一人，隐居小云山锦枫谷旁崖洞之中。从此休说外人，连本门师兄弟也绝少往来，除有时装作乞丐游戏人间而外，常年在洞内打坐。当地风景绝佳，山洞有好几处，不是崇闳高大，便是曲折幽奇，尽可辟作洞府之用。她偏住在一个大小不足方丈的崖洞里面，地势卑湿，正当峰口，常年泥土尘沙布满。偶然打坐日期较长，起身时一看，通体尘封，简直成了泥人，她也不加拂拭。崖洞本就污秽异常，黑女性又嗜酒，多半自酿，大坛小罐，满洞都是，几无立足之地。酒味虽美，那盛酒的器具全是山外拾来的破碎残缺的人家弃物。看去和老年女花子所住的窑洞一样。门下也无徒弟。九姑心性自然不投，她不知对方特意苦修，以此减消夙孽。当时受宠若惊，求人之际，还不敢过于坚拒。正想婉言推托，答话稍慢，对方便已大怒，将其逐出。

九姑忍气吞声，含泪出洞。冤家路窄，飞出不远，又遇见前在昆仑派，后被逐出的女仙阴素棠。因见对方遁光乃昆仑家法，人又美艳，不知底细，一见订交，便露求助之意。阴素棠假说："妖僧邪法厉害，胜他容易。无奈你姊弟二人，一个被困洞内，一个真形被他摄去，投鼠忌器，必须冷不防先破禁法，将人救出，再行下手。我有一至交金神君，练就小阿修罗法，可以为你出力。"随写一信，令其往投。那地方正是妖僧所居入口暗谷附近，惟恐妖僧觉察，九姑先不敢去。阴素棠说："无妨。我这里留有神符一道，可供来往一次之用。但是此人性情古怪，最重恩怨，不论亲疏，永不无故助人。他如有事相求，必须答应；否则，他也决不勉强，你的事却无望了。"

　　九姑赶到一看，对方住在谷口外面山腹之中。里面地势广大，石室甚多，布置得和仙宫一样，到处珠光宝气，明如白昼。心还暗喜，觉着此人法力必高，事情有望。谁知那人以前乃魔教中有名人物，自从教祖尸毗老人隐退之后，一班同道多半遭劫；加以身具特性，不喜与人交往，独自一人带了好些魔女姬妾隐居当地，终年享受。因和阴素棠相识，曾托她代为物色两个有根器的美女。阴素棠知他前在魔教门下犯规被逐，尸毗老人乃他师伯，隐退以前恨其淫凶，为本门丢人，曾有除去之意，自闻老人近又出世，不敢出外。阴素棠意欲借此结纳见好，以便异日学他魔法地步。

　　九姑哪知就里，照着指点和那一道魔符，深入洞内，见宫室如此华美灵奇，只是沿途未见一人。正在奇怪，朝着当中宝座恭礼陈词，眼前一花，宝座上现出一个中年道装男子，旁立好些少年男女。心想："自己法力并非寻常，一路留意，竟未看出一点影迹。"越发骇异。对方听完来意，便取出一个晶球，令其自看。

球上一片黄光闪过，立时现出兄弟云翼在妖僧洞中受那风雷水火炼魂之苦。九姑心中悲痛万分，跪哭求救。金神君道："我虽在这一甲子内不离此洞，但我法力无边，通行地底，如鱼游水，更能用我阿修罗法隐蔽行踪。只消炼法四十九日，救你姊弟，易如反掌。但我不白出力，可曾准备以何为酬么？"九姑知对方将她看中，由各样珠宝说起，一直说到分他一粒毒龙丸，俱都不要。最后还是对方吐口，明说心事。九姑心高好强，誓修仙业，闻言自非所愿，但又不敢得罪。所幸对方还讲情理，并不十分勉强，说道："我由今日起，便为你炼法，以备开山入地。你兄弟的惨状，你也看见了。你将来的身受比他更惨，如允嫁我为妾，立可转祸为福。可自归计利害，只要在四十九日之内赶来回复，说明心意，绝不勉强。否则便算应允，到日不必你求，我自下手，将你兄弟救出。由此你姊弟二人同在我的门下，永享仙福，岂不是好？"九姑无可如何，未置可否，退了出来，也未受到拦阻。

回来越想越伤心。心想："当年恩师黎母曾说自己根骨甚厚，如能改归正教，成就尚不止此。因为师门恩重，尚不肯改投到别人门下。如今偏遇上一个妖邪对头苦苦相逼，事还未完，又遇见这么一个魔头。"悲愤之下，如非手足情长，兄弟未曾脱困，真形又被妖僧摄去，惟恐激怒，致受形神俱灭之害，真恨不能毁容自残，以免纠缠。九姑后来再三盘算，觉着还是妖僧可恶，仇深恨重，是起祸根苗。心想："且挨过四十多天，宝相夫人再如坚拒不见，只好拼着此身，等将兄弟救出，令其远遁海外，然后自行兵解，保全清白，再去转世修为。"

不料一念之贞，灾退福临，七矮到来，允为相助。但那魔头十分难惹，必须先行回绝，以免结怨。九姑去时，因妖窟密迩，本具戒心，但与七矮初交，羞于启齿，未借隐遁神符。去时假托引路，与众同行，自然无事。回时如在天明以前，也可无妨。偏生晦星还未退尽，到时魔头正在宫中恣情作乐，九姑守到天明，方始得见。话说完后，对方倒也不曾作难，只冷笑一声，手挥处，一阵雷鸣之声，九姑眼前一花，身已移出洞外。

九姑只得自隐身形，向前急飞。心还在想："不遇上对头最好，如被发觉，在他限期以内也有话说。"谁知二妖徒吴蛛无心发现，一面报知妖师，一面忙和韦蛟赶去。九姑想起邪法厉害，真形被摄，在此方圆三千里内，休想脱身。无奈妖徒不由分说，只得假装回飞。沿途无甚动静，心想："妖僧居然言而有信。"心中庆幸。正待冷不防往娄山关九盘岭急飞过去，与阿童等四人会合，猛觉身上一紧，身被一种极大力量吸住，一任奋力挣扎，休想脱身。知道妖僧已然发动邪法，连身摄去，不由心惊胆寒。断定此行不落毒手，便遭污辱，并还无力反抗。

九姑心正悲愤，忽然想起："阿童等四人，此时必在途中等候自己，何不现身试上一下？如被发现，不特多出生机，又免四人不知自己被擒，在外枯守，以至延误。"刚把隐身法撤去，前面崖角转出四人，不知何故并未隐身。未及出声招呼，石完手里拿着九姑所赠果子，正在啃吃，一眼瞥见九姑手舞足蹈，背向前面凌空倒飞，人却拼命乱挣不已；同时耳听师父又在疾呼："小神僧快看！九姑已为妖法所擒。"

石完性烈如火，对于九姑又有好感，话未听完，一着急，把吃残的佳果随手一掷，一道墨绿光华，箭一般连身斜射上去。九姑因他年小，又是南海双童新收门人，不知他天赋本能颇具神通，妖洞内外邪法封禁坚如精钢，恐其闪失，还在大声疾呼说："邪法禁闭严密，到处埋伏，不可冒失。快请小神僧施展佛法救我！"石完哪听这一套，见九姑末一句话刚刚说完，一片青光闪

183

过，人已不见。再看那地方，乃是一片极险峻的危崖，崖下有一丈许大小的圆洞，看去甚深。九姑刚刚投入，便成了一片整崖，连洞门一齐隐去，不由大怒。因知这类正门入口必多埋伏，转不如由洞侧石壁上穿洞进去，对方邪法多高，也想不到来人会把极深厚的崖石视若无物，随意通行。便把遁光一按，往里穿去，果然料中。但那穿入之处，却是崖心正洞入口，本是妖僧就着山石孔窍开辟出来，其中高下回环，并非直路。石完心粗，匆匆穿入，不曾看明形势，走的又是洞径左侧相反之处，找了一阵也未找到。后仗天赋穿山行石的本能，在里面乱冲乱撞，居然在无意之中穿达腹部内设法坛的石室以内。

石完还未从石壁钻出，便听妖僧师徒与九姑问答喝骂之声。本要当时冲出，继一想："师父曾说，妖僧邪法厉害，九姑人又被困，不要人未救走，反被伤害。"想到这里，便隐藏在石壁以内，运用家传隔石透视之法，静悄悄向外查看。见那外面乃是一座极高大的广堂，靠壁当中设着一座三丈方圆的法台。上坐一个身着半截僧衣，满头秃疤，面黑如漆，形容丑怪的矮胖妖僧。左右立着两个妖徒，一胖一瘦。前面不远有一根丈许来高的石笋，粗约两抱，上丰下锐，倒立在地。九姑被一片青色淡烟笼罩全身，立在石上，一言不发，满面俱是悲愤之容。同时妖僧手上放出一圈圆光，把九姑方才被妖徒追逃，后又回身，口中急呼求援的景象全现出来。随听九姑在石上大骂："妖僧！秃贼！淫凶无信。似此行为，人天共愤。我宁甘百死，绝不失身妖邪。你今日运数已终，果报将临，形消神灭，死无葬身之地，不自缩头逃命，还敢卖弄邪法。你如自命不凡，以为无人能敌，只要敢等上三日，你不伏诛遭报，我便心服口服。"妖僧还未答言，旁立妖徒吴蛛本来领命要走，闻言大怒，行前大喝："无知贱婢，不知死活！你敢出言顶撞，我先教你吃点苦头再说。"说罢，手掐法诀，朝前一指，石笋上立时冒起大片青、黑二色的妖光，由下面突突涌起，晃眼九姑全身便被包没，妖徒随即遁去。九姑面容立时惨变，哀声哭喊道："妖孽死在目前，还敢欺凌善良。少时峨眉诸道友、小神僧一到，我不照样用雷火将你师徒烧成灰烬，报此大仇，誓不为人！"

石完藏身石内，因不知妖法如何破解，又先见九姑未受甚苦，惟恐少时师父又说冒失，不曾动手，却也跃跃欲试。及见九姑被妖光罩住，面容惨变，不由激动侠肠，再忍不住怒火。又见台前同样石笋甚多，都是邪气隐隐。便不问青红皂白，意欲用飞剑将那石笋斩断，试上一下，如若成功，便将九姑就势带走。这时还不知九姑肉身已与乃弟同禁地底石牢之内，此是九姑元神，那些石笋均是妖幡，只要幡一破，九姑立可脱身。剑光到处，石笋立断，破了妖法，九姑元神首先遁走。妖僧骤出不意，正要施展邪法，猛瞥见一片佛光由斜刺里飞来，晃眼暴长，满洞俱是金光祥霞，法台上下所设妖幡、邪法全被破去。紧跟着，敌人手上又飞出一道青光，连同先前那道墨绿光华，一同电驰飞来。

妖僧看出那青光正是铜椰岛天痴上人独有的神木剑，那墨绿光华更似强烈厉害，竟未见过。心想："有了这片佛光，敌人先立不败之地，如何能与拼斗？"料知来人定是九姑所约，心中恨极。惟恐佛光罩上身来更要吃亏，忙取一件法宝向前一扬，一片青色浓烟激射中，立时遁走。这原是瞬息间事。一任妖僧飞遁神速，仍断送了一件法宝，方得脱身。越发恨上加恨，咬牙切齿，决计赶往地牢，将九姑姊弟杀死泄愤。哪知刚到地底，迎头遇见甄艮、甄兑，一照面，便将飞剑、法宝、太乙神雷纷纷施为。妖僧恶气难消，仍不肯退。方想带了妖徒，幻形入内，阿童、石完

185

又由后面赶来，两面夹攻。

甄氏弟兄本和阿童一起，由地底穿入，见洞中门户、途径甚多。刚刚分手，阿童快要寻到法台门前，瞥见里面墨绿光华一闪，知道石完已先动手，因他莽撞，惟恐有失，连忙赶进。如果阿童一进门便对妖僧下手，或在扫荡邪法以前先除敌人，妖僧骤出不意，又当九姑遇救，又急又怒分神之际，一经佛光罩定，纵有邪法也难逃身，便不致以后远去北海，生出许多事来。也是阿童魔难将临，不可避免，金蝉等七矮该有那等仙福奇遇。

阿童临敌又无甚经验，上来先顾救护石完，童心未退，老想施展铜椰岛所得的那口神木剑。一面指挥佛光，去破那些用石笋炼成的邪法；一面飞出剑光，想试验此剑近日的威力妙用。虽只晃眼之间，妖僧已乘机遁逃。妖徒姬厴更是机灵，早往法台后地穴中遁去。

二妖徒吴蛛本因妖僧邪法传真，看出韦蛟不伤石生，形迹可疑，心中愤恨，意欲就势陷害，讨令前往查看，急于起身，恰值九姑元神被人救走。以为妖师神通广大，九姑真身又被禁在地牢之内，少时难逃毒手。一心只想陷害韦蛟，别的全未顾及，恰在阿童出现以前遁走。他居心阴险，妖师为敌所败，竟未看见，反当来敌必死无疑，打着如意算盘。仗着邪法飞遁，晃眼赶到金石峡，隐形窥探。一听石生所说口气，越发认定韦蛟曾与敌人勾结，立时现身大骂。正在耀武扬威，气焰逼人，不料会被干神蛛擒去，遭了惨报。

这里阿童飞遁原极神速，凶僧一逃，立时追赶。石完没有阿童飞得快，便照妖僧逃路追去。一见迎面石壁拦阻，刚钻进去，发现先前来过，忽然醒悟，掉头向下。洞径弯曲，刚巧抄出在地牢前面，料无差错。正往前飞，瞥见侧面大洞内剑光闪闪，又听师父与人对敌喝骂之声，连忙赶去，阿童也正由对面寻来，两下里会合在一起。

妖僧前后受敌，见不是路，只得隐形遁走。当地设有邪法布置，另外还有地道通连，飞行绝快，不消片刻，便到金石峡。

妖僧自从隐居勤修以来，功力大进，前数年早算出不久大难临身。只因期前兵解，转世重修，事太艰险，不舍得把数百年苦练之功化为乌有，才想夺取毒龙丸和那几页道书，以图到时避免天劫。不料命数所限，见了九姑，忽起淫心，以致一败涂地。当遇阿童之时，他如若知机省悟，就用敌人神木剑兵解，岂非绝妙？偏生性太强横，明明警觉不是好兆，所谋必败，始而妄想杀死九姑姊弟，报仇泄愤；及见无望，又欲退保老巢。这一狐疑不定，坐失良机，白受许多惊险苦痛，连带他年护他转世的爱徒姬蜃也不免飞剑之诛。如非韦蛟感念师恩，再三向七矮苦求，几于形神俱灭。

妖僧回到金石峡时，痛恨敌人可恶，自己经营多年的洞天仙府，就此断送，被其占去，心实不甘。明明日前算出韦蛟是他救星，仍想至多兵解，乐得一拼，多少也使敌人受点伤害。一面喝令韦蛟去往前山等候；一面发出大量妖火，准备先救吴蛛，再伤敌人，以出胸中恶气。做梦也没有想到，隐身空中的敌人竟知乌灵妖火来历，法力又高，出手更快，妖徒当时惨死。他人未救成，反被敌人利用残尸，暗藏一粒卜天童日前所赠神雷，将妖火破去一半。如非他邪法尚高，应变得快，不特妖火全破，本身也几为神雷所伤。心方恨极，待要追赶，七矮已由两面赶来，会合夹攻。妖僧见敌人法宝、飞剑那等厉害，加上佛光、神雷的威力，方始心惊胆寒，盛气全消。知道大劫临身，应在日内，以前仅只算出端倪，并未尽悉微妙。

妖僧本欲就势兵解，无如敌人法宝、神雷威力太大，以前行事狠毒，遭人忌恨，决不容元神逃走。所习又是旁门，如令门人下手或是自杀，转劫便要减少好些灵慧。尤其赋有邪气，便遇见正教中的仙人，也必不肯收录。再投左道虽然容易，将来如仍和今生一样，迟早遭劫，至多三数百年寿命，能求得今日这样兵解，再去转世，尚是万幸。像方才神木剑这一类仙兵，借以兵解最好，偏又一时愤怒，心还不死，致误良机，悔恨已然无及。妖僧逃时，瞥见韦蛟因为石生乃其前生恩主，天性依恋，惟恐伤害自己，意欲保全。对方又未和他为难，尚在下面，迟疑未走。暗忖："眼前情势，韦蛟似被敌人看中，分明有一线之机，如何不用？"忙用邪法传声，告知韦蛟说："大势已去，为师兵解在即，不必再去前山，最好拜在对头门下。日内也许暗中来晤，再行详谈。"说时，人已逃出老远。

韦蛟闻言大惊，正不知如何是好，吃佛光一照，破了禁法，方始如梦初觉。先前所爱幼童，竟是两生依恋，欲见未能的恩主，不由喜出望外。等到拜师以后，众人问知当地景物灵奇，果有好些奇景洞室。因那末几页道书尚未得到，外有古仙人的仙法禁制，故未开辟。当下命韦蛟领去一看，内里洞室甚多，石质如玉，又经妖僧多年布置，陈设用具精美异常，内外景物俱甚灵秀清华，地名又与金、石二人暗合，大是合意。看完，又出洞外观赏外景。

金蝉想起妖僧辟有地道，当地与娄山关妖窟能用邪法往来，甚是神速。惟恐妖僧抽空去害九姑，便向众人说起。韦蛟因先代妖师求情，众人听完，只令拜师行礼，便说救人之事，未再提起，不敢多口。闻言乘机跪禀："弟子前师自知大劫将临，已然悔悟，绝不致再与黎家姊弟为难。这瀑布传真，千里如对，一经施为，便可看见。就有甚事，弟子立借瀑布水遁赶去，当时便可到达，向其劝阻，也决无害。"甄艮道："我来时，因云道友受伤太重，不能经受天际罡风，又急于追赶妖僧，不能带他同行。九姑身带灵丹，意欲与他治好伤毒再走。惟恐妖僧去而复转，暗中侵害，我已用三层禁制将全洞封闭，使他二人能够出来，外人休想进去。小神僧行时，又在地牢外面加上一层佛法禁制，外人一到，立刻警觉。此时无甚动静，想必无事。"

众人多半少年心性，先闻瀑布传真之异，均想一见，闻言立命施为。韦蛟领命起立，手掐法诀，朝前一扬，碑上瀑布立化成一幅明镜也似的晶光，跟着现出人物影子。先是大片山峦林野，如走马灯一般电掣闪过，晃眼现出九盘岭妖窟地牢。见九姑姊弟正由牢中走出，似在觅路样子，边走边谈，面带愁容。众人均觉九姑性情温婉，志行高洁，遭遇可怜，均愿助她。以为又有甚疑难之事，偏听不出说些什么。石完首先问韦蛟："你知九姑他们说些什么？能听见么？"韦蛟沉吟未答，石生接口道："徒儿，你方才不是说能听见么？"韦蛟本在为难，一听师父发问，不敢隐瞒，只得答道："弟子只要消耗元气，便诸位师长也能听见。"易鼎、易震首命施为。韦蛟依言行事，咬破舌尖，朝前一喷，再将双手一搓，向着众人微微一扬，九姑姊弟的语声立由上面传将出来。

众人静心一听，原来九姑之弟云翼自受许飞娘等妖人蛊惑，勾引袁化未成，后因九姑劝诫与群邪疏远，由此变友为敌，遇上便即为难。近年被妖僧擒去，妖僧立逼九姑嫁他。起初只是软困，还不怎样受苦。近月妖僧看出九姑缓兵之计，日用风雷毒火酷刑，迫写亲笔书信，劝令乃姊降顺。云翼深知乃姊贞烈，又见妖僧生得那么丑怪，人更凶横乖张，休说乃姊不肯，便自己也是万分厌恨，甘受荼毒。

到了今日，妖僧见九姑擒到以后，仍不降顺，并还约来强敌与己为仇，不知恶满数尽，大肆淫凶，妄想威逼九姑顺从，下手更毒。再待一会，又看出九姑心志坚定，宁死不从，必下毒手，将九姑姊弟杀死，强迫生魂献出道书、毒龙丸。石完、阿童稍缓到达，九姑姊弟必无幸理。

云翼九死之余，惊魂乍定，想起心寒，意欲改归正教。九姑答道："正教中诸长老并无渊源，身是旁门，就有机缘相遇，也必不肯收容。再者，恩师还未转世，就便改归正教，也须等到恩师转世之后再说。"云翼却说："我们从此强仇更多，妖僧如未伏诛，更是未来大害。师父昔年本有'转世再来，必须改归正教，方能成就'之言，平日教规谨严，不许门人为一恶事，便由于此。此举不算叛师，改归正教再行等候，只有更好。休看我们学道年久，如比今日来人的根骨道力实差得多，何必论甚修为、年岁？今日来的几位恩人，对姊姊神情很好，依我之见，就此连姊姊也拜在他们门下，等恩师转劫重归，索性连他一起引进，同修正果，岂不是好？难得遇到这等机缘，错过实在可惜。"

九姑答道："我也并非没有此心。一则，峨眉教规至严，身是女子，今日恩人共只两位徒弟，请必不允。再则，你以前又不合误受妖人蛊惑，我来以前还听他们说起，如非秦姊姊说你悔过自新，方与妖人结怨，几乎连我也被误解。好在诸位恩人对我尚未轻鄙，你只要有志向道，就我今日这点因缘，或是托其引进，或者拜在他们的门下，迟早有望，不必急在一时。"

姊弟二人且谈且行，已快出洞，待驾遁光飞起。

众人正看到兴头上，瀑布上明光连闪了两闪，仍回复为一挂清泉。众人见状，方问韦蛟是何缘故。韦蛟躬身答道："许是弟子前师不许卖弄，将法收去，也未可知。"石完惊道："小神僧和石师伯哪里去了？"众人回顾，阿童、石生忽然不知去向。

金蝉早看出瀑布传真，明光隐去时，韦蛟面容惊讶，答话吞吐，神色可疑。本欲盘诸，忽想起："此人乃石生守洞灵猿，适才见他依恋恩主，至情流露，决非作伪。人品如差，极乐真人决不会待他那么好。"话到口边，又复止住。嗣见韦蛟面上老是带着惊疑不安之容，阿童、石生又忽失踪，料有缘故。正想开口询问，忽听石生传声说道："蝉哥哥和师弟们留意，石完谨防地下，莫令妖僧遁走。"众人闻言，刚做准备，猛又听空中有人大喝："秃贼妖僧，你今日跑不掉了。"

众人听出是干神蛛的口音，急喊："干道友，快请现身，我们俱都想你。"话未说完，眼前佛光一亮，跟着数十缕灰白色的光影，紧裹着周身黑烟青光环绕的两个妖人，自空直坠。到地一看，正是妖僧师徒二人，才一到地，吱的一声，便往地底钻去。南海双童甄氏弟兄正要跟踪下追，忽又听干神蛛空中喝道："妖僧师徒被我绑紧，决逃不脱。"话未说完，石完将头一低，早化作一道墨绿光华穿地而入。

阿童、石生也已现身。百忙中瞥见韦蛟满脸惶急，痛泪交流，连声哭喊："师父开恩，饶他一命。"石生自从师徒见面，想起前生黑猿几次舍命相从，为主忠义，不由勾动前情，大是怜爱。见状不忍，知道妖僧已被蛛丝绑定，石完疾恶手快，忙喊："石完，须擒活的，不可杀死。"

也是妖徒姬嫠该当数尽。被擒以后，随同妖师土遁逃走。身被蛛丝绑紧，深嵌入骨，本就奇痛难忍。法力比妖僧差得多，偏又倔强，不知厉害，正要忍痛随师遁走。不料石完跟踪追来，飞行石土之中，如鱼游水，比他师徒高明得多。一照面，身子便被剑光裹定。石完本意生擒，没想杀他。姬蝮一时情急，竟将前生炼就的内丹化成一口毒气，喷将出来。石完虽禀灵石精气而生，奇寒盛暑，任何邪毒之气均难加害。但是姬蝮乃毒蛇转世，前生所炼内丹不舍弃去，转劫前交与妖师保存，后便炼成极厉害的法宝。因为生性灵慧，轻易不肯害人，这还是情急拼命，第一次喷出，其力绝大。石完猝不及防，几为所中。闻到一股奇腥之气，头脑有点昏晕，连忙纵退。待取法宝抵御时，敌人所喷赤红色的火球已快打到头上，忽然往侧一闪，斜飞过去。仿佛见有灰白影子一闪，连火球一齐不见。石完因吃了一点亏，心中大怒，也未细看，手指飞剑只一绕，耳听石生在上大呼要擒活的，妖徒已身首异处。只剩妖僧停在当地。师父甄氏弟兄也同入土，方要过去合围，妖僧似知难逃，惨笑道："我已弄巧成拙，此是定数，任凭你们处治吧。"

原来妖僧发现敌人已极厉害，更有一个神通广大的怪物暗中相助，身被绑定，万难逃走。那怪物又专吸修道人的元神，二妖徒吴蝶先为所杀。姬蝮内丹也被吸去，元神本也不免，怪物已然现出一点原形，正朝姬蝮飞来。方料师徒二人连元神也未必能够保全，忙用传声暗告爱徒："速急就势遁走元神，以免受害，千万不可相抗。"心正代他愁急，不知怎的，蜘蛛白影已快扑到，后二敌人一到，忽然隐去。妖僧暗忖："逃既绝望，死后元神不为佛光所化，也必被妖物所害。与其这样，还不如暂留残生，暗令韦蛟求情，相机行事。如能借用神木剑兵解，岂不是好？"主意打定，一面运用玄功抵御身绑蛛丝，以免痛楚；一面束手听命。甄氏师徒便将他押到上面。

金蝉、阿童天性极仁厚，一向不为过分之事。又知妖僧自从当年败在嵩山二老手内，永不再往人间作恶。就是以前也只脾气

192

古怪，专喜侮弄轻视他的人，并未听说犯甚大恶。否则不待今日，二老先放他不过。虽说对待九姑姊弟淫凶残忍，人并未被害死。然而不知怎的，心生厌恶，立意置之于死，并无丝毫宽容之念。妖僧得道年久，深悉前因。本还想令韦蛟求说，及至见到为首两个敌人竟是凤孪，又见众人多半对他嫉视，情知不免，不由长叹一声，一言不发。这时干神蛛仍未现身，众人再唤，只答了一声："我还有事，行再相见。"韦蛟却跪在石生面前，抱膝痛哭，代师乞命，不住哀声求告说："自己如无前师收容，传以道法，不等得见恩主与诸位师长，早已惨死，哪有今日？如非舍不得前生恩主，今世恩师，真恨不能代他一死。望乞诸位仙师念在前师虽是旁门，无甚恶行，敛迹已久，此次威逼九姑，实因大劫情急，出此下策，万非得已。如蒙恩施格外，网开一面，弟子有生之日，均是戴德之年。"

众人虽多痛恨妖僧，毕竟素性宽厚，见韦蛟如此忠义，全被感动。石生尤其可怜爱徒，首先力主释放，许其自新之路。便向空高呼："干道友，你看我徒儿份上，把法宝收去吧。"随听干神蛛答道："这厮神通变化，邪法甚高，内人出其不意，才将他师徒擒住。我这人言行如一，说收就收。不过等他有了防备，再想除他，那就难了。"语声听去甚远，却又好似在妖僧身上发出。众人均觉奇怪，重又请其现身，干神蛛未答。石生因见韦蛟哭得可怜，众人已有允意，二次说道："这类妖人，我也明知他未必能够改悔。我和蝉哥哥他们已然答应徒儿放他，未便说了不算，请做个整人情吧。"随听答说："石道友，依你。"便无应声。

妖僧身缠白影忽然不见，立有一片青光笼罩全身。阿童当他又要闹鬼，石生连忙拦住，方说："妖僧伎俩不过如此，无须怕他。"金蝉已大声喝道："无知秃贼！看韦师侄分上，已然饶你狗命，你还不走，尚欲何为？"妖僧苦笑道："你休多疑，贫僧绝无他意。只因自知今生虽无大罪，夙孽太重，大劫将临，不可避免。诸位道友既然看在小徒薄面，何妨成全到底？"

话未说完，忽然一道青光破空疾驶而来，老远便喝："诸位道长，千万休放妖僧元神逃走。"妖僧看出仇人飞来，知道绝望，不俟众人答言，立纵遁光朝空飞去，势甚神速，与来人正撞在一起。众人因为韦蛟忠义所感，决计放他，不曾想九姑恰在此时赶来。妖僧惟恐逃不脱，话未说完，忽然遁走。众人一时疏忽，没有留意，等看出两下里对面，才得想起双方仇重，均防妖僧乘机加害。阿童恐救不及，手指处，佛光首先飞起，恰将双方一齐罩定。众人也纷纷赶去。妖僧恨极九姑，本心未始不想报复。及见敌人来势这么快，刚与九姑迎面，未等出手，佛光已然上身。这次与前两次不同，毫未防备，全身竟被罩定，隐身法首先破去。忽然急中生智，停手向众人笑道："诸位道友已允放我，即便恐留后患，也须等我再来冒犯，下手不晚，何必忙此一时，说了不算呢？"

阿童见他逃时形迹虽然可疑，并未出手，反被问住。又见韦蛟满面愁急悲苦之容，飞身追来，挡在妖僧身前，眼巴巴望着自己似要开口求告神气，心越不忍，面上一红，还未答话。石生、金蝉已同声喝道："你这秃贼，行踪鬼祟，居心险诈。既允放你，尽可从容。何况你话未说完，突然飞走，来的又是你的仇人，断定你必有诡谋，方始追来。你不及出手，凶迹未露，总算便宜。我们明知你禀性凶狭，万无改悔，只等你再来伏诛，连句劝诫的话也没有。我弟兄言行如一，怎会失言？此去祸福在你，如敢故态复萌，或来本山侵扰，终于形神俱灭。去吧。"说时，阿童佛光已收。

来的青光，正是九姑姊弟把臂同飞。听出众人释放妖僧，方要劝阻，阿童佛光一撒，妖僧已先遁走。众人见他满脸惭愧之容，逃时隐身法已被佛光所破，遁光竟比电还急，只看得一眼，便射向遥空云层之中不见。石生笑说："妖僧功力实非寻常，所习也与寻常妖邪不同；便所用法宝、飞剑，除法台妖火而外，多半不带邪气。可惜生性凶横，否则一样可以成道。说他妖邪，似乎稍过。"

九姑姊弟随众降落，在旁接口道："秃贼所得道书，前半本是邪正参半；尤其末几章乃性命要旨，三元秘奥，关系重要。如能得到勤修，用之于正，不仗中部下乘法术任性为恶，照样可以成道，连天劫也可避免。起初许他将双方道书抄录，互相交换，彼此有益。他偏不允，因而成仇，舍弟几遭毒手。愚姊弟并非报仇心切，实在舍弟被困年余，深知秃贼心性险诈，诡计多端，卷土重来，必非易与，连元神也不可放其逃走。否则，诸位道长在此修炼，必是未来隐忧。"

九姑又问众人："妖僧还有几件厉害法宝，可曾见其使用？"众人各说前事。九姑惊道："妖僧为报嵩山二老之仇，曾用多年心力，除乌灵妖火之外，尚炼了两件法宝，如何未见使用？定是起初轻敌，此宝不曾携带。惨败以后，九盘岭妖窟又经仙法禁制，不能重返老巢，致未取用。此时逃走，定必往取这两件法宝。一是邪教中有名的黑眚丝。本非妖僧原有之物，不知是何妖人所赠，经其重炼，据说威力甚大，多高法力的人，骤出不意，必为所害。一是妖僧采取地底阴煞之气，会合五金之精所炼阴雷。虽不似九烈神君与轩辕老怪的独门阴雷猛烈阴毒，但是能发能收，化生无穷，晃眼之间，能将方圆十里内化为雷山火海，万千霹雳同时爆炸，随灭随生，另具一种厉害威力。只有土木岛主商氏二老先天土木二行精气能够破它。此外还有一样用以防身逃遁之宝，名叫火云冲。三宝向藏法台地底石穴之中，平日自负无敌，除每月朔望按时祭炼而外，连门人也只有姬厱一人见过，从未使用。照此情势，定必逃回，取此三宝，前来报仇。以诸位道长、神僧法力，固然无虑，多厉害的异宝，也难与佛光为敌。但这里本是洞天仙府，被秃贼窃踞多年，经其加工布置，美景甚多，一旦失去，必不甘服，必须防其暗算，加以残毁。最好此时赶去，也许禁制严密，妖僧不能入内。诸位道长若将三件法宝得到手内，再将本山入口行法封禁，便无忧了。"

众人见九姑改了称呼，竟执后辈之礼，知她姊弟心意。因一旦说破，对方开口拜师，反倒难处，便不说破。闻言称善，方要命人前往查看。韦蛟深知妖师为人，心中发急，初次从师，不敢多说，只得说道："此去九盘岭颇远，虽有地道秘径相通，也非当时可达。诸位师长此时赶去，恐已无及。何如由弟子再用传真照形之法，立可看出真相，以免虚此一行。不知可否？"石生知他维护前师，惟恐前去撞上，不过所说也颇有理。笑骂道："你这孽畜，刚刚见面，仍是前生猴儿脾气，喜欢闹鬼。自来祸福无门，惟人自招。你那妖师凶心不改，早晚伏诛，看你能维护他几时？还不快把你那邪法现将出来！"

七矮弟兄情分最厚，一向同心同德，不论甚事，只要有一人提议，所行不犯教规，无不依从。

韦蛟领命，如法施为，水光重现。由当地起直达九盘岭的景物，似电一般现将过去，并无妖僧踪迹。眼看九盘岭洞穴就要现出，众人方想："地道秘径，适才游行全洞，已用仙法禁制。妖僧绕山飞行，这么远道路，断无如此快法。"哪知九盘岭刚一出现，便见一个身材高大、苗民装束、腰围兽皮、袒着半臂、背插

196

叉环、手足裸露的妖人，驾着一道火焰，由妖洞崖壑下面飞起，手上拿着一个皮口袋。韦蛟一见，忙道："韦师法宝，被那妖人盗去了。"众人忙令查看妖人去路，以便分头堵截。话未说完，又见妖僧驾着一道青光，疾如流星，由斜刺里飞来，晃眼对面。方料二人必要动手，哪知两人见面，各停遁光叙谈，竟是同道。妖僧忽又偏头，恶狠狠朝着众人这面说了两句，由妖人身上发出一股黑烟，人便不见。等到金蝉吩咐韦蛟行法查听时，已由妖人隐了身形，一同遁走。

众人见韦蛟神情沮丧，好似忧愁更甚，问他何故。韦蛟垂泪道："弟子不敢隐瞒，韦师现与妖人合流，早晚必来生事。弟子也不敢再为求恩，只求各位师长怜他能到今日，修为不易，到时不伤他的元神，便感激不尽了。"众人还未开口，石生一心想成全爱徒的义气，首先答应。众人见他如此爱护门人，俱都好笑。

众人因觉九姑为人静好温柔，乃弟云翼元气大伤，恐其回山狭路逢仇，又遭毒手。好在当地石室甚多，便留他们洞中暂住，等到事完，或是云翼复原，再定行止。九姑姊弟本想借此亲近，为异日拜师引进地步，闻言正合心意，忙应遵命，并谢解救之恩。

大家欢叙了一阵。因嫌九盘岭妖窟无甚用处，相隔又远，索性行法封闭，连地道也同堵塞，把各处景物也一齐加以修整。初意妖僧必要勾结妖党来犯，哪知待了数月，并无迹兆。韦蛟用功甚勤，除与石完性情不甚相投而外，众人对他俱颇期爱。山中景物温和，四时如春，灵景甚多，花开不断。众人在内修炼之余，偶然分班出外行道。九姑姊弟也就住了下去，中间两次探询众人口气，均被婉言拒绝。

这日甄氏弟兄同了石完刚由外面回山，偶然同习地行之法，准备直达金石峡口，再行出土。石完人在地底，照样能由土石中透视三丈上下景物。师徒三人正走之间，忽听上面有破空之声飞落，忙由地中升出地面一看，正是妖僧一人在峡口外向里窥探，身边带有上次所见皮囊，手里拿着两面妖幡，掷向峡口之外，立时不见。石完性急，口喊："妖僧现在上面闹鬼，师父快来！"随说，人早由地中飞出，扬手一道剑光，朝前飞去。妖僧一见石完，恶狠狠回身喝道："无知小狗，也敢欺人！"随手飞起一道青光，刚将石完敌住，南海双童也由地中赶出。因不知妖僧此来另有用意，见他邪法厉害，惟恐有失，连忙传声发出警号。金、石诸人纷纷赶出，一齐夹攻，斗了些时，未分胜负。妖僧伤了一口飞剑、一件法宝，正待发动邪法，将埋伏的妖幡施展出来。金、石二人已各将二十七口修罗刀，合成五十四道寒碧刀光，朝前夹攻。妖僧知道此刀来历，越发心寒，不肯恋战，取出火云冲，化为一溜火星，电射逃去。

阿童因当地离云南甚近，昨日前往石虎山探看师兄朱由穆未回，妖僧逃后方始赶到。这时妖幡隐伏峡口尚未出现，众人看出峡口邪气隐隐，金蝉首先用太乙神雷打将过去。妖幡立时出现，只见两幢黑气突升地面，内里裹着好些通身赤裸的血人，一个个身材高大、相貌狰狞、带着极浓厚的妖光邪气，向众人扑来。阿童不知妖僧一心想借神木剑兵解，特意向妖人借这两面妖幡，以为阿童必用佛光去破，然后冷不防运用玄功变化扑上身去，等阿童用神木剑抵御时，立可乘机兵解。不料阴错阳差，甄氏师徒无心撞破，诡谋未遂，白送了两面妖幡，阿童也不曾遇见。阿童看出幡上俱是一些十恶不赦的凶魂厉魄，立放佛光，众人各发太乙神雷再一夹攻，立时消灭，化为乌有。

九姑姊弟得信赶出，见了残余妖幡，云翼惊道："此是赤身寨妖人所炼，专杀敌人神魂的妖幡。妖僧既能使用，必与赤身寨这班妖邪相识无疑。"金蝉闻言，猛想起前受向芳淑之托，约定将来同往赤身寨，诛杀妖人列霸多和长臂神魔郑元规。因仙府初辟，延搁至今，还未得去。心想日内起身，又恐妖僧未除，去而复返。回到里面，与众人商议了一阵，便派灵奇去往姑婆岭秦寒萼洞中，探看向芳淑在未，就便令来金石峡相见会合，同往苗疆诛邪除害。

灵奇走后，第二日早起，众人止在用功，忽听外面轰的一声大震，当时天鸣地撼，四山齐起回音，知有变故。刚刚飞出，迎头遇见石完，说："在洞前小峰上，遥望妖僧凌空与韦蛟说话，韦蛟跪在地下，好似向其求告。妖僧忽然厉声大喝，说是此来专寻小和尚斗法，如有本领，可令出见，我先给他一个警报。弟子正要飞上，妖僧已扬手发出一蓬五色火花，将石师伯新栽的花树，连那片山崖，一齐震毁。弟子恐怕除他不掉，请师父、师伯快去。"众人遥望前面，沙石惊飞起数十百丈高下，残花断枝飘洒如雨，妖僧正在耀武扬威，喝骂叫阵，不禁大怒，便同赶去。一照面，妖僧扬手便是一蓬黑色烟网，众人几被裹住。总算应变尚快，金、石二人的玉虎金牌立发出千层祥霞，百丈金光，妖烟便被冲散。石生刚布置了一处美景，被他残毁，心中恨极，想要以毒攻毒。等妖网一破，一面发出二十七口修罗刀，一面双手连发太乙神雷，头上金光万道，金山也似，连人带剑光一齐冲去。阿童也觉妖僧性太凶毒，不应放走，也把佛光放起，追上前去。下余诸人更不必说。一时宝光、剑气上冲霄汉，电舞虹飞，满空均是雷火布满。

妖僧原因大劫应在日内降临，情出不已，心存侥幸，意欲激怒众人，若求神木剑兵解不能如愿，也择一个剑光稍弱的兵解，只要不被金、石二人的飞剑所杀，均不致损害元神。昨日前来，发现敌人还持有异教中至宝修罗刀，已是胆寒。及见众人剑、宝齐施，这等厉害，知道对他恨极，各以全力施为。如被修罗刀所伤，固是不妙；再被佛光和玉虎神光罩住，越发连元神也保不住。虽然精于邪法，还有法宝未用，本意只为求死，惟恐伤人，仇怨越深，更非形神俱灭不可。日期又紧，没奈何，只得借着败逃，引使众人追赶，相机行事，仍用火云冲逃走。口中大喝："你们休要倚众逞强，有本领的，随我到赤身寨去见个高下。"众人恨他不过，又听九姑姊弟说起妖僧欲借众人飞剑兵解之事，存心与他为难。再听一说赤身寨，越发有气，同声大喝："今日上天入地，定叫你形神俱灭！兵解二字，直是做梦！"金蝉随命九姑姊弟代守洞府，率众追去。

众人近日法力越高，飞行起来，照例以长补短，连成一起，互相扶助。因恨妖僧骚扰，定要除此一害。阿童再一催动佛光，飞行更快。妖僧虽然飞遁神速，仍被追了个首尾相衔。敌人又是穷追不舍，隐身法已破。回顾身后敌人越追越近，已然追到滇池上空，眼看两下里相隔只三数里，再待一会便被追上。妖僧情急之下，把心一横，决计与敌拼命，能够死中求活固好，否则便和敌人两败俱伤，拼得一个是一个，好歹也出一口恶气。主意打定，便即回身，把以前不曾施展的邪法、异宝全使出来，与众人斗在一起。众人法宝、佛光虽然神妙，无如妖僧修道年久，多经大敌，这一横心，便把苦练多年，准备转世应用，先前恐为佛光所毁，又防伤敌结仇，不肯使用的几件法宝，拼着葬送，相继施展出来。内中最厉害的便是所炼阴雷。妖僧又是一面与众拼命，一面仍想相机兵解，上来便打着相持待机，双管齐下的主意，并不全数发出。所炼阴雷均具分合化生的妙用，每发数粒，互相化生，晃眼便成了大片雷山火海。众人刚刚合力将它破掉，还未完全消灭，第二批又发将出来，简直不知多少，消灭不完。妖僧行踪飘忽，变幻无穷，除真形难隐外，又化出好几个化身，不时抽空下手，用别的法宝暗算，防不胜防。阿童与金、石二人又要合力抵御阴雷，无暇多顾。易震贪功，几为所伤。这才看出妖僧厉害，果不寻常。

连斗了三日三夜，未分胜负。内中只有一个化身为阿童佛光照灭。经此一来，众人固是气愤，定要除他。妖僧因想诱迫阿童放出神木剑，先用化身试探。不料对方佛光威力太大，与心灵相应，化身反被消灭。这还是阿童出世不久，临敌无多，只见敌人雷火猛烈，生生不已，惟恐有人受伤，一心防护前面，没想擒贼擒王，先除敌人，才得苟免；否则，妖僧再一疏忽，早已形神俱灭了。

斗到第四日天明，妖僧眼看所炼阴雷已去十之七八。对面敌人除金、石、阿童三个法力最高，万难伤他们分毫外，下余诸人因先有一人几乎受伤，这时全都藏身九天十地辟魔神梭之内。梭头上精光电旋，无数飞铍夹着风雷之声纷纷打来。敌人又在神梭旋光小门之内不时现身，各用法宝、飞剑、太乙神雷夹攻助战，在千寻雷火之中此冲彼突，猛烈异常。不特对方成了有胜无败之势，稍不留神，便受重伤。逃是万逃不脱，真是叫不迭的苦。

忽听遥天空际起了一种极凄厉的啸声，由远而近，随见几线赤光带着大片黑气，铺天盖地而来，晃眼便已临近。这时众人因滇池下面人家甚多，恐惊俗人耳目，又恐波及无辜，妖僧也不愿伤人，斗处高出半天，金蝉再用法力将脚底云层禁住，所以斗了三四天，下面居民只见高空云层中偶有一些电光闪动，离地太高，连雷声也听不甚真切。云层上面却是光焰万丈，雷火横飞，凡在空中飞行的人，老远都能看见。妖僧一听啸声，便知来了帮手，虽料不是敌人对手，到底要好得多，精神为之一振。

南海双童与易氏弟兄、石完五人，本就觉着妖僧玄功变化难于捉摸，雷火始终那等猛烈，恐其遁走，再见空中又有妖人来助，立时迎将上去，满拟上来先给敌人一个下马威。不料新来两个妖人正是赤身寨门下，邪法甚高，一照面，当头一个首先发出一股其红如血的妖光，神梭外面忽然一紧，好似被甚东西黏住。虽不似前在碧云塘被红发老祖困住情景，行动冲突，也甚吃力，不能随意所如。甄、易四人见状大惊，恐有疏失，忙将法宝、飞剑收回，又把太乙神雷连珠般发将出去。妖光虽被荡散了些，但是随灭随生，其力颇大，反倒加盛。妖人见五人藏身宝光以内，不能伤害，也是暴怒，厉声喝骂，妖光越发加强。另一妖人便朝金、石、阿童三人飞去。

金蝉看出妖人来势猛恶，不似寻常。自己这面三人虽然不怕，神梭却被妖光困住，惟恐有失，忙喝："石生弟，你与小神僧谨防妖僧逃走，我去除这一个妖人。"话未说完，一面发出霹雳双剑，一面指定二十七口修罗刀，在玉虎银光护身之下，飞身迎上前去。

妖人虽然看出敌人宝光强烈，不是寻常，仍想本门独炼邪法，专门污毁法宝、飞剑，妖光沾身必死；更善滴血化身之法，就被敌人困住，只要稍微咬破舌尖，手指飞出一片血光，立可幻形隐遁，进退由心，万无被杀之理。做梦也未想到，对方俱是正教门下，竟会持有左道中最厉害无比、专戮妖魂的修罗刀。那刀为数既多，妖人贪功心盛，去势太猛，等到身被大片寒碧刀光裹住，前发妖光又被玉虎银光冲散，心中大惊，知道不妙，再想幻化隐遁，已是无及。妖人刚收血光飞起，吃石完一指剑光急飞过去，斩为两段。血焰飞洒如雨中，金蝉修罗刀二十七道寒碧精光正赶过来，裹住妖魂略微一绞，形神皆灭。

另一妖人见状胆寒，急怒交加，急忙变化隐遁，将邪法、异宝一齐施为，欲以全力报仇。因是精于邪法玄功，同党一死有了防备，不住闪变飞腾，出没无常。本还想暗算一两人，略微报仇再走，忽听癫僧传声催走，说："我的神雷已经发完，仇人厉害，再不见机，万无生路。"又见金、石二人五十四口飞刀两面夹攻而来，只得强按凶野之性，恰值一道寒光出斜刺里飞来，就势将手往上一迎，断了一条手臂，血光略闪，分出一个幻影化身，人便隐形逃去。众人匆促之间也未看清。

妖僧自知大势已去，天劫将临，只隔半日，逃与不逃均无活路。略一迟疑，便被众人破了残余的邪火、神雷。阿童佛光飞将过来，将身罩住。人终惜命，一面奋力防御，周身青光黑烟乱爆如雨；一面口中不住哀求："诸位道友，我近一年为御天劫，方始倒行逆施，但是害人未成，云氏姊弟并无伤害。以前实在无甚大恶。望祈神僧大发慈悲，怜我修为不易，请用神木剑赐我兵解。此去投生，定当洗心革面，改邪归正。"阿童此时除他易如反掌，毕竟从小出家，生性仁慈，见他如此哀求，心中一软。暗忖："人谁无过，对方只求兵解，何必斩尽杀绝？无如众人恨他太甚，未必答应。"正回顾金、石二人，想要询问，佛光未再紧追。忽见韦蛟不知何时飞来，手持一封柬帖，满脸惶急，正向石生含泪哀求，心越不忍。阿童未及开口，石生先说道："小神僧且慢。方才韦蛟因念前师恩义，来此守候三日。见双方恶斗方酣，不敢上来，只在下面沙洲上向天跪哭求告。被宁一子师伯遇见，赐他一封柬帖，说妖僧与我们前两生多有夙孽，所以如此痛恨，非令形神皆灭不可。但是妖僧除刚愎任性而外，实无大恶，令我们不妨宽他一线。好在所炼邪法、异宝全被破去，转世如能归正，以他多年修为功力，一样可以成就。如再投身左道，也是自取灭亡，不足为害。请小神僧依了他吧。"阿童见妖僧癫师韦秃在佛光之下，附身青光消灭殆尽，已吓得浑身乱抖，满面哀乞之容，不等石生说完，先将佛光收去。

韦秃已知转祸为福，先向众人合掌说道："贫僧如梦初觉，多蒙诸位道友恩宽成全，感谢自不必说。诸位道友将来成就自是远大，道法高深，仙福无量，本来无甚话说，不过贫僧学道多年，颇识先机。此次本身劫数将临，因而倒行逆施，实是例外。诸位道友方才所杀，乃是赤身寨主列霸多门下三凶之一。便逃走的一个，邪法也极厉害。他们都善隐形飞遁之法，来去如电，此事必不甘休。不怕见怪，诸位道友法力虽高，法宝威力尤为神妙，平生罕见，但毕竟出世年浅，经历无多，又无甚机心，微一疏忽，便易受人暗算。否则，贫僧早为诸位所杀，岂能苟延至今？列霸多门下，有一件最厉害的法宝，名为七煞乌灵神刀，最是阴毒，不在红发老祖化血神刀之下。如受暗算，当时伤处并不糜烂，但是毒气潜侵，至多百零八日，便是功力多高的有道之士也难活命。我知道诸位道友得有太清真传峨眉心法，暂时虽不妨事，至多也只保得年余活命。万一受伤，速将真气闭住，以免毒气漫延全身。不过要想转危为安，只有陷空岛冷云丹和万年续断、灵玉膏。适见诸位道友倒有二人面带凶煞之气，事应不久，务请留意。"

金蝉接口问道："陷空老祖叛徒郑元规，可在赤身寨么？"韦秃说道："他是妖人认作传衣钵的门人。自从峨眉一败，怀仇至今，现正日夜祭炼法宝，欲报当年之仇。日前尚与相见。贫僧话已说完，时机已迫，请神僧赐我一剑吧。"阿童知他劫数将临，急于求死。刚把神木剑化成一道青光飞出手去，忽听厉声大喝，韦秃已先身首异处，一条身绕青光的黑影一闪不见。回顾众人，已将飞剑、法宝纷纷放将出去。再回头一看，一个赤红如血的妖人影子，刚被众人法宝、神雷消灭。

第八回

亭午唱荒鸡　竹树萧疏容小隐
凌空飞白练　池塘清浅长灵秧

　　原来先前那道寒光，正是灵奇因寻向芳淑未遇，由姑婆岭赶回，正遇妖人，一剑飞去，妖人被他斩断一臂，当时遁走，心中恨极，意欲隐形暗算，就便诱敌，去而复转。不料金、石二人发现邪气，情知妖人暗算，连忙发动，已慢了一步，竟被逃走。众人本来就要寻郑元规除害，便一起追赶，妖人忽在前面现身，众人大怒，忙即追上。等到妖人被众人宝光罩住，化为血影而散，才知连先前所杀妖人俱是幻影，越发愤恨。本就必往，经此一来，岂肯罢休，便同往苗疆追去。

　　那赤身寨远在红河西南，为滇缅交界最险恶之区，回环二千余里。四外崇山峻岭，环拥若城，壁立千丈，无可攀折，最险峻处连猿鸟也难飞渡。内里乱峰插云，终年不开，上面冰封雪压，亘古不消。峰腰以下榛莽怒生，藤树纠结，毒岚恶瘴，到处弥漫；加上湿热郁蒸，腥秽霉腐之气，人一近前，便要晕倒。再不，便是童山不毛，赤崖蠹空，流金铄石，奇热如焚，不论山石地皮，都和烙铁也似，还未走到最热之处，人早热死。

　　赤身寨便在后山深处盆地之上，乱山环绕之中。一座大约百亩，高只二三十丈，通体孔窍玲珑，满布洞穴的峰岩，孤零零凭空自地突起。中间隔着好几百里的森林，黑压压把地面盖住。树干最细小的也都成抱，那最大的何止十抱，多半骈生丛立，挤成一堆。偶有空旷之处，上面也被繁枝虬结，又密又厚，极少遇到天光。林中蛇虺伏窜，恶兽潜藏，更有各种毒虫纷飞如雨。蜂蚁蚊蝇，均比常见要大十倍，各具奇毒，齿爪犀利，性最凶残。尤其蜂蚁最恶，性又合群，憨不畏死。常人只一遇上，群起来攻，前仆后继，转眼之间便成枯骨。这还不算，因为当地连近山土人都永无一人敢于犯险走入，自洪荒开辟以来永无人迹。再说也非人力所能走进，四外的山先就没法上去。

山环以内地多卑湿，草木繁盛，奇花异果遍地都是。当大片繁花盛开之时，一眼望过去，不是香光如海，漫无涯涘，便是锦城百里，灿若云霞，看不见一点树枝树叶。等到花落果熟，无人采食，连同败叶残枝落在地上或是沟壑溪涧之中，日久腐烂，再受污湿之气郁蒸，便成瘴气。日久年深，越积越多，瘴毒也越加甚。先还只在日出日落前后，随同地气蒸发，结成瘴雾，一片片彩云也似升出地面。岁月既多，蕴积愈厚，渐渐结成数百里方圆一片瘴幕，笼罩地上一二十丈，将那大片盆地盖住，风吹不散，望如繁霞，终古不消。常人固是沾身必死，便是有道之士，如非法力真高或是先有准备，照样中毒晕倒。

赤身寨位于如此险恶的环境之中，是各派妖邪所居寨子中的第一奇险之处。何况寨主列霸多虽和哈哈老祖一样，习练魔法时受了魔头反应，僵坐寨中，本身不能转动，但苦练多年，邪法反更厉害。近年又收了一个郑元规，元神可以附身为恶，威力更大。连各正派中长老均以时机未至，不去招惹。

七矮弟兄虽然初生之犊不怕虎，又听师姊邓八姑说他们凡事顺遂，更加心雄胆壮，决计前往除此一害。但毕竟对方凶名久著，不比寻常；又见妖人来去如电，幻化无方，所炼毒瘴、妖刀无不厉害；路又不熟，八姑所说途向并不详细：也不由存了戒心。金、石二人便令众人小心戒备，以防敌人骤起暗算。内中阿童因在下山之前习了小旃檀佛法，只一运用，前途有事，或有妖邪侵害，立可警觉。闻言知道众人结伴同飞，遁光合而为一，纵有妖邪也不敢犯。心疑妖人必在暗中窥伺，自恃佛法，意欲试他一试。便用传声暗告众人，表面假装考验近日剑遁功力，离群独飞。阿童神木剑功力尚浅，晃眼落后。众人怕他不好意思，刚把遁光放慢，等他同行，阿童心灵上忽起警兆。知有变故，立把佛光放起，金光祥霞飞涌中，瞥见一个妖人手指一道其红如血的刀光，已为佛光罩住，连挣两挣，不曾挣脱，吃佛光一裹，一声惨叫，形神俱灭。正想将那飞刀收回，众人也已赶回。双方问答，稍一疏忽，那血光一闪即隐，知已被妖人收回。正料妖人不止一个，忽听前面厉声怒骂说："峨眉小狗，又杀我一个师弟，仇重如山。我不再暗算你们，如有本领，敢去我赤身寨分个高下存亡么？"声如狼嚎，甚是狞恶，听去若远若近，十分刺耳。阿童因愤敌人阴毒凶横，几次运用佛光向前查看，均无人影，知道妖人不敢再来。金蝉又说："敌人厉害，既决定去，越快越好。"于是又把遁光联合一起，妖人也不再现形影。

飞行神速，不消多时，便达赤身寨外围乱山前面。南海双童在七矮中最是谨慎，虽知众人福缘深厚，此行早有师长仙柬隐示先机，未必有甚危害，终觉敌人太强。心想："昔年史南溪攻打峨眉，郑元规也在其内，曾与见过，知其修炼多年，得过陷空老祖传授，法力甚高。自从在峨眉败后，又由妖师列霸多传以邪法、异宝，每日苦心祭炼，誓报前仇，闻说比前更加厉害。即此一人已是难敌，何况妖师列霸多玄功变化，神出鬼没，不在当年绿袍老祖之下。想当初三仙二老火炼绿袍老祖，曾费多日心力，事前又经藏灵子将他原身毁去，还中了红发老祖的化血神刀，才得除此元凶巨恶。以各位师长的法力，除去绿袍老祖尚且如此费事，妖人列霸多比绿袍老妖差不多少，七矮弟兄要想除他，谈何容易。七矮弟兄不过得天独厚，仙缘甚多，所用法宝均是仙府奇珍；如论功力，虽近得本门心法，一日千里，进境神速，老辈中差一点的师执和海内外得道多年的散仙，有的反不如他们，但到底年岁太浅，经历先就不够。要除妖人列霸多，如何可以大意？"因而再三力主持重，说道："妖人列霸多邪法太高，宁愿被对方警觉，设伏相待，我们仍须稳扎稳打，相机下手，不可急进。尤其合则力强，分则势孤，千万分开不得。"一面坚嘱石完，到后必须紧随师长之后，不许独自行动，以免有失。

金、石诸人原也深知目前这几个为首妖邪横行多年，积恶如山。虽因远在苗疆深山之中，近年又知敛迹，除偶然纵容门下妖徒为恶外，本身轻不出山；但是这类极恶穷凶，终是生灵之害，事如易为，各位师长决不纵容至今，不加诛戮。师长尚且慎重，防其一击不中，激使倒行逆施，多害生灵，致成大患，不肯轻举；我等一行转世修炼才不多年，下山不久，当此大任，如何敢于轻敌？因此金蝉首先赞同南海双童之言，变了初计。

石完性烈如火，倔强非常，胆子比谁都大。虽然敬畏师长，不敢还言，心却一点不知警戒。因听众人说得妖邪那么凶，越不服气。暗忖："祖父常说，我身禀灵石精气而生，除遇三阳真火、乾天灵火、极光太火而外，任何邪毒均难伤害。又精地行石遁之法，万丈山石均可通行自如，到最厉害时，只消往地底一钻，有甚妨害？初入师门，无甚功绩，师父说得敌人那么凶法，何不仗着天赋本能家学，像除妖僧一样，暗入赤身寨，出其不意，先将为首妖孽杀死除去，或将列霸多的肉体用姊姊行时所赠石火神雷炸成粉碎，岂非大功一件？"心念一动，又想起："姊姊石慧拜在凌云凤门下，不知何时始能得到音信。都是妖人不好，否则日前师父还说，为了雷起龙之事，要助凌师叔一行，岂不可与姊姊见面？"越想越有气，不由性起，痛恨妖人，恨不能一下斩尽杀绝。

众人自不知他心意，又飞了一会，便越过前面高山，到了赤身寨边界。遥望前面乱峰环列之中，瘴气弥漫，结成一片极广大的彩云，覆盖大片盆地之上，离地约有十来丈高下，方圆达数百里。远近群峰，宛如一根根的碧玉簪和好些大小青螺，倒插浮沉于汪洋千顷的五色云海之中，霞彩鲜明，好看已极。来路山巅又高，凌虚而驰，迎着浩荡天风，目极穹苍，凭临下界，由高向低，隐了遁光斜飞过去，越觉当前景物雄丽，从所未见。幸而事前知底，相隔已近，预有戒心；如是寻常经过，再要隔远一些，必当是仙云窣地，繁霞丽空，必有仙灵寄居，可以晋接，决想不到内中伏有无限危机。因是地域广大，毒瘴凝聚，以金、石二人的神目竟不能透视下面。二人深知厉害，又因南海双童再三力说不可冒进，便说："好在过山以前，已用本门神符掩蔽遁光，便有敌人跟踪，也难发现。已然深入虎穴，不必忙此一时。最好谋定后动，看准敌人虚实，再行下手除害，使其一发必中，既免徒劳，又少危险。"众人俱以为然，便在就近下落，想不去冲动那片瘴幕，只顺山径，由彩云之下绕将过去。

到地一看，那山形的险恶简直从未见过。皆是峻岭冰峰高出天汉，半山以上草木不生，所有山石沙土均是红色。再往上去，便是冰雪布满，阴寒刺骨。半山以下气候炎热，草莽乱生，上面多带毒刺。奇石磊砢，险巇难行，休说羊肠，连个鸟道俱无。沿途不是深沟大壑，疠气蒸腾，毒烟蓊郁中时见毒蛇巨蟒影子出

210

没，异声四起，响振空山，怪风时作，鸟飞不下，便是森林绵亘，丛箐阻路，光景黑暗，不见天日。众人虽不畏这些艰险，看去也觉阴森凄厉，不可流连。略微端详形势，为防飞行太急，易被敌人警觉，各把飞势改缓，贴着地面，缓缓飞将过去。好在山路危险，也不畏难。正觉沿途形势险恶丑怪，使人无欢，前面已然发现瘴气，只是断断续续，零散飞翔，残锦断纨，自成片断，浮空停滞。越往前越多，片也越大，望将过去，宛如锦堆绣幕，虚悬地上，已觉美观非常。

等到再往前走不多远，隐闻鸡啼之声，比起平常闲行田野之间所闻到的鸡啼迥乎不同。众人均觉这等蛮烟瘴雨，毒岚郁蒸之地，休说是汉人，连生苗野猓也早绝迹，怎会有此鸡鸣？连忙循声寻去，沿崖一转，忽见清溪映带，松竹萧森，到处花光如绣，绿柳寒烟，水木明瑟，全是一派灵淑清妙之景。再被那些看去美丽非常，实则中蕴奇毒的山岚恶瘴一陪衬，越觉灵景天开，其中必有神仙宫宅。众人因沿途芜秽非常，霉湿之气中人欲呕，这里风景偏是如此灵妙，最难得的是泉石清幽，地绝纤尘，情知有异，越发留心。沿着一片花林直往前行，又听山巅鸡声。日光停午，溪山如画，满眼芳菲中，忽然闻此，令人有云中鸡犬之思。心正奇怪，路转峰回，前面山崖上忽现出两间用新竹子建成的茅舍，似新落成未久。竹色依然苍润欲流，屋顶茅草也是青色，与常见不类。屋前崖石上高立着一双金色雄鸡，也比常见的要大几倍，生得朱冠锦羽，钩爪如铁，昂首独立，目射金光，顾盼之间甚是威猛。那地方乃是石崖上面一片狭长平地，茅屋侧面尚辟有大片水田。田中种着尺许长的苗秧，看去似稻非稻，一色通红，甚是奇丽美观。

石生正向阿童悄声说道："这等地方怎会住有人家？景物偏

211

又如此灵秀。你看花林竹屋，绿水红秧，与四围的树色泉声交相映衬，有多好看。"石完觉那田中所种与平时所见水稻不同，清风吹动，宛如红浪，又匀又细，觉着好看，便往田边走去。甄艮早看出主人敢在此地隐居，不问邪正，均非庸流；稻又异种，从所未见。恐石完冒失惹事，忙赶过去，想要拦阻。忽听石完笑唤："师父、师伯快来，这里的水怎会倒流？"甄艮因诸人与茅屋相隔只有半箭之地，虚实未知，恐被听去，忙令噤声。众人也看出异处，赶了过来，往田中仔细瞧看。

原来水田所在，地势较宽。好似本来和茅屋前面同是狭长形，后经人力将靠里面的山崖由顶到底削去了一大片，并在上面加以雕琢。所以别处山崖都是布满苍苔，翠色如染；这里却是大片黑石，不长寸草。壁上大小洞穴密如蜂巢，处处嵌空玲珑，看去颇具匠心。因是历年较久，风雨侵蚀，如非众人慧目法眼，又是行家，常人到此，必当天生奇景，决看不出雕琢之痕。这还不奇，最奇的是那片水田广只数亩，方塘若镜，中间并无畦垄。所种红稻甚是柔韧，高出水面虽只数寸，下面却深。通体长约三尺，稻尖上各有一粒绿豆大小的红珠。水深竟达七尺以上，稻并无根，水系活水，偏能直立水中，行列整齐，毫不移动。近梢出水数寸的上半段，尽管随风披拂，柔软非常，水面以下却仿佛一支长箭插向土中，稳定非常。靠近前面崖口辟有两条水路，宽约二尺，与田相通。大股清泉宛如银蛇，由山下清溪中蜿蜒疾驶飞来，朝着相隔十数丈的危崖猛窜，逆行而上，顺着水路流入石槽，直注田中。水入石槽，水势立归平静，田面上一片澄泓，依旧清明，并不起甚波纹。另一水路在斜对面，却顺着石槽，临崖往下飞泻。探头崖外一看，好似两条玉龙此去彼来，上下飞舞，追逐于青山碧崖之上，循环往来，永无止息，顿成奇观。

经此一来，众人越看出田中所种，不是灵药仙草，也是左道中珍奇之物。料定此草必须种在水中，那水更须新陈代谢，极难种植。因此开田建屋，命人留守；并用法力引得山中灵泉上下交替，不令田中留有陈水。暗忖："似此专吸癸水精华的灵草，必有大用。崖又密迩妖窟，主人决不是甚好路道。"易震便主张采上两根，异日向人请教。好在主人种得很多，取之无伤于廉。甄艮因石完无心开口，主人必已警觉，心想："当地虽邻妖窟，但禁水之法不是妖邪；除远近瘴云浮涌外，也不见甚邪气。这类灵草想必珍贵非常，焉可无故招惹，不告而取？"忙用传声拦劝道："我们不知人家底细，又当大敌当前之际，最好不要多生枝节。与其如此，不如径往屋前探看，相机行事要好得多。"易震原是童心未退，一时好奇，闻言也就拉倒。

石完因为不会本门传声之法，师父又禁说话，本来气闷。及见易、甄二人口动，问答神情，疑是要采红稻。性又猛急，本来同立田边，相隔甚近，觉着那稻色如红玉，好看好玩，心念一动，伸手便抓。谁知那稻植立水中，看去那么刚劲，却动不得，手才挨近，一连串吧吧之声响过，当时闻到一股异香，随手倒了一大片。甄氏弟兄连忙阻止，已是无及。再一细看，梢尖上的红珠，凡是倒在水中的全都爆裂。适才响声虽极细碎，主人必有警觉。又看出倒的那一片，齐齐整整作六角形，一倒便沉水底，随着泉流往崖下漂去，晃眼都尽，只空出了丈许大小一片水面。

二人知已惹出乱子，方用传声令众留意，同时回走，想到竹屋前探看。忽听呼呼风声，一片锦云带着两点金光，已经凌空飞堕，朝石完扑去。定睛一看，正是先前所见金鸡。因来势虽猛，鸡不甚大，又是自己失理，忙止石完，不令出手伤害，暂且闪避，等见主人再说。鸡偏朝人猛扑不已。石完从来不违师命，又

213

觉那鸡好玩，还想将它捉住。谁知来势猛烈异常，动作神速，爪喙齐施，微一疏忽，竟被爪尖划了一下，当时皮破血流，又痛又痒。本是自己不好，毁人红稻，又听师父连声阻止，不敢违背，一着急，便往地下钻去。那鸡又向众人扑来。

金、石二人先见石完狼狈之状，还在好笑。见惯仙府灵禽，区区一只较大的鸡，自不放在眼里。及见石完逃遁虽然迫于师命，但素性倔强好胜，家学渊源，怎会那样手忙脚乱？正待行法禁制，见鸡飞来，猛想起："众人已然隐形，此鸡怎会看出？"心中一动。阿童在旁看出石完仿佛受伤，刚将佛光放起，忽听娇呵："阿晨！"声甚清越。那鸡闻呼，似要飞走，但被佛光困住，急得在光中不住怒鸣，挣扎乱飞，只是冲不出去。同时又有一条白影，映着日光，宛如银星飞坠，由危崖顶上直射下来，快到众人头上，忽然一个转折，往茅屋中飞去。刚看出是个高才二三尺的白猿，随听先前唤鸡女子口音说道："我有正事，不能出见。阿晨无知冒犯，你那同伴已然受伤。此鸡爪有奇毒，快将他寻来，同到我家相见吧。"

众人见本门隐形法竟被看破，大为惊异。又听口气不恶，忙即回应。将石完唤出一看，伤处已然紫黑了一片，说是有些痒痛，尚不妨事。便把隐身法撤去，收了佛光，同往茅屋走去。先在外面遥望，屋只两间，地铺草茵颇厚，陈设甚简，门窗洞启。外屋大约三丈方圆，当中草茵上有一女子席地而坐。身旁有一矮几，上供花瓶和一个形式奇特的香炉。女子年约二十来岁，穿着一身黄葛布的生苗装束，玉肤如雪，身材甚是秀丽。只是满面伤疤，五官残破，乍看面貌十分丑恶，稍一注视，便知以前貌极美丽。只因伤痕稠叠，左眼裂了一口，鼻准削去半边，此外鳞伤甚多，变成丑怪。可是头上秀发如云，双肩玉削，肌理细腻，骨肉

214

停匀，分明是一个美人胚子。手持一镜，刚刚放下。见众进门，也不起立，开口便向石完道："真难为你，居然受伤之后还能行动，此事奇怪。快请过来，我叫阿晨将毒收去，医好再谈吧。"说时，那只金鸡已随后赶来，闻言昂首张目，怒鸣了两声。苗女忽把面色一沉，鸡似害怕，忙即飞起，张口咬住石完伤处，微微一吸。石完便觉痛痒全止，伤处一凉，立即收口，不再流那紫血。石完见鸡神骏，羽毛可爱，想要抚弄，已然飞去。

众人见苗女毫无敌意，笑问："道友何名？怎看出我们形影？"苗女答道："诸位来时原未看出，因听有人说话，用昔年师父晶环查看，才知来了多人。我在此为人所累，苦守多年，不算以前被困，已有两甲子未见外人，平日只此一鸡一猿相伴。塘中所种乃太清仙界飘坠人间的灵草，名为朱萍，又名辟邪珠，专破毒岚恶瘴。另外更有一种灵效，尚难言明。因此草乃太清灵气所钟，品最高洁，必须灵泉活水始能长成。头上结实小如米粒，人手以及寻常金铁全不能近，近则立毁。我费了多少年的心力，才得成长。昔年所许心愿已快完成，不料诸位到来，无心中毁去一些。所幸种得尚多，还敷足用，否则对头邪法炼成，便更难制了。行将离世的苦命人，本不想与外客相见。因见来客个个仙骨仙根，道法甚高，也许能够助我一臂，为此请来相见。不知诸位道友姓名、来历，可能见示么？"

众人见苗女人甚和善，吐属娴雅，又是一身道气，料是修炼多年的散仙。早在暗中传声商议，由她口中探询妖人虚实。便由金蝉略说姓名、来历，一面留意查看对方神情。初意所居与妖人相近，就非同类，也必相识，并未告之来意。哪知苗女闻言，立现喜容道："我自受那冤孽暗害，走火入魔已三百年。只说费尽苦心完我誓愿，将来孽消难满，仍不免同归于尽，不料今日会有

215

生机。诸位道友可是奉了师命，来除列霸多师徒的么？"众人因主人装束，本来不无顾忌，及听这等口气，来意又被道破，立即明言。

苗女喜道："我名云萝娘。往事如烟，也难详说，但我除害的心意却和众位一样。因为本身孽难未满，不能随意行动，隐忍至今。前数年，因那冤孽炼了极厉害的毒蝗和血河妖阵，我才着急，元神冒着奇险，去往先师藏真之处与万丈寒潭之下，将珍藏多年的朱萍仙草取来。仗着鸡、猿之助，开出一片水田，照先师留示传授，行法布种。妖孽昔年与我原有此后永不相犯的誓约，又在法力灵符禁制防护之下，本来不知此草用处。直到去年被妖徒郑元规无意中经过，发现此草刚出水面，快要结实。他前在陷空老祖门下原曾见过，深知它的灵效。同时他又发现崖壁洞穴中所养来专杀各种毒虫的千年火雕。此鸟金钩铁羽，红头蓝身，口能吐火，大仅如拳。本来就是毒蝗克星，再要吃了朱萍灵实，威力更大。立即归报妖师，料我有意作对。但他平生说话永无更改，不肯失信亲来，表面不问，暗中却示意妖徒前来寻事，连草带雕一齐除去。妖徒邪法颇高，幸而我在取种之时，无意中得到先师留赐的灵符至宝。上月两次来犯，均仗防守严密，人还未到，先已看破，将其惊走。妖徒无奈，又托一人探我心意。我知冤孽性情，立用激将之法令其转告，说我仇深恨重，早晚必报。既然自恃神通，以一派宗祖自命，守着当年誓言，到时由我寻他，一决存亡，不应欺我孤身，自己无脸上门，却令妖徒来此暗算。这冤孽竟被激动，虽然严禁妖徒，不许再来，却知我不久难满，必往寻他，日夜加功，祭炼毒蝗邪法。我前收门人，早为所害。近日火雕已然炼好，朱萍恰也结实。但是此雕万分猛烈，也是天地间的恶物，一旦长成，口能喷火，便难驯服。当初为防毒

216

蝗厉害，不能一举成功，曾用法力使其交配，所产太多。性既通灵，又经法力训练，多食各种强身健体之物，越发凶猛。先还未觉，日前方始看出它的厉害。惟恐喂那萍实之前稍微疏忽，被其逃走几个，飞往人间。固然除它讨厌，而且妖徒凶顽诡诈，万一另约教外妖党来此暗算，一个照顾不到，后患无穷。必须有人相助，才保无害。难得诸位道友到此，不知可能相助么？"

众人一则同仇敌忾，又都好奇，便问如何助法。萝娘笑道："事并不难，到时只要有一人用那佛光凌空防护，一见有人来犯，代我上前应付些时，不令分我心神，便可成功。话须言明，我虽不是妖邪一流，但本门法力一向隐秘，有好些处不能使外人看见。只请诸位候到今晚子时，飞空防护，如听鸡叫，便成功了。并非扫诸位道友的兴，赤身寨埋伏重重，禁制也颇厉害，更有妖法祭炼而成的瘴毒之气，也非此时所能前往。尤其中洞乃妖孽多年枯坐之处，肉身所在，深居地底，防御更是周密，有两件最厉害的法宝均在身上，可惜无人能近。否则，休说伤他肉身，只要将法宝盗毁，立可灭去他大半威力，不也好么？"众人一想，话颇有理，也全答应。石完见萝娘说时曾经看他好几眼，不禁心动，跃跃欲试，准备由地底深入妖窟，毁那肉身。众人毫未觉察。

商定以后，白猿献上好些仙果，请众食用。众人见白猿灵慧非常，好似功力颇深。又因萝娘要到今夜始能行动，便不去扰她，同往里间席地聚谈了一阵。又令白猿引导游览全景，由崖顶遥望赤身寨那面，邪烟瘴毒越发浓厚，杀气隐隐上冲，形势险恶非常。互相指点说笑，等到月上中天，回顾白猿、石完均不在侧，以为石完贪玩，被白猿引往别处。因知当地方圆六十里内，妖邪向无足迹，白猿随主多年，深知底细，决可无妨。大家谈在高兴头上，均未留意。

　　眼看已到子正，石完尚未回来，南海双童方才疑虑。忽听萝娘远远唤道："诸位道友，请照前言行事。"随见下面环着水田，蓬蓬勃勃起了一片彩烟，转眼布开，高升数十丈，连崖带田一起笼罩在内，烟中景物一点也看不见。众人因知事关重大，各隐遁光飞空防守。约有个把时辰过去，只听烟中萝娘连声娇叱，群鸟鼓翼之声有如潮涌，不时夹着几声鸡鸣猿啸。甄氏弟兄虽然愁虑，尚以为石完好奇，同了白猿均在下面烟中，或是藏身石内，向外观看，还未想到别的。后来一想："萝娘曾说行法不令人见，石完怎得入内？"越想越不放心。甄兑首先忍不住，朝下问道："云道友，曾见小徒石完么？"问完，未听答应。隔不一会，便见白猿飞来，用手连比，石完似已独往妖窟，不禁大吃一惊。忙告众人，欲用地行法赶往妖窟，追他回来，以防不测。金、石二人不放心，看白猿手势，好似已有警兆，便说："下面正当紧要关头，最好谁也不要走开。石完前往，并无危害。"二甄担心爱徒，执意前往。

　　正在商议，忽听异声起自遥空，知有妖邪到来。金蝉首先劝二甄说："石完面无晦色，地遁穿山并还胜过师弟，人也机警，动作神速，稍见不妙，立即穿地而逃。如真有事，你去也是无济。照主人今日之言，这里的事何等重大，岂可擅离？"话未说完，那异声已由远而近。只见一片碧绿色的暗云，由赤身寨侧面高空中潮涌而来，内中裹挟着大片灰、黄、赤三色火花和四五条血也似的妖人影子。又听萝娘疾呼："诸位道友，速用法宝将四边挡住。下面云网如无动静，便不妨事；如有一处冲破，请先代我堵住裂口，断他退路，再行诛杀，以免受他暗算。"众人立即应诺。为防万一，便令阿童放出佛光，紧附云网之上。萝娘惊喜道："我不知佛法如此神妙。令高足石完现正深入妖窟，已快成功。只是邪法厉害，恐其贪功好胜，万一有失，逐走妖人，可速往救应。由小神僧一人在此护法，过一昼夜，大功便告成了。"说时，众人已将飞剑、法宝纷纷放起，初意敌人大举前来，必有一场恶斗。哪知双方刚一接触，众人太乙神雷未及发放，来敌已不战而退。

众人本就惦记石完，再听萝娘一说，更不放心，也没细想萝娘之言前后不符，当时留卜阿童、灵奇代为护法，一同往赤身寨追去。因日里萝娘曾说，那晶环共是两枚，列霸多也得有一枚，邪法又高，离寨三五十里内，多高隐形法也能察见行迹，反正非拼不可，索性明张旗鼓，杀上门去，因此众人均未隐形。只因阿童不曾同来，全都身剑合一，暗中戒备。三二百里的途程，晃眼即至。追时，忘了下有毒瘴笼罩，等到追近赤身寨上空，遥望前面妖火妖光已由瘴云层中刺穿下去，这才想起，忙用法宝护住全身。同时发出太乙神雷，准备击散妖氛毒瘴，然后下落。哪知数十百丈金光雷火打将下去，那布满半空中的彩瘴竟似实质，只动荡起伏了几下，仍回原样。众人方想再用法宝、飞剑试它一下，那笼罩地面的毒瘴倏地一闪不见，下面现出大片盆地，四外高山环绕，只有一座峰崖平地涌起。不特形势玲珑秀拔，洞穴甚多，全崖上下更点着千万盏银灯，明辉四射，灿如繁星。崖前寨门外并有两幢三四丈高的妖火，光焰惨碧，映得远近山石林木绿阴阴的。妖人却一个不见。

众人恃有法宝防身，仍旧飞降。刚到地上，便见妖火中现出两个相貌狰狞的妖人，各持一个长大号筒，呜呜狂吹。易鼎一指剑光飞将过去，竟被妖火挡住，妖人并未受伤，仍是狂吹不已。随听寨中鼓乐之声大作，先由寨子里走出一人。金、石二人俱都见过，认出是妖徒郑元规。正要上前动手，郑元规扬手一片妖光，将众人飞剑敌住，口中大喝："峨眉鼠辈，且慢动手，听我一言。你们万里远来，真有法力，何必忙此一时？"甄艮与妖人本是旧识，又想探听石完下落，忙用传声拦住众人，笑问道："郑道友，别来无恙？有甚话说，请道其详。"郑元规冷笑道："教主素不容人在此撒野，因见你们如此胆大，从来所无，想要出见，自行发落。等教主出来，你们就明白了。"

说罢，一队年约十五六岁的俊童美女，各持香花、银灯、提炉、宫扇等仪仗，已由寨内缓缓走出。同时，四围爆音四起，吧吧连响，眼前一亮，立有二十四幢同样妖火突然涌现，内里各有一个奇形怪状、手持弓箭刀矛各种兵器的妖人分班排列。男女俊童后面，有一片丈许大的血云，上坐一白衣少年，也由后面冉冉飞出。到了洞外，居中停住，血云立化为一个色如红玉的圆墩。少年坐在圆墩上面，手指众人，笑道："我自在此修道以来，休说在我寨前扰闹，一入边境，休想活命。你们胆子居然大得出奇。我平生最喜胆大美秀男女幼童，既然自投虎口，要想回去，自是无望。现我破例宽容。我知你们峨眉门下，上来定必不肯降顺，本身也必有点仗恃。休说胜我得过，便将我寨前彩云仙瘴破去，也必全放脱身，不与计较；否则必须拜在我的门下，方可活命，免去阴风化气，毒火焚身，日受炼魂之惨。你们意下如何？"

众人先以为列霸多有名妖人，凶恶无比，相貌必比前遇妖人还要丑怪，不料竟是一个美少年。除却目光阴鸷、隐蕴凶威、满身邪气而外，寻常相遇，决看不出他是方今妖邪左道中首要人物。金、石二人几次想要开口，均被二甄传声阻止，说道："邪法厉害，既然对面，便不必忙。石完先来多时，未听提说，索性等他说完，再与动手。妖人晶环虽然可以聆音照形，却不能查见地底，乘其动手之时，我还要由地底潜入妖窟，寻找石完下落。"众人应诺。

等到列霸多说完，金蝉当先喝道："无知妖人，死在临头，还做梦呢！"旁立妖徒闻言大怒，正要动手，被列霸多止住，狞笑道："无知竖子，敢发狂言！我不值得动手，看你今日可能脱出罗网？"话未说完，郑元规凑近身前说了几句。列霸多面容遽变，扬手一片妖光遮向身前，将双方隔断。厉声喝道："峨眉小狗，竟敢伤我门人。等我发落之后，再要尔等狗命！"说时，早有一个妖人由侧闪过，战兢兢跪伏在列霸多的面前，颤声说道："弟子同了八师弟，因癫僧韦秃借宝未还，前往中土，寻他索讨。刚到滇池，便见他被峨眉群小围困，上前相助。不料小狗厉害，将八师弟杀死。弟子意欲诱来本山一起除去，中途又遇三师兄暗放飞刀，想出其不意，杀他们两个报仇。不料相隔太近，反为所杀。弟子势力愈孤，只得诱他们来此，并非怯敌，望祈师父恩宥。"

列霸多目射凶光，冷笑道："我那日已看出秃贼穷极来归，不是本心，卦象可疑，曾令你们留意，在此二月之内不许离山一步。你三人竟敢违命，与秃贼私下结交，将本寨神幡借他，已是该死；况又私离本寨，去往中土。果然秃贼借此兵解，你们受人之愚，死有余辜。你只想将敌人诱入重地，仗着同门人多，报仇之后，再将敌人法宝、生魂取献，以图遮盖，将功折罪。却不想临阵脱逃，首犯戒条。既是诱敌，就当沿途现形引来阵内，偏又胆小害怕，不敢挨近，致其迷路，被我对头引去。你们见人久不到，方始约友往寻。既发现双方合谋，便应守我前言，立时退回。再不索性拼命也罢，偏又轻举妄动，刚一出手，便被敌人吓退。似此两犯教规，如何能容？"说时，妖人见妖师目射凶光，注定自己，手已扬起。知其心黑手辣，翻脸无情，照此说法，万无生理，不由犯了野性，抗声接口道："师父请慢下手，弟子还有要事回禀。帅娘的火雕已然炼成，不久便要来报前仇。弟子等并非不战而退，实因仇人中途隐形，查看不出，久等未到，前往诱敌。去时，师娘正仗仇敌护法，用萍实喂那火雕。虽被法力隔断看不出来，听那雕鸣之声，已到师父所说功候。急于归报，又见诱敌计成，忙着赶回。正值师父入定，只告知二师兄，请其代为禀告。原想他最得师父宠爱，可说两句好话，谁知他记着初入门时的仇恨，将话变过，有意陷害。弟子久受师恩，便受炼魂之惨，在所不辞。不过汉人非我族类，又是被逐来投。以前我们师徒只在苗疆称雄，与外教中人素无交往，尽情快乐，何等自在。便有师娘这个后患，也奈何师父不得。自他一来，从此多事。今日敌人虽然是群小狗，个个都有神通，法宝尤非寻常，否则以三师兄与八师弟的玄功变化，怎会死得那么快？连滴血分身之法也未用上，与二师兄平日所说轻视仇敌的话大不相同。并且内中一个小秃驴，所放佛光更是神妙。弟子死何足惜，只是照此形势，昔年神仙洞遗偈留音必将应验。何苦听信谗言，仇敌还未擒到，先杀自己人，使外种仇敌快意，去应遗偈留音呢？"

妖人还要再往下说时，列霸多已哈哈笑道："我已练就不死之身，当我怕那丑妇么？"话未说完，伸手往外一弹，立有豆大一团赤、黑二色闪幻不定的妖火射将出来。妖徒闻得笑声，似知不妙，暗中也有了准备，妖火到前，倏地由口内喷出一片血光。妖火也已打到顶上，吧的一声，妖徒被那妖火震成粉碎。血肉横飞中，一条血人影子电也似急，便朝郑元规扑去。

第九回

孽尽断肠人　剧怜绝代风华　与尔同死
功成灵石火　为求神山药饵　结伴长征

郑元规万没料到妖人记仇心切，会以本身元神向其拼命，猝不及防，竟被用本门最恶毒的邪法附上身去。又见旁立妖人本多面带愤激，见状全现喜容，知道自己已后来居上，恃宠强横，又非同种，结怨已多。日前师父又当众言明，传以衣钵，令为群苗之长，人心越愤。这类邪法阴毒无比，一经附身，便如影随形，成了附骨之疽，难于摆脱。这还是师父在此，妖人震于积威，恐用法力炼化，仇人不过受点伤害，元神却要消灭，心中顾忌，暂时无害。否则就算精通邪法，能够抵御，不致当场出丑，日后仍是防不胜防。不由急怒交加。列霸多也似此举出于意外，大怒道："徒儿不必惊慌。有我在此，如敢伤你一根毫发，必将他生魂火炼百年，受尽苦痛，再行消灭，以为警戒。等我除了这些小狗，再代你去此一害便了。"

随听有一幼童怪声怪气喝道："不要脸的狗妖人，死在眼前，还吹大气。你那妖徒说得不差，我先送你一丸石火神雷，看看你这不死之身怎么炼的？如禁得住，我便服你。"说时，语声好似发自右侧地底。妖人师徒闻言大怒。列霸多首先扬手，一道妖光朝那发话之处射去，正待施展毒手，语声忽止。右侧地底忽然蹿出一人，三尺来高，生得豹头突眼，紫发凹鼻，大腹短腿，周身皮肉宛如翠墨的丑怪幼童。才一照面，瞥见众人俱在妖光外层，还未动手，喊了一句："这里不对。"一掉头，又往地下钻去。妖人师徒闻声回顾，人已一闪无踪，跟着又在妖光之外出现。列霸多更加暴怒，忽听地底一声大震，身后山崖立时震塌了数十丈一大段，中洞一带当时震裂，整座妖寨竟被揭起，连同大小碎石、寨中陈设灯火之类飞舞空中，高涌起百十丈。旁立男女妖童十九受伤，虽精邪法，未受大伤，也被这一震之威吓得手忙脚乱。列霸多一声怒吼，扬手一指，那高涌百十丈的碎石尘沙，立似潮涌一般往左侧远方飞去。同时人影一晃不见。郑元规和众妖人全都暴怒如雷，纷纷杀上前去。

众人先见敌人内讧，两相不和，同床异梦，妖人乖张狠毒，又听出前遇云萝娘竟是列霸多之妻，料其必败。方在心喜，石完忽由地底飞出。甄氏弟兄方恐有失，石完已然隐身地底。跟着惊天动地一声大震，石完飞出光外，将手一扬，一片墨绿光华挡向前面，那么强烈的震势立被禁住。众人见他小小年纪，如此法力，全都喜爱。又知石仙王的独门石火神雷，虽不似魔教阴雷阴毒，却是猛烈得多，一般山峦只消一雷便成粉碎。列霸多逃时那样急怒张皇，许被震碎肉身也未可知。正想询问详情，妖人已夹攻而来。众人早有准备，只因南海双童再三劝阻，才未动手。石完一到，心中一放，越发起劲。因知那片彩瘴本就奇毒，又经妖法炼过，邪气更浓，定必厉害，一动手，便连在一起，合力御敌。

石完一面动手，口中大喝道："那狗妖人列霸多不像先遇贼狗丑怪，坐在洞中和常人一样，差点没有认错。幸亏事前遁往地底，听见有人说话，得知底细，破了他所设禁制，通行妖阵，暗中寻去，隐在所坐玉榻之内。因见邪法厉害，惟恐一击不中，除他便难。正等得心焦，妖人忽然率众走出。我照所闻除他之法，埋伏了一粒神雷，再将妖阵移动，然后退出。果然不多一会，妖阵被我引发，所有埋伏，连同许多奇怪妖幡、刀叉之类，齐向神雷撞去，这一来威力更大。此时妖人快要复体的肉身固成粉碎，连那些邪法、异宝也必全毁。师父、师伯，看我这事做得多好！"边说边笑，手舞足蹈，高兴非常。

郑元规等闻言大怒，纷纷厉声咒骂，发出各色飞刀、飞叉，暴雨一般向众夹攻。金、石二人见敌人声势猛恶，邪法、异宝甚多。郑元规更由手上发出大片紫、黑二色的火星，微一接触，便化成大片雷火妖光，纷纷爆炸，越来越盛，邪气奇重。因是恨极石完，专朝甄氏师徒进攻。心想："妖人郑元规曾得陷空老祖与列霸多两派真传，练就玄功化身和金精神臂，如不将他元神除去，便将他杀死也是无用，尤其是幻化无穷，最难捉摸。石完贪功好胜，年幼无知，一不小心，便为所伤。列霸多肉身已毁，剩下元神，更无顾忌，来去如电，捷于影响。虽有专戮妖魂的至宝修罗刀，惟恐打草惊蛇，暂时还难使用。"只得先把玉虎金牌宝光放出，并且同发太乙神雷。双方杀了一个难解难分。

易鼎、易震见久战不胜，心中不耐。见敌人妖火更盛，当地早成了一片火海，比在滇池上空还要厉害得多。因金、石二人又不令走开，无从施展，急于立功，冷不防飞出玉虎宝光层外。内有几个妖人也是该死，见战场上敌我神雷、妖火、法宝、飞剑互相恶斗，光焰万丈，上冲重霄，敌人各在金光银霞笼罩之下飞舞冲突，一任全力施为，无奈他何。多厉害的邪法、异宝发将出去，与那金、银二色的宝光一撞，不是当时消灭，平白毁损，便被荡开冲散，休想近身，自己这面反倒折了法宝、刀叉。敌人在

225

宝光防护之下，又把太乙神雷发个不住，稍微疏忽，不死必伤。妖人正在急怒交加，忽见易氏弟兄各驾遁光冲将出来，以为妖火奇秽，专污敌人飞剑、法宝，容易得手，意欲杀以出气。万没想到七矮飞剑、法宝，开府时均经太清仙法重炼，不怕邪污，宝光更可由心隐现。五个妖人刚一窝蜂飞扑过去，易氏弟兄本是诱敌，辟魔神梭连同太皓戈、火龙钗早已准备停当，只是宝光隐而未现，一见妖人拥来，突然发难，一齐施为。五妖人瞥见金光电耀，火雨星飞，方觉不妙，已是无及。当头二妖人首被神梭宝光冲成数段，再吃火龙钗一绞，立成粉碎。另外三个妖人：一个被梭上飞钹打死，又被太皓戈追上一绞，当时了账；一个为二人的飞剑裹住，还待施展妖法抵御时，石完在旁看出便宜，扬手一片墨绿光华急飞过来，将妖人全身裹住，南海双童连发神雷，连先一妖人全数震成粉碎，形神俱灭；只剩一个被飞钹打断一臂，滴血分身，见机遁走。

经此一来，众妖徒固是仇恨越深，势不两立；易氏弟兄也藏身神梭之内，一味左冲右突，往来追杀。遇到邪法厉害，便埋头不出，只把法宝、神雷发之不已，梭中飞钹更雪片也似打将出去。梭头风车精光电旋，众妖人一个闪躲不及，撞上便无幸理。这伙妖徒十九都是生苗野獠炼成，天性野蛮，恃强任性，本不怕死。郑元规居心险诈，知道众心不服，早想扫除异己。见此形势，正好借刀杀人，不但没有提醒令其留意，仗着自身法力高强不致受伤，反倒假装义愤，巧言相激，引使自寻死路。似这样斗了三天，七矮一行一个未伤，妖徒却是伤亡大半。这才警觉，不似以前专一拼命，不顾死活，才稍好些。

列霸多偏是一去不来，双方都觉奇怪。金蝉筹又见阿童、灵奇预期未来，均疑来时被列霸多发觉，正在易地相持。只是敌人

226

最厉害的便是所炼千年毒瘴，为何也不见使用？好生不解。心想：“妖徒纷纷伤亡，只剩下几个最厉害的，如把郑元规除去，大功便成一半。”大家都是越杀越勇。内中石完几次想要飞身出去，单独应战。甄氏弟兄深知列霸多最是深沉阴险，此时不出，不是被阿童、萝娘绊住，便是恨极石完毁他肉身，急欲报仇。只因知道石完在玉虎神光护身之下，不能伤害，故意隐藏不出；等一离开众人，出其不意，立下毒手。石完不过仗着乃祖一丸神雷侥幸成功，如何能是对手？再三禁止，不令出斗。石完无法，先还乘隙伤了两个妖徒。后剩的几个功力较深，连众人急切间都伤他不了，何况石完，空自气闷，无可如何。

斗到第六天上，众见郑元规独在光山火海中幻化飞腾，出没无常，只把妖火发之不已，与太乙神雷互相激撞，霹雳之声宛如千万天鼓同时怒鸣，加上远近山峦峰崖受震纷纷崩塌之声，端的猛烈无比。宝光、剑气与满空雷火交织成一片光网，照得数百里方圆一片山野成了一个光明世界。郑元规那条重用妖法祭炼过的金精神臂，从未见他用过。经这末了几天，妖徒又被金、石二人的七修剑和南海双童的丙灵梭，冷不防伤了几个，剩下才只四人。石生几次要将修罗刀放将出去，均被金蝉止住。

到了半夜，忽听洞底起了异声。郑元规面色大变，厉声大喝：“峨眉小狗纳命！”说罢，扬手先是一片极浓厚的黑雾。众人见妖雾浓密异常，正发神雷想要击散，忽见一片金霞凌空飞堕，正是阿童、灵奇二人赶到，好生心喜，忙与会合。石生首先问道：“小神僧怎么来得这么迟？可与妖人列霸多动手么？”阿童方答：“我和灵奇为助萝娘成道转劫，事完便即赶来，并未见甚妖人。莫非妖孽元凶竟被逃走了么？”众人闻言，大出意料。正待询问经过，忽听一声怒啸，列霸多突由空中现身，已变成了一个

227

血人，身上环绕着数十道暗绿色的妖光，凌空飞舞而至。同时郑元规也施展神通，杀上前来。

石完早就惦记着一件事情，因列霸多尚未现身，不敢前去。一见他化为血人飞来，与地底所闻无影仙人留音预示一般无二，心中大喜。为防敌人警觉，不便明言，凑到甄艮弟兄身前，把二人手一拉，怪眼一翻，故意喝道："妖人邪法厉害，二位师父允我先由地底遁往云萝娘那里歇上一会，再来除他就容易了。"说罢，当先便往地底钻去。二人防他犯险，不知何意，立即跟踪赶去。到了地底一看，所行竟是去往妖窟一面，入地甚深。本想将其唤住，问明再说。不料石完异禀家传，本来就难追上，石完又见师父追来，只当领会，越发得意，飞行更快，相隔又近，晃眼便到妖窟中洞之下。甄氏弟兄只得随同赶进。

原来列霸多邪法甚高，近日更将昔年走火入魔的肉身修炼复原，眼看神通越大，可以恣情纵欲，为所欲为。自恃邪法炼就云萝毒瘴，并有好些厉害邪法和七煞乌灵毒刀，天仙所不能当，所以明明算出劫难将临，毫未在意。反因来人俱似未成年的道童，认为峨眉门下多半速成，入门不久，仗着几件法宝，便令下山修积，凭哪一样也非对手。又见对方根骨甚厚，想起所有妖徒十九人，当初传授他们道法，原因彼时困处山中，不能远出，心志又大，不问质地好坏，只要有人走近，便行法引来，以致品类不齐，十九凶横蛮野，全无人性，时常惹事，成群结党，互相蒙蔽，早就心生厌恶。他想："自从郑元规来投，互一比较，这些门人竟是差得太多。而且郑元规先后引进数人，无一不是能手，自然另眼看待。众门人不但不知自省，反而妒愤，日常倾轧，嫌师长偏心。自己又是一个惟我独尊的性情，自然有气，如非念在相随多年，直恨不能全数杀掉。本想复体之后，大开门户，又觉尽是这些丑怪野蛮之徒，岂不遭人轻视？所以曾令郑元规等先期物色。难得今日遇到这么多好根器的幼童，如能收到门下，真乃快事。"

列霸多想到这里，竟离开中洞要地，亲出应付。与敌人对面之后，越看越爱。正杀蛮徒立威，忽然变生仓促，那等防护严密的肉体原身，竟为来人神雷所毁，方始警觉，知道仙偈留音必将应验。如换别的妖人处此境地，不是惊慌失措，必定恨毒仇人，先与拼命。列霸多却是阴险狡诈，为人阴鸷，一经警觉，便知事关重大。此外还有一个强仇大敌也快发动，所炼邪法毒蝗如被破去，多年愿望全成泡影，永无复仇之日。自恃练就小诸天不死身法，精于玄功变化，多厉害的人也难伤害自己元神，略一寻思，立生毒计。

列霸多强捺怒火，舍了敌人，赶往中洞。费了六日的心力，将先前震碎的残尸血肉收集拢来，施展邪法，使其凝成一个血人，仍坐在榻上。又把元神附将上去，拼受痛苦，放出毒蝗绕身啃咬，使与本身心神相合，这一来增加了极大凶威。等到邪法、妖阵全都准备停当，他再用晶环一看，门下妖徒已然伤亡殆尽。又看出郑元规只保自身，与敌相持，未以全力施为。分明借着自己回时所说"只将敌人绊住，等准备停当再下毒手，一网打尽，以防怀恨多年的老仇敌知难而退，不来上钩"这几句话，就此公报私仇，借刀杀人。否则敌人法宝虽然厉害，也不致死得这么多。列霸多怒火刚刚上冲，厉啸了一声，忽想起门下妖徒近日多怀怨望，所炼邪法主幡上又缺少几个有力量的凶魂。本就打算杀死几个，取那生魂备用，就便惩一儆百。但惟恐元神尚未复体，这伙相随多年的妖徒多得自己传授，人数又多，一个威立不成，徒使众叛亲离。心想："反正死了这么多，郑元规引进的十来个门人又正有事他出，等把敌人杀死，报仇之后，除法力最高，平日恭顺，不曾腹诽的几个外，索性将下余苗徒一齐杀死，连同这些未被敌人消灭的元神同做主幡之用。这么一来，邪法威力更大，以后门人也可改观。省得双方面和心违，常起争端，因而生心内叛。"

妖人列霸多天性凶残，一意孤行，无论对谁，均无情意。他本是人怪合生的杂种，相貌俊美，不类苗人。而所收两代门人，个个相貌丑恶，引为恨事。又当死星照命之际，越发倒行逆施，敌人未伤一个，先就打算摧残同类。当时想罢，便即发令，起身赶去。列霸多到时，瞥见石完隐身宝光之中，仇人相遇，分外眼红。正待豁出受一点伤，冷不防施展玄功，冲进宝光层内猛下毒手，杀以泄愤，无如石完命不该绝，忽然穿地遁去。以为石完胆小逃走，去与凤仇会合。万没想到石完得了仙人指点，逃时欲进先退，入地后立即改道，竟往中洞赶去，去得极快，入地又深。等他急忙想行法禁制，已是无及。

阿童又受萝娘之教而来，知列霸多厉害，暗告众人留意，只守勿攻，等他放出毒蝗，大施邪法，再行下手。那时萝娘也必赶到，两下里夹攻，便可一网打尽，为未来仙凡除此巨害。休看他邪法神通，连各派长老除他也非容易，可是时机一到，立可成功。只要在佛光、宝光防护之内，决可无害。萝娘未到以前，却是万万动他不得。速将易氏弟兄喊来会合，以免暗算。

阿童话才说了两句，金、石二人瞥见石完首先穿地遁走，乃师南海双童跟踪追去，妖人师徒猛追过来，列霸多扬手一股血色火星往地下打去。二人料知厉害，焉能容他施为，金蝉忙把玉虎一指，虎口内立喷出大股银星，将那妖光敌住，未令入地。由此起，双方便斗将起来。

列霸多以为所炼妖火阴毒无比，能由自己心意追敌，中上必死。及见虎口所喷银星神妙无穷，看去光并不强，势也不猛，晃眼便将妖火全数裹住，竟然收不回来，不由又惊又怒。狞笑一声，把手一挥，先前那片毒瘴立时出现，将当地罩了一个风雨不透。跟着回手朝腰间所佩革囊一拍，立有长才三寸，各带着一股黑烟的数十面妖幡，乱箭也似飞将出来，散布空中，晃眼暴长十来丈，分列成一个妖阵，将众人围困在内。列霸多忽然不见，只听空中厉声大喝道："无知小狗，已落在我的网中。你那法宝虽非寻常，也禁不起神火祭炼，至多三日夜，连人带宝全数消灭，元神还要被我摄去，长受炼魂之苦。晓事的，速将毁我法体的小业障献出，由我处治，然后跪下降顺，还可免死。你们自去盘算，至多一个时辰以内，如敢违抗，仙阵发动，便悔之无及了。"

众人回骂，并无应声。见那邪法果是厉害，自从妖阵出现，当地便被妖云邪雾、毒烟瘴气布满。四边矗立着大小七八十面幡幢，都是又高又大，凌空植立，各有数十丈一幢的各色光焰黑气环拥。上面所绘魔鬼妖魂均已离幡而起，纷纷厉啸，此起彼应。中间还带着好些大小血人影子张牙舞爪，目射凶光，作出飞舞攫拿之势，待要向人扑来；又似被甚东西禁住，不能如愿，愤怒若狂神态。一会，又互相转动，时隐时现。阴风惨惨，鬼声如潮，甚是凄厉，令人闻之心悸。

这时易氏弟兄早经金蝉催动遁光赶去，大家联合一起，照阿童所说，先将全身护住，再用神雷往外乱打。那么强烈的太乙神雷打将出去，到了光层外面，竟比先前威力减去十之八九，不特未将妖火烟光冲散，雷声也极闷哑，仿佛邪气太浓，其力绝大，冲荡不开神气。有时发雷太猛，刚把外面烟光冲荡开一片，转瞬又被合拢，反更浓厚。总算法宝、佛光仍甚强烈，众人早有成算，没想冲出重围。灵峤三宝又是仙府奇珍，万邪不侵，来势越凶，反应之力越大。玉虎金牌的宝光早已生出妙用，众人飞身在一个十来丈长的玉虎神光之上。上面一座金山发出百丈金霞，反卷而下，将众人笼罩在内；下面玉虎身上反射出万道毫光，口喷银花，与之相应。吃外面妖火烟光一逼，激得银星电旋，灵雨霏微，奇霞烛地，精芒刺空，气象万千，不可方物。双方相持了一会。

郑元规先前只想借刀杀人，把同门妖人除去几个泄愤，一直未以全力出手。后见伤亡太多，索性一不做，二不休，等这些同门对头全数被杀，同党也将回转，妖师邪法准备停当，那时再一同合力下手报仇。事完仍按以前阴谋行事，等妖师邪法全数传授，羽翼已成，再打篡位主意，由自己接创教宗。正作如意之想，忽听妖师怒吼。知他为人凶毒，翻脸无情，自己借刀杀人已被看破，心中一昧愁急，并没想到妖师倒行逆施，临时变计，非但不再怪他，反想把残余苗徒杀取生魂。一时情急害怕，意欲立功自赎。正待施展神通，刚放出一片阴煞之气，妖师忽然飞到阻止，说了几句话，布好妖阵，身便隐去。因妖师日常除凭喜怒指名传授邪法而外，郑元规只知他得有一部道书，所炼邪法极少炫露，相随多年，始终不知他的深浅。当日因为法体被毁，激动怒火，头次见他亲自出手，这才看出他的厉害，自己所学，还不到他的一半。且喜平日恭谨，处处先意承旨，得他欢心，未露反迹，否则举手便成灰烬，阴谋篡位，岂非梦想？越想越心寒，妖师只一变脸，休想逃生。郑元规听出妖师心意，想要收服敌人为徒。此时除却运用玄功变化，仗着金精神臂，冲入宝光层内，生擒得一两个，便可不致怪罪；否则死了这么多妖人，自己坐视不问，事完吉凶难测。无如敌人法宝神妙，能否如愿尚不可知，惟恐弄巧成拙，心正迟疑不决。事有凑巧，郑元规偶一回顾，瞥见妖师隐立空中，长眉倒竖，面带狞笑。知他平时嗜杀，每下毒手以前，多是这等神态，面又向着自己。一时情虚，只当于己不利，不知另有原因。万分惶急之下，认定除了犯险擒敌，别无善法。何况妖师来去如电，法体已毁，全无顾忌，不论逃出多远，也被追上，所受更惨。情急无计，便把心一横，先幻出一个化身，扬手大蓬火弹朝前打去。

众人早想除他，未得其便。金蝉已然看出妖人仇深恨重，决不会退。因听阿童之言，先前法宝、飞剑均已收回。一见妖人来犯，猛想起修罗刀尚未用过，正要取出施为。忽听灵奇喝道："此贼前在师祖门下练就身外化身，须防有诈。弟子颇知他的底细，请师叔留意。少时照弟子所说除他，方不致被其漏网。"众人也才醒悟。郑元规本是情势所迫，并非得已，一见宝光太强，诡计难施，也自退去。

众人方想："萝娘怎还不到？"忽听隐隐破空之声甚是尖厉，随见妖光、邪烟杂沓闪变中，数十面妖幡突然一齐转动。紧跟着十几道遁光拥了一伙妖人自空飞堕，一到阵中，便掉头往斜刺里飞去。待不一会，便听到列霸多哈哈大笑道："既然如此，不等丑妇到来，我先把这些小狗除去，看他峨眉这伙狗道能奈我何？"众人闻言，方在戒备，又听远远破空之声甚紧，同时列霸多也已现身。先前二次出面，他已化成一个血人，这时更是周身烈火、毒烟，火弹也似满空上下飞舞，环阵而驰，四外妖火也一齐展动，当时妖火、邪烟浓烈十倍。阿童忙喝留意，四面妖火已包围上来，晃眼之间，一齐逼紧，也分不出是火是烟，只是一片暗赤妖光，其红如血，重如山岳，休想移动分毫。最厉害的是那些血人影子，明见宝光强烈，照旧冲将上来。吃众人宝光、佛光一撞，一声惨号过处，血影虽然消灭，却化成无数血色火星，朝宝光丛中冲进，纷纷爆炸，火便加甚。如非法宝、佛光防御严密，几被侵入。就这样，阿童已觉出外面火力比常火热上百倍。知那血人影子均是妖人祭炼的凶魂厉魄，能发烈火，并具奇毒，稍被侵入分毫，便受重伤。如真被它炼上多日，连法宝带佛光，虽不消灭，也有不少损耗。想起萝娘之言，正在戒备，那破空之声早已到了上面，似在盘空急飞，疑是本门中人。

石生试用传声询问来人是谁，空中立答："妹子是凌云凤、向芳淑。"声随人坠，一圈金光拥着凌、向二女，同驾遁光飞降。云凤手托宙光盘，由盘中射出大片其细如丝的银色光线，所到之处，妖火、邪烟、彩云、毒瘴似狂涛雪崩一般纷纷消灭。身后随定沙、米二小，各在宝珠、佛光护身之下，手指一弯朱虹，电驰飞来。这时残余妖人和新来妖徒，均用邪法环绕四面，准备乘虚而入，妖火一破，全都现身。沙、米二小素来胆大贪功，勇往直前，迎头遇见两个妖人，又见邪法、毒瘴如此易破，立指毗那神刀飞将过去。二妖人也是该死，过信妖师邪法，只当有心诱敌，没想到来人所用法宝专破这类邪法，妖火消灭如此之快，敌人来势又极神速，猝不及防，吃两道朱虹一绞，斩为四段，全数惨死。

列霸多见众人不降，又听妖徒说对头已在发动，本就激怒，忽见空中飞来二女二童甚是美貌，妄想生擒。刚把当空毒瘴、妖云撤去，想使自投罗网，不料敌人来势更快。当头少女手托一盘，发出一蓬银线，妖火立破，连毒瘴也全化去。急忙回收时，哪知妖火消灭，毒瘴却被点燃，轰的一声，全数无踪。火力大得出奇，如非他玄功变化，见机得快，连元神也几乎受伤。一班妖徒自然更挡不住，当时死伤了好几个。

列霸多不由大怒，目光到处，瞥见两小正指飞刀伤人，怒吼一声，扬手一道暗绿色的妖光先朝两小飞去。随即手掐灵诀往外一扬，再将腰间革囊一拍，只听轰轰发发狂风暴雨之声，由革囊口内飞出千万毒蝗。那毒蝗初出时细才如豆，迎风暴长，通体暗绿，约有酒杯大小，目射红光，口喷毒焰，又劲又直，远达数丈。到了空中，便自分散，密层层好似一个奇大无比的空心火球，将众人裹在其内，为数不知多少。也不往宝光中飞扑，口中毒焰喷射不已。

沙、米两小不知那妖光便是七煞乌灵刀，沙佘当先还在妄用飞刀迎敌。阿童知道这类妖刀最是阴毒，不论是甚法宝、飞剑，只一接触，便被紧附其上，生出极大吸力。等对方用力回夺，突然随同飞来，稍微刺伤，立即回去，不见人血不退。伤后不论多高法力的人，至多半年，毒气攻心，化为脓血而死。先听萝娘说过它的厉害，一见两小无知，不及阻止，立指佛光飞将过去，总算应变尚快，接应过来。这原是转眼间事，众人刚刚会合，身外已被毒蝗包没。金、石二人以为修罗刀专诛妖邪，这类毒蝗邪气太重，必有凶魂厉魄附身其上，意欲以毒攻毒，试它一试。哪知刀光飞舞中毒蝗虽死了不少，死后全化成了血色火星，随着刀光乱绞，越变越多，竟难消灭，毒蝗也层出不穷。

众人正想收回飞刀，再把太乙神雷发将出去，忽听空中有一女子喝道："诸位道友，放出去的法宝此时万收不得！这类妖火难于消灭，除非永远用法宝防身，一旦稍有空隙，被它乘虚侵入，便永附在人的身上，不死不止，休想解脱。我已有除它之法，只请诸位道友留意，等身外毒蝗尽灭，邪法全消，合力除那妖徒，勿令逃走，以免后患便了。"

话未说完，便听异声洪洪，震撼天地，眼前立现奇景。先是

235

百十个口喷紫焰，红头蓝身的火雕，由当空突然飞堕。还未到达，口中紫色火焰先已射入飞蝗阵中。如长虹电射，略一撑动，当顶毒蝗凡是被紫焰罩住的，直似残雪向火，纷纷消融，化为一股红烟，向雕口中投去。只见数十股紫焰似灵蛇吐信，冲向蝗群之中频频闪动，吞吐不休，所射之处，全无幸免。火雕身上更发烈火，星丸跳动，上下飞腾。先前死蝗所化火星，当时消灭大半。这类毒蝗最是凶恶，又经妖法祭炼喂养，与列霸多元灵相合，虽然物性相克，因受妖法催动，依旧不退，为数反倒越来越多。跟着便听萝娘与列霸多互相乱骂之声，苗语钩辀格磔，也听不出说些什么。只见双方各放出许多飞刀、飞叉，满空飞舞，恶斗甚酣。

众人均想助萝娘一臂，阿童、云凤均说："来时受人指教，还不到时候。倒是郑元规关系甚大，留神他见妖人事败，乘机逃走，却是后患。"阿童并嘱金、石、灵奇三人："只要见毒蝗一灭，一任萝娘去与妖人相拼，不论胜败死活，均无须过问，也不可从旁出手。由我一人相机应付，下余诸人合力诛杀妖党，详情将来再说。"众人因他助萝娘护法历时七天，必有成算，各用传声议定，依言行事。

萝娘与列霸多动手甚快，各具神通，变幻无穷，就这几句话的工夫，便换了一个境界，也不再用苗语问答。列霸多自从萝娘一来，已不是一个血人，仍恢复美少年的相貌。说过一阵苗语之后，便少开口，一味哑斗。残余妖徒个个愤激，各作旁观，不战不退。因为阵中全被毒蝗布满，虽有火雕吞食消灭，疾如风雨，看去为数仍多，并未十分减少。妖徒似因毒蝗厉害，各有一幢血色妖光笼罩全身。火雕尽管追杀飞蝗，并不向人进攻。

斗了些时，双方各有伤折。列霸多忽然狞笑道："丑泼妇，我已炼成不死之身，今日肉体虽受暗算，元神凝固，玄功深厚，便大罗神仙也无奈我何。事情终有了结，以前纵有仇恨，终是多年夫妻，何苦逼人太甚？如肯善罢，我情愿破例，将这些峨眉小狗放他们回去，仇也不报，从此两不相干。你意如何？"

萝娘骂道："你这忘恩负义的杀师叛徒，禽兽不如的恶鬼，今日恶贯满盈，还想花言巧语，行使阴谋毒计么？实对你说，我当初只为一念之差，情痴太甚，几番受你愚弄残害，念在旧情，我都不肯计较。不料你狼子野心，毒逾蛇蝎，行同枭獍，杀我兄弟、父母、子女、门人，盗我师父道书，又连暗算我三次，定要使我形消神灭，才快心意。想那少虚宝册，非我不肯传授，实因师命难违，我又在恩师被你暗害以前立下重誓，如何能够私相授受？你以为此书盗去，加上妖师传授，便可为所欲为，将我父母全家害死，永绝后患。谁知恩师洞悉前因，预有准备，不特自身兵解，早就算定，今日之事，也无不预有安排。否则以她法力之高，岂是邪法、毒刀所能暗算？你自己孽重心昏，受了妖人蛊惑，不能自拔，反倒以恩为仇，做那伤天害理之事。如非我预先防到，将宝册末章用真火焚化，藏入腹内，又有恩师所留异宝、神符，岂不早就为你惨杀？就这样，仍被你邪法暗算，残毁容貌肢体，受了三百余年惨痛冤苦。平日我因恩师遗偈仙机微妙，只知你将来虽必遭报，但这些年走火坐关，已将小诸天少虚不死身法炼成，只等元神复体还原，便成不死之身，谁也不能伤害。当此功候将完之际，就能除你，我也同归于尽。每一想起，便自悲愤。今日请一道友护法，胸前灵符忽然发出遗音，来人正是恩师转世，说你转眼恶报临身。阴谋毒计我早看破，我已仰仗佛力，来时早有准备，那末章宝册正是你的克星。罗网布就，方始寻你赴约，想要逃命，岂非做梦？"

列霸多闻言大怒，始而满脸愤急，时作狞笑，一言不发。听到后来，面上略带惊慌。听完，忽然大怒，厉声喝道："今日有你无我！"随说，双手往外一扬，立有十二只毒蝗由身畔革囊中飞出。这十二只毒蝗比先前所见要大得多，通身都是碧光，亮晶晶的，精芒四射，宛如一蓬奇亮无比的流星，约有五寸大小。飞行极快，到了萝娘面前，便自分开。

萝娘刚要行法抵御，忽听有人大喝道："今日妖人已用本身血肉喂了妖蝗，此是他的毒计，不可妄动。"声才入耳，一蓬灰白色的光网闪得一闪，那十二只毒蝗立时全被网去，一片吱吱怒鸣，略闪不见。众人听出是干神蛛的口音，心中大喜，不禁齐声呼唤。

列霸多万没有想到阴谋被人看破，事败垂成，见状大怒，手掐法诀，朝侧一扬。只听干神蛛又喝道："无知妖人！你以为炼就蝗母，与本身元灵相合，可以由心运用，化成毒雷阴火，害人快意，谁知遇见对头。我那同伴专能吞吃这类妖物和你这样妖魂炼就的元神，你的心思又白用了。"说时，列霸多身形一闪即隐。萝娘也把手一挥，轰轰之声重又大作，空中火雕立时布满，雕外更有一片极浓厚的紫气将当地罩住。列霸多哈哈狂笑道："丑泼妇，想和我拼命么？"说罢，张口喷出一绿一赤的火焰，飞向蝗群之中。

后来千万火雕一现，俱各振羽空中，停飞不进，只有雕口火焰激射如箭，蝗群只要被射中，立时消灭。看去宛如万千火箭，作一个穹顶形四面包围，齐朝中心闪烁飞射，当时便消灭了一小半。妖光一现，蝗群全数爆散，化为无数血色星砂，密层层满空飞舞。空中雕群奋力一吸，全数吸入腹内。

众人看出妖人列霸多最厉害的邪法已破，势穷力竭。郑元规等妖徒面带惊惶。恐妖人师徒逃遁，正待向前追去。忽听吧吧连声，密如雨雹，空中火雕似万千爆竹同时爆炸，一片血肉纷飞中全数死亡，空中紫气竟被震破一个小洞。列霸多化为一溜血焰刺空便起，似要乘隙遁走。众妖徒也似慌了手脚。众人方疑妖人神通广大，恐要漏网，紫气忽闪了两闪，化成两片烟网，都是电一般急，一片往下一压，将那震散空中的火雕残尸血肉，连同那些残烟、邪火，全数网去；另一片便朝列霸多所化血焰迎头罩下。众妖徒本已看出形势不妙，因妖人法令素严，不曾发令，不敢退走，微一迟疑。见妖人突运玄功飞遁，刚一着慌，众人又赶了上去。另一方面，妖人被紫烟挡住，似冻蝇钻窗一般，冲了几下，未能冲脱。那紫烟也不进逼，只将妖人罩定，相隔十来丈，如影随形，一任飞腾变化，左闪右避，均无用处。

萝娘身形早隐，妖人不知此是前师灵符妙用，只当仇敌元神所化，意欲与己同归于尽，仍想逃命，便暗发密令说："我自己法力远胜仇敌，好些尚未施展，更有七煞乌灵刀等至宝不曾使用。本意遁回中洞取宝雪仇，并非真逃，尔等不必害怕。"众妖徒知他法严心毒，原不敢走，又太信服，不知妖师欲令替死，以便自己逃生。想起妖师好些法宝和七煞毒刀果还未用，闻言精神大振。头一个郑元规先就恨极仇人，立以全力迎斗。众妖徒相继上前。金蝉等也忙用法宝、飞剑迎头敌住。

妖人见替死鬼一个也未找到，本就情急，待用毒刀伤敌，猛瞥见地下飞出三道遁光，正是先前毁他肉身的幼童同了两个矮子。想起深仇，一指刀光，电也似急斜射过去。甄氏师徒本在中洞成功回来，知道此妖人已到山穷水尽之时，又听上面众人传声发话，勿令郑元规等妖徒漏网，甄氏弟兄忽然贪功飞出。石完紧随在后，刚出地面，瞥见列霸多还在耀武扬威，想起中洞留音，方喊："师父留意毒刀！"话未说完，一片暗碧光华夹着一股奇腥之味，已迎面飞到。甄艮不知厉害，来势又急，不及闪躲，百忙中用飞剑抵御。不料妖刀变化无穷，比电还快，得隙即入，才一照面，接连急闪了两下，甄艮左膀先被毒刀扫中，当时身子一麻，胀痛非常。甄兑看出毒刀势盛，惟恐有失，上前助战，与甄艮恰是相继发动，也被扫中左肩，同时受伤。幸亏久经大敌，知道不妙，忙将真气闭住，并放出法宝防身。石完见师受伤，又急又怒，怒吼一声，身剑合一，化成一片墨绿光华，待要迎上。

沙、米两小在宝光层内，早就跃跃欲试，及见妖人势败，毒蝗消灭，立随众人出战。正在兴高采烈，手指佛光朱虹向两妖人进攻，不料被向芳淑抢在前面，用纳芥环收了妖人飞叉，就势飞剑过去一斩两段，转身又向另一妖人追去。下余众妖徒均被诸师长敌住，才一照面，便被金、石、凌、易诸人，用法宝、飞剑连伤了好几个。乃师凌云凤的神禹令专破邪法，尤为厉害，所到之处，妖氛尽扫，邪法无功。晃眼之间，只剩下郑元规和几个邪法最高的尚在拼斗。沙、米两小正感无法上前，侧顾妖刀伤了甄艮、甄兑，立即赶去。一时贪功心盛，以为宝珠佛光专破邪法，又恐石完受伤，双方不约而同，人还未到，先把宝珠由斜刺里飞将过去。列霸多情急拼命，志在多杀，一见七煞毒刀被两团栲栳大的佛光挡住，立即撤回，往侧一指，正赶上沙、米两小飞来，恰好迎个正着。两小哪知厉害，还想毗那神刀乃佛门至宝，妖刀决非其敌，各指朱虹，想将妖刀裹住。两下里刚一接触，妖刀微一闪动，隐现之间已到了两小身前，再想收刀防御，已是无及。总算逃避尚快，妖刀又是见血即退，刀光过处，一个断了左腿，一个扫中右脚，同受重伤。另一妖徒本与向芳淑对敌，看出便宜，扬手一片血光飞来。两小本来非死不可，因为机警灵慧，又得仙、佛两家真传，受伤由于疏忽，一见不妙，忙收宝珠佛光将身护住。石完又跟踪飞来，将那断腿接住，将头一低，便往地底钻去。甄氏弟兄见势凶险，也同遁入地内。

凌云凤瞥见爱徒受伤，妖刀还在纵横飞舞，石完如非逃遁得快，也差点没被砍中。一着急，舍了敌人，将神禹令一扬，一股青蒙蒙的光气飞射过来，恰将神刀裹住。向芳淑也早有准备，上来故意落后，在纳井环宝光护身之下，与另一妖徒独斗，不随众人一起。一面留神查看，见郑元规双战金、石，二人已被绊住。又见妖人列霸多急于害人，飞刀远出伤人以后，虚笼身外那片紫烟，先任妖刀穿过，此时忽然挡向妖刀前面。妖人似知中计，刚要回收，吃紫烟一隔，停得一停，禹令神光飞射过来，将其裹住。向芳淑料知时机已至，忙把青蠡瓶取出，暗中准备。果然妖刀一被裹住，先前那片紫烟突然由稀而密，成了大片深紫色的烟网，朝列霸多迎面兜去。列霸多始终认定那是仇人元神所化，见状知道仇敌故意激他放出妖刀，再行隔断，由另一敌人将其制住，再下毒手拼命，只要上身，便即同归于尽。列霸多尽管平日凶横，当此生死存亡一息之际，也自心惊胆寒。妖刀偏收不回，连适才所存万一之想俱都无望，一着急，怒吼一声，二次待化血焰飞遁。

就这千钧一发之间，妖人刚刚回身，元神未及幻化，眼前一花，头脑微晕，萝娘突然出现，周身紫光奇亮，扑上身来，双方迎个正着。那片紫烟也兜将过来，将妖人和萝娘一起网紧。双方几乎成了一体，就在空中连声怒吼飞腾起来。妖刀在禹令神光之中尚自冲突乱挣。芳淑将青蠡瓶往外一扬，一股具有五彩奇辉的青色宝光，神龙吸水般由瓶口内飞射出来。云凤会意，把宝光微微一收。此时妖人邪法尚在，明知恶贯满盈，仍妄想收回妖刀作那困兽之斗。云凤稍微一松，妖刀立即乘虚冲出，吃青蠡瓶宝光裹住，嗖的一声，立被收入瓶内不见。妖人空自急得怒吼，无计可施。

妖人正在连用玄功强行挣扎，忽见又一个萝娘空中现身，戟指骂道："你这丧尽天良的恶贼也有今日，我那肉身已然受污，仍还送你受用，我今日已得解脱。可见善恶自有报应，此时对你并不过分。如不知趣，妄想逃脱，徒自多受苦痛。你也深知恩师灵符威力，莫非还要我下那毒手么？"说时，那环绕妖人与萝娘肉身的紫气，由于妖人急挣图逃，突然发射出万道毫光，细如牛毛，爆射不已。自从萝娘元神出现，妖人便即停止挣扎，不住用苗语连声哀呼。及听对方这等说法，妖人面色立转惨痛，厉声喝道："事已至此，本来今日不是你死，便是我亡，由你这泼妇报仇便了。"萝娘面带惨笑，手掐灵诀，往外一扬，紫气之内忽起了一片极强烈的火光，只闪得一闪，内中男女二人全都不见，只剩下一团紫色烟网，内中包着一团黑、红二色的邪烟。萝娘把手一招，气团由大变小，收了回去。

众妖徒也被众人用法宝、飞剑和两套修罗神刀杀了个死亡殆尽。剩下一个邪法最高的妖人和郑元规，被众围困，尚在苦斗。被凌、向二女双双赶来，禹令神光先将妖徒飞刀、飞叉制住，破了护身血焰，仍想运用滴血分身变化逃走。阿童始终隐去佛光，暗随萝娘元神之后，一见大功告成，方欲上前助战，妖徒已用邪法化成一溜血光逃走。迎头遇见萝娘挡住去路，不由大怒，妄想拼命为师报仇。不料阿童早就隐身在侧，佛光现处，立即消灭。

郑元规早想脱身，妖师一死，同党全灭，越发心惊胆寒，便把陷空岛主所传分身化形之法施展出来，运用玄功，身形一闪，一片寒碧光华飞处，立现出好些化身，四散飞逃。此是妖人前师嫡传心法，神妙无比，所有化身均由真身主宰，各具神通，与寻常幻影不同，飞遁绝快，仗以逃生，并非无望。偏生劫运临头，不可避免。真身已在接连变幻之下冲出重围，却迎头遇见向芳淑手持青蜃瓶飞来。因知此宝来历、用法，看出对方胜后大意，有隙可乘，所驾遁光、飞剑又非金、石诸人之比，百忙中忽起贪心，两肩摇处，那条重加祭炼的金精神臂立化成一只丈许长乌金色的怪手，在邪烟笼罩之下飞上前去，想将芳淑抓死，夺取宝瓶。不料行家在侧，芳淑又是故意诱敌使其上当。灵奇早就留心，见郑元规一逃，忙喊："诸位师叔，快随弟子追赶。"话未说完，首先纵起一片寒碧光华追去，无如功力稍差，飞遁较缓。

众人不知妖人玄功变化，善于以实为虚，又是一个紧接一个，各发出一条金精神臂，四下飞蹿，有的还在迎敌，苦苦相持。真身只是一条碧光环绕的人影，反倒像个假的。众人微一疏忽，等到跟踪追去，相隔已远。金、石二人惟恐被其漏网，着急之下，人还未到，先指修罗刀追去。妖人不合途中停顿，那只乌金怪手刚刚抓下，向芳淑忽收宝光，纵向一旁，纳芥环金光骤盛，往上一迎，恰将怪手套住。郑元规法力也实不弱，一见上当，身后敌人又复大举追来，忙运玄功，使先分出的几个化身回攻，以分敌人心神，妄想就势带了纳芥环逃走。刚回手去抓时，一片佛光突自侧面飞来，金、石二人修罗刀也已赶来，连同各人飞剑一齐夹攻。郑元规觉着金环重如山岳，恐为所伤，佛光更是难当。知道弄巧成拙，只得咬牙横心，自断神臂，二次待要化身遁走，再如无效，索性弃了肉身，只将元神逃去。神臂刚断，耳听一声怪笑，身上一紧，猛闻奇腥扑鼻，当时被数十条灰白光影绑紧，奇痛入骨，神志立昏。众人飞剑往上一合，白影散处，形神皆灭。

同时干神蛛含笑现身。萝娘也在空中下拜道："多蒙恩师神僧与诸位道友相助，使难女得报奇冤，脱难转世。妖人阴毒，如非干道友提醒，将他自用心血炼成的蝗母网去，仍不免于重伤，转世便要减少好些道力了。甄道友高足虽将郑元规前盗的灵玉膏得到，只能用以止痛，不令毒气攻入太深，易于封闭气穴而已。要想复原，仍非陷空岛冷云丹与万年续断不可，此行越速越好。转世之后再行拜见吧。"说罢，一片紫光疾如电射，往东北方飞去，晃眼不见。

　　大家见面，互谈前事，才知石完先由地底深入中洞地穴之下，正在搜寻妖人列霸多肉体，忽听地底有人说话，自称韦八公，告以通行禁网埋伏与毁尸之法。并说："妖刀阴毒，遇时留意。中洞壁内尚存大量灵玉膏，可乘雷震之后再来取走，并避凶锋。万年续断已为妖人所污，不能再用。"不料南海双童该有一刀之厄，仍然受伤。幸不甚重，功力又高，敷上灵玉膏，仍能行动。沙、米两小却须冷云丹、续断取到才能复原，此时尚须静养。

　　阿童原助萝娘护法，先不知她已看出石完精于地遁，又见石完面无晦色，故意暗令白猿引其去往妖窟。去了一昼夜后，萝娘才自己说出。阿童原爱石完天真，恐其涉险，正在指责萝娘，怪其不诚。萝娘卑礼告罪，又说自身孽重，此行必与妖孽同归于尽。阿童见她悲愤可怜，问其可有解救。萝娘答说："再有三数日，元神复体重生，或者有望。时机紧迫，惟恐妖人也在此时复原，更是难制，只得一拼。"阿童忽发慈悲，想用佛法助她一臂。此举颇耗行法人的元气，萝娘早想求说，未敢出口，闻言大喜拜谢。及被佛光一照，胸前灵符忽发人言。才知阿童最前生便是散仙韦八公，因为功行未满，受人暗算，没奈何将元神附在一个新死苗民身上，隐居神仙洞苦修多年。萝娘从小好道，人又长得美慧。八公最爱灵秀幼童，虽知夙孽太重，仍想勉为其难，一时乘兴，收作女弟子。萝娘七岁从师，到十九岁上便遇苗族中的美少年列霸多，双方一见倾心。八公恰值远游未归，本又不禁婚嫁，萝娘只告知父母，便结为夫妇。八公回来，知二人是夙孽，经萝娘苦求，并收列霸多为徒。哪知列霸多狼子野心，因为与妻斗法不胜，负气出走，拜在八公对头妖人门下。为盗一部道书，阴谋杀师，并将萝娘全家杀死。萝娘受尽残害，仅以身免。

　　萝娘因孽由己作，知其淫凶恶毒，迥无人理，又最爱他相貌。最后一次乘其又来斗法之时，暗用师父灵符，使受反应，走火入魔，终年炼那肉身，无心远出害人。不久，萝娘也走火坐僵。双方元神又斗了几次，萝娘均仗师传法宝获胜免害。后始约定：两不相犯，等肉体复原，或是萝娘前往寻仇，再决存亡。列霸多近年邪法日高，党羽日众，正在骄狂，想等复原之后另创教宗。不料所有前因后果均经八公算定，原来是有心假手兵解，事前留有锦囊与几处遗偈留音，指示机宜，连萝娘坐僵也是有心借此磨炼。现在师徒重逢，孽消难满，只要用佛光照上数日夜，萝娘肉体立可复原。再仗留赐的奇珍，到时赶去，便可除害。虽因妖人炼有小诸天不死身法，萝娘肉身仍要葬送，与之同归于尽，但元神转世，立可成道。萝娘得知阿童是她前世恩师，痛哭拜倒。阿童也颇伤感，立照仙偈留音行事，果然如愿，除此大害。

　　干神蛛始终紧随众人之后，因防众人强要见他，被阿童佛光照出，仗着石完身上留有蛛丝，晃眼即可赶上，相隔较远。及见石完暗入中洞，因为以前曾令他吃苦，意欲助其成功，暗中随去。后又暗随妖人入洞，得知肉身啖蝗和所安排的阴谋毒计。自知非其敌手，先附在一个妖人身上，蝗母一现，立时发话警告萝娘，由附身灵蛛将其吸入腹中，遁向一旁。早想对郑元规下手，因为金精神臂厉害，一再延迟，终于相助成功。心迹早明，也就不再隐蔽。

众人虽然建此奇功，无如有人受伤，美中不足。因幻波池诸女同门虽有万年续断，但无冷云丹，陷空岛之行反正非去不可。便令凌云凤、向芳淑二女护送沙、米两小同往金石峡，相助韦蛟防守待救。

图书在版编目（CIP）数据

峨眉七矮／还珠楼主著． — 北京：中国文史出版
社，2016.1

（民国武侠小说典藏文库·还珠楼主卷）

ISBN 978 - 7 - 5034 - 7170 - 4

Ⅰ.①峨… Ⅱ.①还… Ⅲ.①侠义小说 - 中国 - 现代

Ⅳ.①I246.5

中国版本图书馆 CIP 数据核字（2015）第 288888 号

点　　校：裴效维　　周清霖　　李观鼎

选题策划：马合省　责任编辑：卢祥秋　　薛媛媛

出版发行：中国文史出版社

社　　址：北京市西城区太平桥大街 23 号　邮编：100811

电　　话：010 - 66173572　66168268　66192736（发行部）

传　　真：010 - 66192703

印　　装：北京盛彩捷印刷有限公司

经　　销：全国新华书店

开　　本：720 × 1020　1/16

印　　张：16.5　　　　　　字数：186 千字

版　　次：2016 年 1 月第 1 版

印　　次：2018 年 6 月第 2 次印刷

定　　价：35.00 元